CHRISTIAN FEIEL

Zugestellt

POSTWENDEND Entsetzt kniet der Grazer Briefträger Berthold Buchinger neben der Leiche seines besten Freundes. »Der schöne Fred« liegt tot auf dem Boden seiner Wohnung, der Absatz eines pinkfarbenen Damenschuhs steckt in seinem Hinterkopf. Die erste Amtshandlung der Polizei: Bertholds Verhaftung. Nachdem sein Alibi geklärt und sein Vertrauen in die Fähigkeiten der örtlichen Polizei verschwunden ist, will der Briefträger die Mörderin eigenmächtig überführen. Tatkräftige Unterstützung bekommt er dabei vom Russen Paul, einem weiteren Freund des Verstorbenen. Die einzige Spur endet bei einer Online-Singlebörse. Berthold erstellt ein eigenes Profil und beginnt, Frauen zu treffen, die potenzielle Mörderinnen sein könnten. Aber Berthold hatte leider noch nie ein gutes Händchen bei Frauen, daher enden die meisten dieser Treffen in einer Katastrophe. Was Oberinspektor Kafka gar nicht erfreut, der in diesem Fall ermittelt. Schon bald wächst Berthold die ganze Sache über den Kopf. Auf der Flucht vor der Polizei, einem Auftragskiller und der wahren Mörderin kann er nur hoffen, das ganze Schlamassel zu überleben.

Christian Feiel wurde in der Obersteiermark geboren. Seine Jugend verbrachte er in Graz. Während des Architekturstudiums arbeitete er als technischer Zeichner, Werbegrafiker, Türsteher und Texter für Comicstrips. Wahrscheinlich war die Zeit als Türsteher und seine Leidenschaft für Comics ausschlaggebend dafür, dass in seinem Kriminalroman die skurrilsten Persönlichkeiten aufeinander treffen. Seit 1998 arbeitet er in Architekturbüros als technischer Zeichner.

CHRISTIAN FEIEL

Zugestellt

Kriminalroman

GMEINER SPANNUNG

Besuchen Sie uns im Internet:
www.gmeiner-verlag.de

Im Ehnried 5, 88605 Meßkirch
Telefon 07575/2095-0
info@gmeiner-verlag.de

1. Auflage 2016

Lektorat: Claudia Senghaas, Kirchardt
Herstellung: Mirjam Hecht
Umschlaggestaltung: U.O.R.G. Lutz Eberle, Stuttgart
unter Verwendung eines Fotos von: © view7 / photocase.de
Druck: CPI books GmbH, Leck
Printed in Germany
ISBN 978-3-8392-1953-9

Personen und Handlung sind frei erfunden.
Ähnlichkeiten mit lebenden oder toten Personen
sind rein zufällig und nicht beabsichtigt.

KAPITEL EINS

DER SCHÖNE FRED

Berthold saß gekrümmt auf einer weißen Holzbank. Sein Kopf war nach vorne geneigt, die zerschundenen Hände ruhten auf den Oberschenkeln. Ein Tropfen Blut löste sich von einer Wunde an der Stirn und rann langsam an der Nase hinunter. Der Tropfen verharrte an der Nasenspitze und fing dort an zu zittern.

Berthold starrte gedankenverloren auf den grünen Kunststoffboden. Seine Hände schmerzten. Sein Kopf auch. Krampfhaft versuchte er sich daran zu erinnern, warum er jeden seiner Knochen spürte, in seinem Kopf herrschte jedoch eine einzige Leere.

Das helle Licht der Neonröhren stach schmerzhaft in seinen geröteten Augen. Ausgerechnet über seiner Bank, flackerte eine defekte Röhre.

Berthold blickte den endlos erscheinenden Gang entlang. Er fragte sich, wie lange er bereits auf dieser harten Bank saß. Auf jeden Fall viel zu lange.

Es war Sonntagvormittag, und um diese Zeit würde er viel lieber im Bett liegen. Bei diesem Gedanken ging eine angenehme Wärme durch seinen Körper.

Der Tropfen Blut an der Nasenspitze fing zu fallen an. Wie in Zeitlupe näherte er sich dem Boden. Als er auf den Boden auftraf, zerplatzte er in tausend kleine, rote Kugeln.

Berthold bewunderte das feine Muster, als zwei Schuhe in sein Blickfeld traten und ihn aus seiner Lethargie rissen.

Er hob den Kopf und blickte in zwei große, dunkelbraune Augen. Ein Versuch zu lächeln endete in einer verzerrten Grimasse.

»Herr Buchinger?«, hörte er die zwei Rehaugen sagen. »Kommen Sie bitte mit ins Behandlungszimmer.«

Berthold wollte etwas Charmantes erwidern und elegant auf die Beine springen. Doch es kam nur ein raues Krächzen aus seinem trockenen Mund, und das elegante Springen wollte auch nicht so recht funktionieren.

Mühsam erhob er sich von der Bank, ein fürchterliches Stöhnen kam aus seiner Kehle, mit beiden Händen musste er sich an den Oberschenkeln abstützen, wobei er sichtlich ins Schwanken kam. Er folgte der Frau in Weiß, wie ein braver Schuljunge, der etwas angestellt hatte und nun mit einer Strafe zu rechnen hatte.

Die zwei Rehaugen zeigten auf einen Behandlungstisch in der Mitte des Raumes.

»Bitte nehmen Sie doch Platz.«

Wieder empfand Berthold dieses unangenehme Gefühl, nicht hierher zu gehören. Und diese hellen Neonröhren. Könnte bitte jemand dieses grelle Licht ausschalten? Sieht denn niemand, dass mich dieses Licht wahnsinnig macht?

Mühsam kletterte er auf den hohen Metalltisch.

»Die Computertomografie hat keine weiteren Verletzungen hervorgebracht. Sie haben ein paar Abschürfungen und eine leichte Gehirnerschütterung. Am besten wäre es natürlich, Sie würden heute noch zur Beobachtung hierbleiben.«

»Ich würde lieber nach Hause gehen«, stöhnte Berthold.

»Das habe ich mir schon gedacht«, erwiderte die Ärztin, während sie seine Abschürfungen am Kopf noch einmal reinigte.

»Sie sollten aber auf jeden Fall die nächsten paar Tage ruhig angehen. Vermeiden Sie Anstrengungen. Sollte Ihnen Übel werden, oder Kopfschmerzen auftreten, kontaktieren Sie bitte sofort einen Arzt.«

»Ich habe jetzt zwei Wochen Urlaub. Genügend Zeit auszuspannen«, antwortete Berthold, mehr zu sich als zur Ärztin.

»Das trifft sich gut, Herr Buchinger. Gehen Sie Ihren Urlaub ruhig an. Ich würde Sie gerne morgen, spätestens aber am Dienstag wieder sehen.«

Berthold verzog sein Gesicht zu einer Art Schmunzeln.

»Ich würde Sie auch gerne wieder sehen, Frau Doktor.«

»Ich bin Montag von 7.30 bis 15.00 Uhr hier.« Sie klebte noch ein letztes Heftpflaster auf seine Stirn und streifte ihre Gummihandschuhe ab.

»So, Sie können nun gehen. In welchen Bus sind Sie überhaupt gelaufen?«

»Ich habe keine Ahnung«, sagte Berthold und kratzte sich verlegen am Hinterkopf.

»Gestern Abend habe ich mit ein paar Freunden gefeiert, und danach kann ich mich an nichts mehr erinnern.«

Die Ärztin musste lächeln. »Kommen Sie am Montag noch einmal vorbei und passen Sie auf, wenn Sie das nächste Mal über die Strasse gehen.«

»Da kannst du dir sicher sein«, dachte sich Berthold. »Oh Mann, was für ein Lächeln.«

Er stand auf, verließ das Krankenhaus und sah diesmal mehrmals nach links und nach rechts, als er die Strasse überquerte.

*

Simon sah sich konzentriert um und kontrollierte jeden Winkel des Zimmers noch einmal ganz genau. Er durfte sich keinen Fehler leisten. Margarethe konnte sehr böse werden, und er wollte nicht, dass Margarethe böse wurde. Nein, das wollte er ganz bestimmt nicht.

Margarethe kümmerte sich um Simon, und das nun schon seit 12 Jahren. Seit damals, als Simon die großartige Idee hatte, eine Bank zu überfallen.

Vor genau 12 Jahren, beschloss Simon, dem Elend der Welt ein Ende zu bereiten, besonders dem Elend in seiner unmittelbaren Umgebung. Und deshalb überfiel er kurzerhand eine Bank.

Er spazierte seelenruhig in das nächste Geldinstitut, erklärte dem erstaunten Bankbeamten, dass es sich um einen Überfall handelte, und verließ mit einem Plastiksack voller Geldscheine wieder das Gebäude. Einige Kunden, die sich zu diesem Zeitpunkt in der Bank befanden, bekamen vom Überfall überhaupt nichts mit.

Danach stieg Simon in die Straßenbahn und fuhr zum Grazer Hauptplatz. Zielstrebig steuerte er den Erzherzog-Johann-Brunnen in der Mitte des Platzes an. Er kletterte, bis er neben der Bronzestatue des Erzherzogs stand, auf den Brunnen, um den ganzen Hauptplatz übersehen zu können. Zur Überraschung der Menschen, die zu seinen Füßen standen, fing er an, das eben erlangte Geld an bedürftige Mitmenschen zu verteilen. Und irgendwie waren damals alle bedürftig.

Als die Polizei Wind davon bekam, hatte sich bereits eine ansehnliche Menge an Personen um unseren Helden versammelt. Ein regelrechter Menschenauflauf entstand und entwickelte sich zu einem wahren Volksfest. Die Exekutive eilte in großer Anzahl herbei, nicht um auch ein paar Scheine zu ergattern, sondern um den Simon zu schnappen. Die Polizisten mussten sich erst zu ihm durchkämpfen und bekamen dabei den einen oder anderen Ellbogen zu spüren.

Als Simon die herannahende Polizei sah, warf er die restlichen Geldscheine in die Luft, drehte sich um und kletterte so schnell er konnte wieder vom Brunnen hinunter.

Sofort brach ein gewaltiges Chaos aus. Flüche wurden ausgestoßen, Befehle lautstark intoniert, hysterisch nach fliegenden Geldscheinen gegriffen.

Simon erreichte gerade eine der kleinen Seitengassen, die in den Hauptplatz münden, als hinter ihm eine scharfe Stimme ertönte.

»Polizei, auf die Knie, keine Bewegung!«

Dessen ungeachtet setzte Simon seine Flucht fort, was, im Nachhinein betrachtet, keine besonders gute Idee war, da er kurz darauf, durch einen gezielten Warnschuss in den Unterschenkel gestoppt wurde.

Fazit dieses Polizeieinsatzes:

11 Personen wurden mit leichten Verletzungen in das Unfallkrankenhaus eingeliefert.

5 Beamte der Polizeidirektion Graz wurden für längere Zeit krankgeschrieben. Ein Beamter musste sogar wegen mehreren Bisswunden behandelt werden. Der behandelnde Arzt bestätigte, dass die Verletzungen von einem menschlichen Gebiss stammen mussten. Zur Sicherheit wurde der Beamte trotzdem gegen Tollwut geimpft.

Von dem gestohlenen Geld tauchte mehr als die Hälfte nie mehr auf. Was auch die überfallene Bank dazu veranlasste ihren Wahlspruch, »Wir erfüllen alle Ihre Wünsche«, zu ändern.

Der Hund Leopold von Oma Feichtinger, der sich auch in der Seitengasse befand, erlitt bei dem abgegebenen Warnschuss einen Gehörsturz, von dem er sich bis heute nicht erholt hat.

Simon, durch eine Schussverletzung am Bein stark behindert, musste auf Krücken zur Gerichtsverhandlung gebracht werden.

Was die Presse zu »Der hinkende Robin Hood von Graz« inspirierte.

Simon wurde wegen schweren Überfalls, schwerer Körperverletzung, Widerstand gegen die Staatsgewalt und Tierquälerei zu 10 Jahren Gefängnis verurteilt.

Und im Gefängnis traf Simon zum ersten Mal Margarethe. Für ihn war es Liebe auf den ersten Blick.

Simon riss sich aus seinen Gedanken. Er sah sich noch einmal in dem verwüsteten Raum um. Nein, er hatte nichts vergessen. Zur Sicherheit ging er nochmals in das Zimmer neben der Küche, wo der Computer stand. Er griff an seine Brusttasche und spürte den rechteckigen Kasten. Zufrieden knöpfte er seine Lederjacke wieder zu.

Auf dem Weg zurück in das Wohnzimmer ertönte plötzlich die Türglocke, und ließ ihn vor Schreck zusammenfahren. Er erstarrte, und wagte nicht einmal zu atmen. Die Türglocke erklang ein zweites Mal und er hörte, dass die Türklinke nach unten gedrückt wurde. Langsam machte sich Panik in ihm breit. Man sollte ihn hier nicht finden. Das war nicht geplant.

Simon riss sich aus seiner Starre und rannte durch das Wohnzimmer. Mehrmals musste er herumliegenden Möbelstücken ausweichen. Kaum war er durch die eingeschlagene Terrassentür ins Freie gesprungen, hörte er auch schon näherkommende Schritte. Simon sprang hinter einen Busch und legte sich flach ins feuchte Gras. Er hörte Glassplitter unter Schuhen knirschen und eine tiefe Männerstimme murmelte etwas Unverständliches. Als Simon aufsah, erblickte er einen Mann, der das Haus durch die Terrassentür betrat, und da hatte er plötzlich einen genialen Einfall.

*

Oberinspektor Franz Kafka saß in seinem penibel aufgeräumten Büro im dritten Stock der Polizeidirektion Graz am Paulustor, dem einzig erhaltenen Walltor des ehemaligen Befestigungsgürtels der Stadt.

Er mochte dieses Büro, vor allem wegen der schönen Aussicht in den Grazer Stadtpark.

Vor ein paar Tagen kam der Frühling gerade so richtig in Schwung und man konnte die ersten warmen Sonnenstrahlen dieses Jahres genießen. Der Stadtpark war zu dieser Jahreszeit ein Meer aus bunten Blüten. Oberinspektor Kafka konnte stundenlang aus seinem Fenster blicken und diesen farbenprächtigen Anblick bewundern.

Ein paar Akten schob er noch ein wenig nach links, damit sie parallel zur Tischkante ausgerichtet waren. Ordnung hatte schon immer sein Leben bestimmt. Wahrscheinlich war dies auch der Grund für seinen Eintritt bei der Grazer Kriminalpolizei gewesen.

Vor bereits vierzig Jahren begann seine Laufbahn beim Morddezernat. Zwei Jahre hatte er noch bis zu seiner Pensionierung, und die sollten auch noch sehr ruhig an ihm vorüberziehen. Danach wartete das Anglerparadies auf ihn. Gefangen hatte er in seinem ganzen Leben noch keinen einzigen Fisch, aber darum ging es ihm auch nicht. Sondern um die Ruhe. Am Wasser zu sitzen und entspannt über viele Dinge nachzudenken, das war für ihn sein kleines Paradies.

Eine Frau Oberinspektor gab es nicht an seiner Seite. Franz Kafka war immun gegenüber dem anderen Geschlecht. Er war auch immun gegenüber seinem Geschlecht, eigentlich war er immun gegenüber jedem Geschlecht.

Das einzige Lebewesen, das in sein Leben treten könnte, wäre ein Hund. Aber mit Einschränkungen. Er dürfte nicht bellen, sozusagen ein stummer Hund. Er mochte auch keine lebhaften Hunde, am besten wäre ein Hund der den ganzen

Tag schlafen würde. Dann könnte er sich aber auch einen ausgestopften Hund zulegen, nur wozu braucht man einen ausgestopften Hund? Somit wäre das Thema »Hund« für ihn auch vom Tisch.

An diesem Sonntagvormittag hatte Oberinspektor Kafka eigentlich keinen Dienst. Aber da war so ein komisches Kribbeln in seiner Nase, als er heute Früh aufgestanden ist. Und seine Nase hatte ihn noch nie im Stich gelassen. Und was war das für eine Nase.

Papiertaschentüchern brach der Angstschweiß aus, wenn sie diese Nase sahen und verfluchten den Erfinder des Ausdruckes »Reißfest«. Selbst Stofftaschentücher zuckten zusammen, wenn sie in die Nähe dieses Monstrums kamen.

Und eben diese Nase fing heute Punkt 6.30 Uhr an zu jucken. Oberinspektor Kafka wusste sofort, dass er an diesem Wochenende nicht angeln gehen würde.

Er war, wie jeden Tag, sehr früh mit der Straßenbahn in die Grazer Innenstadt gefahren. Am Hauptplatz stieg er aus, er wollte die letzten Meter zu seinem Büro zu Fuß gehen. Er ging die steil ansteigende Sporgasse hinauf, und konnte glitzernde Pfützen vom Morgentau zwischen den Pflastersteinen der Straße erkennen. Um diese Uhrzeit war die Sporgasse noch ausgestorben. Die Geschäfte waren an diesem Tag geschlossen, aber bald würden Kaffeehäuser und Eissalons ihre Türen für Kunden öffnen.

Sein Büro befand sich im dritten Stock, am Ende eines langen Ganges. Er sah wieder aus dem Fenster und beobachtete, wie der Stadtpark langsam erwachte. Geduldig saß er an seinem Schreibtisch. Er wusste, dass heute etwas passieren würde. Er holte die mitgebrachte Wochenendausgabe seiner Tageszeitung aus seiner abgegriffenen Ledertasche und breitete sie vor sich aus. Mit seiner klobigen Hand strich er die zerknitterten Seiten glatt und begann, uninteressiert die Artikel zu lesen. Seine Aufmerksamkeit aber war auf etwas ganz anderes gerichtet.

Inspektor Obermoser hatte gerade seinen Dienst angetreten und schlurfte zurück zu seinem Büro. In der linken Hand eine Tasse mit dampfendem Kaffee und in der rechten Hand eine Nusskrone von seiner Lieblingsbäckerei. Schon von weitem sah er, dass die Bürotür von Oberinspektor Kafka halb offen stand.

Er steckte seinen Kopf durch die offene Tür, sah seinen Chef am Schreibtisch sitzen und fragte:

»Nasenjucken?«

Oberinspektor Kafka nickte und rückte noch ein paar Bleistifte zurecht. Er mochte Inspektor Obermoser. Zuerst überlegen, dann reden. Obwohl er noch jung war, würde er einmal einen guten Nachfolger abgeben.

In diesem Augenblick läutete das Handy von Inspektor Obermoser und Oberinspektor Kafka erhob sich, mit einem Seufzer, aus seinem bequemen Sessel. Auf seine Nase konnte er sich verlassen.

*

Berthold verließ erleichtert das Unfallkrankenhaus und atmete tief die frische Frühlingsluft ein. Er konnte den sterilen Geruch von Krankenhäusern einfach nicht ausstehen. Er überquerte den Vorplatz und überlegte, ob er mit der Straßenbahn nach Hause fahren sollte, oder ob er sich heute ausnahmsweise ein Taxi leisten sollte. Gerade als er sich für das Taxi entschieden hatte, sah er einen grünen Bus der Grazer Verkehrsbetriebe um die Ecke biegen. In diesem Jahr wurde der Hauptbahnhof umgebaut, eine der größten Baustellen die Graz je gesehen hatte. Da bei dieser Gelegenheit auch die Straßenbahnstrecke erweitert wurde, wurden während der Bauphase Ersatzbusse eingesetzt.

Berthold hatte Zeit und es war ein wunderschöner Tag. Also stieg er in den Bus. Um zu seiner Wohnung zu kommen musste er die ganze Stadt durchqueren. Beinahe wäre er in dem gleichmäßigen Rütteln des Wagens eingeschlafen. Mit wesentlich sichereren Schritten verließ Berthold den Bus wieder. Die Sonnenstrahlen des angebrochenen Frühlings hinterließen eine angenehme Wärme auf seiner Haut.

Unbewusst verlangsamte er seine Schritte, als er die Münzgrabenstrasse nach Süden entlangschlenderte. Die Häuserreihen wurden niedriger, fast konnte man meinen in einer ländlichen Siedlungsanlage spazieren zu gehen. Das war auch einer der Gründe wieso Berthold gerne hier wohnte.

Auf Höhe der Fröhlichgasse zögerte er kurz. Noch fünfhundert Meter geradeaus und er könnte seinen wohlverdienten Schlaf in seiner 50-Quadratmeter-Wohnung nachholen. Wenn er aber nach zweihundert Metern links abbiegen würde, könnte er den »schönen Fred« besuchen. Fred hatte gestern Nacht mit ihm die erfolgreiche Scheidung von Bertholds Frau gefeiert. Fred wusste sicher was passiert war. Und falls er es nicht mehr wusste, so hatte er sicher ein kühles Bier in seinem Kühlschrank.

Der »schöne Fred« hatte seinen Spitznamen wegen seines Erfolges bei Frauen. Obwohl Fred, ebenso wie Berthold, ein Mittvierziger war, schmückte sein Haupt noch immer wallendes schwarzes Haar. Berthold hingegen musste sich bereits mit einigen grauen Strähnen in seinem schütteren Haar abfinden. Böse Zungen behaupteten, dass der schöne Fred sich die Haare färben ließ, was aber noch niemand bestätigen konnte.

Der schöne Fred wohnte in einem kleinen, gemütlichen Einfamilienhaus im Süden von Graz. Sein Vater und seine Mutter hatten dieses Haus schon bewohnt und wahrscheinlich sogar mit ihren eigenen Händen aufgebaut. Nun diente es dem schönen Fred als seine Liebeslaube.

Berthold bog von der Münzgrabenstrasse in die Sandgasse ein und stand wenige Augenblicke später vor Freds Haus. Er blickte auf seine Armbanduhr, quasi als Gewissensberuhigung, und schon drückte ein verbundener Zeigefinger auf die Türglocke. Abgehackte Orgelmusik spielte den Refrain von »Knocking on Heavens Door«. Jedes Mal schüttelte Berthold seinen Kopf, wenn er die Türglocke hörte, und er spürte, wie sich feine Härchen in seinem Nacken aufstellten. Er hatte nie verstanden, warum sich Fred so einen Schwachsinn eingebaut hatte. Im Haus blieb es still. Nach einer kurzen Zeit drückte Berthold noch einmal die Türglocke und versuchte, die Eingangstür zu öffnen. Sie war verschlossen. Da sich mittlerweile starker Durst bei ihm eingestellt hatte, beschloss Berthold sein Glück an der Rückseite des Hauses zu suchen. Fred ließ öfters die Terrassentür offen, um unangemeldeten Gästen, wie eben nun dem Berthold, Einlass zu gewähren.

Zielstrebig marschierte er um das Haus, mit der Vorfreude bald ein kühles Bier in der Hand zu halten. Der Rasen müsste auch wieder einmal gemäht werden, dachte er sich und war gleichzeitig froh, eine Mietwohnung im dritten Stock zu haben.

Er erreichte die Terrasse und hörte Glas unter seinen Füßen knirschen. Sein erstaunter Blick wanderte von seinen Füßen zur Terrassentür, oder besser gesagt, was noch von ihr übrig war. Ein riesiges Loch starrte ihn an, und Glasscherben lagen verstreut auf der Terrasse.

»Das muss eine Wahnsinnsparty gewesen sein«, murmelte Berthold und ärgerte sich bereits jetzt schon, dass er sich an nichts mehr erinnern konnte. Vorsichtig stieg er durch die zerbrochene Tür in das Wohnzimmer.

»Herr Schmiedbauer!«, rief er in das stille Haus. »Ist meine Ehefrau bei Ihnen?«, dabei musste er sich sehr zusammenreißen, um nicht laut aufzulachen.

Vor einigen Jahren hatte er sich schon einmal so angekündigt. Kaum hatte er damals die Worte ausgesprochen, sah er den schönen Fred aus einem Seitenfenster des Hauses springen, so wie Gott ihn schuf, nur mit einem Zierkissen in den Händen, das seine intimsten Körperteile notdürftig bedeckte. Noch bevor Berthold etwas sagen konnte, war der schöne Fred auch schon Richtung Münzgrabenstrasse davongelaufen. Da er abrupt von seinem Bett aufgesprungen war, wurde seine damalige Bettgespielin sehr unsanft abgeworfen, da sie gerade auf ihm saß, und flog mit dem Kopf gegen den Schlafzimmerkasten, was die damalige Kindergartentante eines Kindergartens im Bezirk Liebenau dazu zwang, drei Wochen lang eine Halskrause zu tragen. Selbst die Kinder mussten schmunzeln, wenn über diesen »Verkehrsunfall« gesprochen wurde.

Fred bekam daher die darauf folgenden Jahre nur bestickte Kopfpolster zu seinen Geburtstagen geschenkt. Nach dem Motto: »Sicher ist sicher«, man kann nie genug davon haben. Einen hatte er sogar in seinem Auto deponiert.

Die Kindergartentante verließ nach ein paar Wochen voller Schmach die Stadt und wahrscheinlich auch das Land. Dabei ist sie zu diesem Zeitpunkt gar nicht verheiratet gewesen.

Berthold musste bei diesen Gedanken wieder schmunzeln, und bestaunte ein verwüstetes Wohnzimmer. Dutzende bestickte Polster lagen verstreut auf dem Boden. Er musste mehrmals über umgeworfene Möbel steigen, um sich einen Weg in die Küche zu bahnen.

»Fred, ich bin es!«, rief er noch einmal ins Leere. »Ich gebe dir noch fünf Minuten, dann komme ich nachschauen.«

Mit einem zufriedenen Lächeln öffnete er den Kühlschrank

und entnahm eine Flasche kühles Bier. Während er sich mit dem Drehverschluss abkämpfte, schlenderte er zurück ins Wohnzimmer.

Drehverschlüsse und einbandagierte Hände vertragen sich nicht. Erschöpft ließ er sich auf die Couch fallen. Berthold fing an mit seiner freien Hand unter den Zierkissen nach der Fernbedienung des Fernsehers zu suchen.

Unter einem besonders schön bestickten Polster bekam seine Hand etwas Hartes zu fassen. Verwundert brachte sie einen pinkfarbenen Damenschuh mit hohem Absatz zum Vorschein. Er bemerkte, dass die Frau auf großem Fuß lebte. Schuhgröße 41. Der Schuh könnte natürlich auch zu einem zierlichen Mann gehören, aber das kann so gut wie ausgeschlossen werden. Obwohl Fred schon einmal mit einem Transsexuellen mit nach Hause gegangen war. Am nächsten Tag hatte er zwar alles abgestritten, aber als Berthold mit Fred danach einmal durch die Herrengasse spazierte, trafen sie zufällig diesen doch recht hübschen Burschen wieder, der Fred einen heißen Blick zuwarf und Fred dabei knallrot im Gesicht werden ließ.

Berthold saß also zufrieden auf der Couch vom Fred, zwischen vielen bestickten Zierkissen, in der einen Hand sein Bier, in der anderen Hand einen pinkfarbenen Damenschuh. Langsam schweifte sein Blick durch den Raum auf der Suche nach weiteren weiblichen Kleidungsstücken. Hinter einem umgestürzten Sofa sah er einen zweiten pinkfarbenen Schuh aufleuchten. Mühevoll erhob er sich und robbte auf allen Vieren in Richtung des zweiten Damenschuhes. Er griff danach, konnte ihn jedoch nicht bewegen. Der Schuh schien sich verheddert zu haben. Berthold schmiss zwei Polster zur Seite und sah den Schuh im Hinterkopf vom Fred stecken.

Mit einem unterdrückten Schrei setzte es den Berthold auf seinen Hintern und beinahe hätte er sogar sein Bier verschüttet. Fassungslos starrte er den schönen Fred an, und den pinkfarbenen Damenschuh in seinem wallenden schwarzen Haar.

Berthold wollte gerade aufspringen und irgendetwas Sinnvolles tun, da ertönte eine tiefe Stimme von der Terrasse her.

»Ganz ruhig Burscherl, dann passiert dir auch nix.«

»Polizei, auf die Knie, keine Bewegung!«, schrie nun eine jüngere Stimme und Berthold riss seine zwei verbundenen Hände in die Höhe. In der einen Hand sein Bier, in der anderen Hand ein Damenschuh.

Langsam drehte er seinen Kopf in Richtung Terrassentür und sah einen älteren Mann mit einer riesigen Nase.

Der jüngere Beamte sprang plötzlich auf den Berthold los, rammte ihm sein Knie in den Rücken, sodass sämtliche Luft aus Bertholds Lungen gepresst wurde. Mit einem Seufzer flog er mit dem Gesicht nach vorne. Jetzt lag er gleich da wie der schöne Fred, nur ohne Schuh im Kopf, dafür mit einem Knie im Kreuz. Und das gute Bier war natürlich verschüttet.

Unsanft wurden seine Arme nach hinten gebogen und mit Handschellen fixiert. Dabei wurde dem Berthold ziemlich übel.

Die letzten Worte die er noch vernahm waren: »Obermoser, du schaust zu viel Fernsehen.«

Dann wurde dem Berthold schwarz vor den Augen.

*

Berthold öffnete blinzelnd seine Augen und erblickte eine nackte Neonröhre. Weiß gestrichene Sichtbetonmauern umschlossen einen kleinen Raum. Er lag auf einem harten Metallbett. Sein Rücken schmerzte. Ein unangenehmer Geschmack verbreitete sich in seinem Mund. Als ob vergangene Nacht ein kleines pelziges Tier in seinen Mund hineingekrochen wäre und danach elend verreckte.

Was war gestern schon wieder passiert. Wieder waren seine Erinnerungen vernebelt. Das durfte nicht zur Gewohnheit werden.

Berthold konnte sich an ein Knie in seinem Rücken erinnern, Fred mit einem Schuh im Kopf und an eine riesengroße Nase.

Ein ziemlicher Horrortrip.

Das einzig Gute an seiner jetzigen Situation war, dass er endlich ausgeschlafen war. Gerade als er sich in seinem Bett umdrehen wollte, um weiter zu dösen, hörte er das Klappern eines Schlüsselbundes. Kurz darauf wurde das Schloss der schweren Metalltür aufgesperrt, und zu Bertholds Erstaunen erschien die riesengroße Nase in der Tür.

»Guten Morgen, Herr Buchinger«, fing die große Nase an zu sprechen.

»Mein Name ist Oberinspektor Kafka. Ich leite die Untersuchungen im Mordfall Schmiedbauer.«

»Oberinspektor? Untersuchungen? Schmiedbauer?«, Berthold musste erst einmal seine Gedanken ordnen. Dann hatte er also doch nicht alles nur geträumt. Ihm wurde auf einmal ziemlich übel.

Umständlich kramte der Oberinspektor eine verbeulte Packung Zigaretten aus seiner Jackentasche und hielt sie dem Berthold unter die Nase. Mit einer abwehrenden Handbewegung dankte er dem Ermittler, wobei er sich konzentrieren musste, um ihm nicht vor die Füße zu kotzen.

Oberinspektor Kafka nahm sich einen Metallstuhl, der in der schmalen Zelle stand, und schob ihn quietschend an das Bett heran. Er setzte sich und zündete sich genüsslich eine Zigarette an.

»Das ist einer der wenigen Vorteile, wenn man Oberinspektor ist«, murmelte der alte Mann und zog wieder an seiner Zigarette. Langsam blies er den Rauch zur Decke und musterte dabei aufmerksam sein Gegenüber. Berthold lag noch immer ein wenig verwirrt auf dem Metallbett.

»Nun, Herr Buchinger«, begann Chefinspektor Kafka. »Erklären Sie mir einmal was Sie heute früh bei der Leiche des Herrn Schmiedbauer gemacht haben?«

»Ich hab …«, krächzte Berthold und versuchte, trotz seines ausgetrockneten Rachens zu schlucken. Das Ergebnis war so etwas Ähnliches wie asthmatischer Schluckauf.

Oberinspektor Kafka klopfte an die schwere Metalltür und rief: »Obermoser, zwei Kaffee bitte!«

Berthold kämpfte noch einige Zeit mit seiner Atmung, während Oberinspektor Kafka unbeirrt weiter an seiner Zigarette zog.

Kurz darauf wurde die schwere Metalltür aufgestoßen, und Inspektor Obermoser erschien mit zwei dampfenden Pappbechern in der Hand.

Unwillkürlich zuckte Berthold bei seinem Anblick zusammen und spürte dabei einen stechenden Schmerz in seinem Rücken. Mit zittriger Hand nahm er den Becher entgegen und trank gierig einen kräftigen Schluck.

»Kaffee ans Bett serviert«, fing Berthold laut zu denken an. »Das hab ich schon lange nicht mehr bekommen.«

Oberinspektor Kafka nahm auch einen Schluck von seinem Kaffee und verzog missbilligend sein Gesicht. Kaffeekochen gehörte nicht zu den Stärken von Inspektor Obermoser.

»Nun gut Herr Buchinger«, begann er wieder. »Nun erzählen Sie einmal, was gestern vorgefallen ist.«

»So genau weiß ich das auch nicht mehr«, antwortete Berthold und hielt seinen Pappbecher mit beiden Händen fest, als wolle er die Wärme des Bechers in sich aufsaugen.

»Wir haben ein wenig gefeiert und heute wache ich hier in dieser Zelle auf. Der Rest ist ziemlich vernebelt.«

»Vielleicht kann ich Ihnen dabei ein wenig helfen den Nebel

zu lichten. Kann es sein, dass Sie gestern ein bisschen zu viel getrunken haben? Dabei sind Sie sich mit Ihrem Freund, dem Fred Schmiedbauer, in die Haare geraten. Vielleicht wegen einer Frau? Ein Wort ergibt das andere. Es kommt zu Handgreiflichkeiten und schon ist ein Unfall passiert. Sehen Sie sich an. Ihre Hände und Ihr Gesicht sehen ziemlich mitgenommen aus. Das scheint ein größerer Meinungsunterschied gewesen zu sein.«

Fassungslos sah der Berthold den alten Mann mit der großen Nase an.

»Sie glauben also, ich hatte einen deftigen Streit mit meinem besten Freund. Nun, wir haben uns öfters gestritten, das stimmt schon. Nur kann ich mir nicht vorstellen, dass ich im Streit die Fassung verloren habe, dabei meinen pinkfarbenen Damenschuh auszog und damit dem Fred eins übergebraten habe. Danach fahre ich in aller Ruhe ins Krankenhaus, lasse meine Wunden versorgen, fahre wieder zurück zum Tatort, wahrscheinlich, um meine Lieblingsschuhe abzuholen, die mir nebenbei bemerkt ein wenig zu klein sind. Dort angekommen setze ich mich allerdings zuerst einmal gemütlich neben die Leiche meines besten Freundes und trinke seelenruhig ein Bier. Ist das Ihre Theorie?«

»Nun, so wie Sie die Geschichte erzählen, muss ich zugeben, hört sie sich eigenartig an. In welches Krankenhaus sind Sie gefahren?«

»Ich bin ins Unfallkrankenhaus gebracht worden. Ganz genau kann ich mich daran aber nicht mehr erinnern. Wie ich zu den Abschürfungen gekommen bin, weiß ich auch nicht mehr. Deshalb bin ich nach dem Krankenhaus auch zum Fred gefahren. Ich hab mir gedacht, vielleicht kann er sich an gestern Nacht erinnern.«

Oberinspektor Kafka nahm einen weiteren Schluck Kaffee und verzog unverzüglich wieder seinen Mund.

»Ich werde das natürlich überprüfen lassen. Sie haben Glück, dass Sie auch von einer Augenzeugin entlastet werden. Ihre Geschichte stimmt im Großen und Ganzen mit der Aussage der Zeugin überein, was Ihr Eintreffen am Tatort betrifft. Außerdem wurde der Herr Schmiedbauer in der Nacht in Begleitung einer Frau gesehen.«

»Das kann nur die alte Feichtinger gewesen sein. Die schaut den ganzen Tag beim Fenster raus, außer wenn sie mit ihrem tauben Köter Gassi geht. Ich glaub die alte Schachtel schläft nie.«

»Seien Sie froh, dass die alte Schachtel nie schläft«, erwiderte Chefinspektor Kafka. »Sie hat uns sehr weitergeholfen. Sie sah wie Herr Schmiedbauer gegen 4 Uhr früh in Begleitung einer rothaarigen Frau nach Hause kam. Eine halbe Stunde später verließ die besagte Dame sehr eilig den Tatort. Barfuss! Kennen Sie vielleicht eine rothaarige Frau im Bekanntenkreis des Herrn Schmiedbauer?«

»Ich hab schon lange aufgehört, mir die Freundinnen vom Fred zu merken.«

»Nun gut, stehen Sie auf, ziehen Sie sich an, wir werden Ihre Aussage zu Protokoll nehmen.«

»Brauch ich einen Anwalt?«, fragte der Berthold unsicher.

»Das einzige was Sie brauchen sind frische Kleider und eine Dusche«, grummelte der alte Mann. »Halten Sie sich zur Verfügung, ich werde sicher mit Ihnen noch einmal sprechen müssen.«

Mit seiner breiten Hand klopfte Oberinspektor Kafka wieder gegen die Metalltür und erhob sich mühsam von seinem Stuhl.

*

Die Sonne warf bereits lange Schatten, als Berthold die Polizeidirektion in der Paulusgasse verlassen konnte. Die Tastatur des Computers und die Hände von Inspektor Obermoser waren keine engen Freunde. Die Aufnahme des Protokolls dauerte länger als Berthold gedacht hatte.

Um seine Gedanken zu ordnen und auch um die letzten Sonnenstrahlen zu genießen, entschloss sich Berthold zu Fuß nach Hause zu gehen. Ein Spaziergang durch den Stadtpark würde ihm gut tun.

Angestrengt überlegte er, mit welcher rothaarigen Frau Fred in letzter Zeit geflirtet hatte. Eigentlich hatte Fred mit jeder Frau geflirtet. Seine Mörderin konnte daher überall zu finden sein. Die meisten seiner Exfreundinnen hatten ein Motiv, ihn zu ermorden. Fred war ein unverbesserlicher Frauenheld gewesen.

Je länger Berthold über den Tod seines besten Freundes nachdachte, desto unsicherer wurde er, ob Oberinspektor Kafka diesem Fall gewachsen war.

Nur was konnte Berthold unternehmen. Er war Briefträger und kein Experte in Mordfällen.

Vielleicht sollte er ein Detektivbüro mit diesem Mord beauftragen, aber wie viel kostet ein Detektiv? Berthold war frisch geschieden. Sein Konto hatte darunter sehr gelitten, obwohl sich seine Frau in »beidseitigem Einverständnis« von ihm getrennt hatte. Sie hatten sich einfach auseinander gelebt. Seine Frau hatte nun das noch nicht abbezahlte Haus, seinen schönen Wagen und sogar seine neue Golfausrüstung. Dabei spielte sie nicht einmal Golf.

Berthold spazierte durch den Stadtpark, hatte aber keine Augen für die aufblühenden Pflanzen. Je mehr er über die Situation nachdachte, desto mehr und mehr kam er zu dem Entschluss, dass er selbst ein wenig die Initiative übernehmen musste. Das war er dem schönen Fred schuldig.

Sein Körper, im besonderen sein Gaumen, war einerseits durch die lang andauernde Protokollaufnahme, andererseits durch seinen ausgiebigen Frühlingsspaziergang, komplett ausgetrocknet. Was soviel heißt, dass er einen riesigen Durst hatte. Sein Unterbewusstsein registrierte diesen Zustand schon in seiner Entstehungsphase und lenkte daher seine Schritte vorsorglich in Richtung seines Stammlokales. Gerade als sich auch der Berthold eines sehr trockenen Gaumens bewusst wurde, blickte er auf und zu seiner Verwunderung befand er sich unter einem einladenden Schild mit dem Namen »Eckbeisl«.

Das »Eckbeisl« war eines seiner liebsten Orte des Verweilens. Wahrscheinlich auch weil der Berthold seit der Eröffnung dem Lokal ein treuer Gast geblieben ist.

Beinahe wäre er sogar der Namensgeber des »Eckbeisl« geworden. Der Besitzer des Lokales, ein gewisser Herr Karl, ein Mann von stattlicher Statur und einem beachtlich lauten Organ, wusste nämlich nicht so recht wie er sein neues Lokal benennen sollte. Immer wieder verwarf er Ideen, und so kam es, dass er sein Lokal ohne Namen eröffnete. Unter den ersten Gästen entwickelte sich sogleich ein Wettstreit um die Findung des einfallsreichsten Namens.

Bertholds Vorschlag lautete »Titanic«, mit der Begründung: Früher oder später sauft jeder einmal ab. Zu seinem Bedauern wurde dieser Vorschlag einstimmig abgelehnt. Eigentlich wurde jeder Vorschlag einstimmig abgelehnt, was dazu führte, dass der Herr Karl ein Machtwort sprach und sein Lokal »Eckbeisl« nannte, da es ja in einem Eckhaus untergebracht war.

Um diese Tageszeit war das »Eckbeisl« spärlich besucht, was dem Berthold durchaus recht war. Der Herr Karl stand mit seinem hundertzwanzig Kilo schweren Körper hinter dem Tresen, und Berthold konnte schon von weitem erkennen, dass er bereits das Schicksal des schönen Fred erfahren hatte.

»Wie schaust du denn aus?«, begrüßte der stämmige Wirt den Berthold und stellte ihm auch schon ein frisch gezapftes Bier vor die Nase.

»Genauso, wie ich mich fühle«, antwortete Berthold und nahm einen genussvollen Schluck von seinem Bier. Nachdem er sich den Bierschaum von seiner Oberlippe gewischt hatte, sah er dem Herrn Karl traurig in die Augen und fragte: »Hast du schon vom Fred gehört?«

»Kaum hab ich aufgesperrt, ist auch schon die alte Feichtinger bei der Tür hereingestürmt und hat mir alles ganz genau erzählt. Als ob sie dabei gewesen wäre. Der arme Fred. Was ist mit dir passiert, du schaust auch schrecklich aus?«

Berthold erzählte dem Herrn Karl ausführlich von seiner letzten Nacht und wie er den schönen Fred gefunden hatte. Von seiner Verhaftung und seiner Einschätzung, ob die Polizei den Mörder finden wird.

»Am liebsten würde ich selbst ein bisschen nachforschen«, überlegte Berthold laut. »Ich kann mir nicht vorstellen, dass der alte Kommissar weiß, was er tut. Der denkt sicher schon täglich an seine Pension.«

»Dann unternimm du doch etwas«, murmelte der stämmige Wirt.«Ich helfe dir wo ich nur kann. Das bin ich dem schönen Fred auch schuldig.«

»Aber wo soll ich anfangen. Ich habe keine Ahnung was ich machen soll.«

»Eigentlich brauchst du nur die rothaarige Frau finden, und der Fall wäre geklärt.«

»Das hört sich leichter an, als es ist. Hast du eine Ahnung wie viele rothaarige Frauen es in Graz und Umgebung gibt? Wenn wir Pech haben war es eine Touristin oder eine

Geschäftsfrau auf der Durchreise. Es ist unmöglich diese Frau zu finden.«

»Irgendwo muss der Fred diese Frau ja getroffen haben. Er hat mir einmal erzählt, dass er eine Bekanntschaft über das Internet gemacht hat.«

»Keine schlechte Idee«, überlegte Berthold. »Er hat mir auch einmal erzählt, dass er im Internet Kontakte geknüpft hat. Man müsste auf seinem Computer nachschauen, vielleicht hat er E-Mail Adressen gespeichert.«

»Mit Computern kenne ich mich nicht so gut aus. Was ist wenn er seinen Computer mit einem Passwort gesichert hat?«

»Passwort? Was meinst du mit einem Passwort?«

»Wie ich sehe kennst du dich genauso gut mit Computern aus wie ich«, bemerkte der Herr Karl und stellte dem Berthold ein neues Glas Bier vor die Nase.

Automatisch nahm dieser einen Schluck davon.

»Ich habe keine Ahnung ob der Fred ein Passwort verwendet hat. Wo findet man so ein Passwort?«

»Die einfachste und schnellste Lösung ist ein sogenannter Wörterbuchangriff«, ertönte eine tiefe, krächzende Stimme. Berthold und der Herr Karl sahen erstaunt zu einem Tisch in der hintersten Ecke neben dem Tresen und erblickten den Paul Sedlacek. Keiner der beiden hatte bemerkt, dass der Russen Paul, wie er von den meisten, wegen seiner mehrmaligen Russland-Reisen, genannt wurde, in der Ecke saß und ihnen zugehört hatte. Der Russen Paul rückte die dicke schwarze Hornbrille auf seiner Adlernase zurecht und setzte unbeirrt seine Erläuterung fort.

»Das ist eine Software die jedes Wort einer Passwortliste oder eines Wörterbuches ausprobiert, bis es das richtige Wort gefunden hat. In den meisten Fällen dauert das nur wenige Sekunden. Sollte aber wider Erwarten diese Software keinen Erfolg haben, so würde ich die Brute-Force-Methode verwenden. Sie dauert zwar meistens ein wenig länger, ist aber umso genauer. Mit einem relativ starken Rechner kann man mittlerweile ein 6-stelliges Passwort in 6,8 Sekunden knacken. Längere Passwörter dauern dementsprechend länger.«

»Wieso kennst du dich mit Passwörtern so gut aus?«, fragte der Berthold verwundert.

»Wann bist du denn hereingekommen?«, fragte der Herr Karl erstaunt.

Die Fragen der Beiden ignorierend fuhr der Russen Paul fort.

»Der Fred war immer gut zu mir. Wenn ihr wollt könnt ihr ein Passwort Finder Programm von mir haben, damit könnt ihr, falls Fred seinen Computer gesichert hat, an seine Daten ran.«

Berthold und der Herr Karl sahen sich unsicher an. Niemand kannte den Russen Paul so gut, dass er ihn einen Freund nennen konnte. Berthold selbst hatte kaum drei Sätze mit ihm gesprochen. Keiner wusste genau womit der Russen Paul seinen Lebensunterhalt verdiente. Es gab Gerüchte, dass er mehrmals in die alte Sowjetrepublik gereist war und dort dubiose Überlebenstrainingcamps absolviert hatte. Er sprach eigentlich nie mit anderen Gästen im Lokal. Wenn er ein wenig über den Durst getrunken hatte, stimmte er russische Lieder an, weswegen ihn der Herr Karl auch schon einige Male aus dem Lokal schmeißen musste. Eigentlich war der Russen Paul niemanden so wirklich geheuer und gerade jetzt bot er dem Berthold seine Hilfe an.

»Das wäre toll von dir«, war Berthold der Erste der beiden, der sich wieder gefangen hatte.

»Und was macht man mit so einer Software?«

»Wann hast du das letzte Mal einen Computer eingeschaltet?«, fragte der Russen Paul.

»Meine Frau hatte so einen dünnen zum Aufklappen. Als wir letztes Jahr in den Urlaub fahren wollten, hat sie …«

»Alles klar«, unterbrach ihn der Russen Paul, während er sich von seinem Tisch erhob und langsam zu den Beiden an den Tresen kam.

»Ich werde dir helfen, den Rechner vom Fred zu knacken. Wann treffen wir uns bei seinem Haus?«

»Du willst mich treffen? Bei seinem Haus?«, Berthold stammelte die letzten Worte ungläubig vor sich hin.

»Sagen wir, um 2.00 Uhr heute Nacht. Gegenüber seinem Haus gibt es ein paar Büsche. Dort werde ich auf dich warten. Und pass auf, dass dich die alte Feichtinger nicht sieht. Ich glaub, die schläft nie.«

Dabei drehte er den Beiden den Rücken zu und verließ mit langsamen Schritten das Lokal.

Ungläubig starrten Berthold und der Herr Karl zu der eben zugefallenen Eingangstür.

»Was war das eben?«, fragte der Herr Karl.

»Ich bin mir nicht ganz sicher«, antwortete Berthold.

»Du wirst doch heute Nacht nicht dort hingehen?«

»Was glaubst du denn? Natürlich gehe ich heute Nacht dort hin.«

»Bist du verrückt? Weißt du überhaupt, was der Paul für ein Typ ist?«

»Ich weiß nur, dass er einen Computer knacken kann. Das ist eine einmalige Gelegenheit, an die Computerdaten vom Fred zu kommen.«

»Du musst wissen, was du tust. Ich will auch, dass der Mörder vom Fred gefunden wird. Aber man soll sein Schicksal nicht herausfordern. Ich habe oben in meiner Wohnung eine Waffe. Wenn du willst, hol ich sie dir.«

»Was soll ich mit einer Waffe? Ich gehe heute nur in das Haus vom Fred und schau mir seinen Computer an. Was soll da schon sein? Dafür brauche ich doch keine Waffe.«

»Eigentlich hab ich mir eher wegen dem Paul Sorgen gemacht.«

»Das wird ein Spaziergang. Einfach rein und wieder raus.«

»Ich hoffe du hast Recht. Willst noch ein Bier?«

Eines trank der Berthold noch und machte sich danach auf den Nachhauseweg. Er wollte noch ein paar Stunden schlafen, bevor er zum ersten Mal in seinem Leben in ein Haus einbrach. Noch dazu in das Haus seines besten Freundes.

Doch aus dem Schlafen wurde nichts. Kaum schloss er seine Augen, schon schwirrten Bilder des vergangenen Tages durch seinen Kopf. Unruhig wälzte er sich in seinem Bett hin und her. Schließlich stand er auf und schaltete den Fernseher ein. Zu allem Überfluss lief gerade die Sendung »Russisch für Anfänger«. War das ein Omen? Mittlerweile war er sich auch nicht mehr so sicher ob es eine gute Idee war mit dem Russen Paul, mitten in der Nacht, in ein Haus einzubrechen.

*

Simon fühlte sich wohl. Er hatte alles genauso erledigt, wie Margarethe es ihm aufgetragen hatte. Besser noch, er hatte den Verdacht auf eine andere Person gelenkt. Auf seine Idee die Polizei anzurufen war er besonders stolz. Margarethe wird ihn dafür heute belohnen, da war er sich sicher.

Aufgeregt sperrte er ihre Wohnungstür auf. Er betrat das Wohnzimmer und sah Margarethe auf dem großen Ledersofa sitzen und ihre Fußnägel lackieren.

»Wie ist es gelaufen?«, fragte sie ohne aufzusehen. »Hast du alles erledigt?«

»Es ist alles bestens gelaufen«, strahlte Simon und trat langsam an das Panoramafenster in der Südseite des Zimmers.

»Ich habe alles genauso erledigt, wie du gesagt hast.«

»Und wieso grinst du dann so dämlich?«, fuhr sie ihn schroff an und sah von ihren Füssen zu Simon auf.

»Hast du den Computer entsorgt?«

»Viel besser«, antwortete Simon während er die Aussicht auf den Grazer Schlossberg genoss. Manchmal konnte er von hier sogar die Uhrzeiger des Uhrturms erkennen.

Mit seiner rechten Hand griff er in die Innenseite seiner Jacke und brachte einen kleinen metallischen Kasten zum Vorschein.

»Ich habe die Festplatte ausgebaut. Hier sind alle seine Daten gespeichert. Wird sie vernichtet, wird auch die Verbindung zu dir vernichtet.«

»Das hast du gut gemacht mein Kleiner«, sagte Margarethe und erhob sich langsam von der Couch. Während sie auf Simon zuging, konnte der knappe Bademantel ihre gut geformte Figur nur spärlich verhüllen. Simon schluckte mehrmals kräftig. Bei diesem Anblick bekam er immer wieder weiche Knie.

»Ist sonst noch etwas vorgefallen?«, schnurrte sie nun und Simon konnte es kaum erwarten, seine Belohnung zu erhalten.

»Ich war nicht alleine im Haus«, sagte er und plötzlich zerplatzte die knisternde Stimmung wie eine Seifenblase.

»Was meinst du damit, dass du nicht alleine im Haus warst? Hat dich jemand gesehen, Simon?«, Margarethes Stimme bekam einen gefährlichen Unterton.

»Nein, du brauchst dir keine Sorgen machen. Niemand hat mich gesehen. Ich konnte mich gerade noch verstecken, als ein Freund von diesem Fred das Haus betrat. Kurz darauf hab ich die Polizei angerufen und mit verstellter Stimme um Hilfe gerufen. In meinem Versteck im Garten konnte ich mit ansehen, wie er in Handschellen abgeführt wurde.«

Erwartungsvoll sah er Margarethe an.

Zuerst etwas geschockt, wusste sie nicht so recht wie sie reagieren sollte, doch je länger sie darüber nachdachte, desto besser gefiel auch ihr die Idee, einen Unschuldigen mit in diese unselige Geschichte zu ziehen.

»Simon, du hast mich diesmal richtig überrascht«, musste sie fast sprachlos zugeben.

»Das hätte ich dir gar nicht zugetraut. Dafür werde ich dich heute ganz besonders belohnen«, schnurrte sie nun wieder und fuhr langsam mit ihrer Hand an seinem Hosenbund entlang.

»Und wo hast du meine Schuhe?«, fragte sie noch nebenbei. Ihre Hand wanderte bereits in Richtung Simons Schritt.

Simon stützte sich mit einer Hand am großen Fenster ab, da seine zittrigen Füße ihn nicht mehr lange aufrecht halten würden, als er plötzlich wie vom Blitz getroffen zusammenfuhr. Die Schuhe! Wie konnte er nur auf die Schuhe vergessen. Seine verdrehten Augen wurden wieder klar, und sein Unterkiefer klappte nach unten, unfähig einen Ton von sich zu geben.

Margarethe spürte wie sich Simon versteifte, und sie war sich sicher, das hatte nichts damit zu tun, dass sich ihre Hand zwischen seinen Beinen befand.

»Simon, wo sind meine Schuhe?«, sagte sie mit schroffer Stimme.

»Weißt du«, begann Simon zögernd. »Ich wollte gerade nach deinen Schuhen suchen, als dieser Fremde ins Haus kam. Ich musste doch die Festplatte in Sicherheit bringen. Es wäre doch nicht gut gewesen, wenn mich jemand dort gesehen hätte.«

»Du hast meine Schuhe dort gelassen?«, fauchte Margarethe ihn an. »Manchmal frage ich mich wirklich, warum ich dir alles doppelt und dreifach sagen muss?«

»Es tut mir furchtbar leid. Ich werde es wieder gut machen. Ich verspreche es dir. Ich gehe heute Nacht nochmals hin und suche nach deinen Schuhen.« Simon versuchte verzweifelt die Situation zu retten, aber Margarethe hatte bereits ihre Hand zurückgezogen.

»Meine Schuhe sind natürlich längst nicht mehr dort. Da du ja unbedingt die Polizei rufen musstest. Aber zur Strafe wirst du heute Nacht trotzdem noch einmal in das Haus einsteigen. Ich trau dem Fred nicht. Vielleicht hat er meine ersten Briefe doch noch aufgehoben. Du wirst noch einmal alles durchsuchen. Und, Simon, lass dich ja nicht erwischen, hast du mich verstanden?«

Mit hängendem Kopf nickte Simon.

»Natürlich, Margarethe, wie du wünschst.«

Er drehte sich um und verließ wortlos ihr Apartment. Er hasste es, wieder in dieses Haus zu gehen. Sein einziger Hoffnungsschimmer war, dass er diesmal das Haus für sich alleine hatte.

*

Oberinspektor Kafka saß in seinem Büro und blickte aus dem Fenster in den Grazer Stadtpark. Er nahm die blühenden Bäume aber kaum wahr. Seine Gedanken kreisten um den Mordfall von gestern Nacht.

Er hatte einiges riskiert mit der Entlassung dieses Briefträgers. Es sprachen aber durchaus einige Fakten dafür. Obwohl er sich nicht sicher war, ob dieser Berthold Buchinger alle Tassen im Schrank hatte, oder einfach nur sehr clever war. Vielleicht hätte er ihn doch noch ein paar Tage einsperren sollen, nur zur Sicherheit.

Natürlich hatte er ihn sofort überprüfen lassen. Ein dünner Ordner mit dem gesamten Leben des Herrn Buchinger lag geöffnet vor ihm. Er hatte ihn bereits mehrmals durchgelesen, obwohl , viel zu lesen gab es hier nicht. Ein Beamter bei der Post, frisch geschieden, keine Kinder. Keine Vorstrafen, nicht einmal falsch geparkt hatte er. Laut seinen Nachbarn ein ruhiger, angenehmer Mitbürger, unscheinbar und unauffällig. Aber standen nicht gerade solche Typen ständig in der Zeitung, wenn es um das Profil eines Serienmörders ging. Sein ermordeter Freund war so eine Art moderner Bezirkscasanova. Es scheint als sei keine Frau vor ihm sicher gewesen. Vielleicht hatte er auch die mittlerweile geschiedene Frau des Briefträgers flachgelegt. Berthold erfährt davon, ein Wort ergibt das andere, und schon ist das Malheur passiert. Dieser Seitensprung wäre dann der Scheidungsgrund und auch das Mordmotiv gewesen. Dann denkt sich dieser schlaue Kopf eine Geschichte mit einer rothaarigen Frau aus. Die alte Feichtinger sieht wahrscheinlich keine fünf Meter weit. Die wäre leicht zu täuschen gewesen. Diese Geschichte hörte sich durchaus plausibel an. Eifersucht ist immerhin eines der häufigsten Motive.

Seine Nase sagte ihm jedoch etwas Anderes. Nämlich, dass er richtig entschieden hatte. Sie sagte ihm aber auch, dass er etwas übersehen hatte.

Gedankenvoll kratzte er sich an seinem Prachtstück und rekonstruierte in seinem Kopf noch einmal den Tatort. Irgendetwas passte in diesem Bild nicht zusammen. Er wusste nur noch nicht, was.

Inspektor Obermoser öffnete die Tür einen Spalt und steckte seinen Kopf herein.

»Ich bin dann mal weg. Ich wünsch dir noch einen schönen Abend. Servus.«

Gerade wollte er wieder die Tür schließen, als er die tiefe Stimme seines Chefs hörte.

»Wir werden heute Nacht noch einmal in dieses Haus gehen müssen. Es waren mir heute Vormittag zu viele Leute dort. Ich befürchte, wir haben etwas übersehen. Ich weiß nicht was wir übersehen haben, aber ich bin mir ziemlich sicher, dass dort noch etwas ist. Ich kann dir auch nicht sagen, warum wir in der Nacht hingehen müssen, aber ich habe so ein Gefühl, dass wir heute dort eine Antwort finden werden. Wenn es dir nichts ausmacht, würde ich dich gerne dabei haben.«

Inspektor Obermoser wusste, dass das keine Bitte war. So sehr er diesen Abend auch schon verplant hatte. Ein kaltes Bier, vielleicht auch zwei, eine Packung Chips, extra crusty, und die letzte Staffel von »Miami Vice«. Seiner Lieblingskrimiserie. Das alles sah er auf einmal die Mur hinunterfließen. Mit einem leisen Seufzer, nicht für seinen Chef hörbar, antwortete er: »Natürlich, wann soll ich dich abholen?«

*

Die phosphorisierenden Zeiger seiner Armbanduhr teilten Berthold mit, dass es knapp zwei Uhr in der Früh war. Es war schweinekalt, die Luft war feucht und er saß wie ein Vollidiot in einem Rhododendronstrauch. Bis vor ein paar Minuten hatte er noch nicht einmal gewusst, dass es diesen Busch überhaupt gibt. Es war leider das einzige Gestrüpp gegenüber dem Haus vom Fred, und er wollte nicht gesehen werden.

Ganz wohl war ihm nicht bei dem Gedanken in das Haus eines Toten einzusteigen. Noch dazu mit dem Russen Paul. Eigentlich sollte er schon längst hier sein. Wo bleibt der denn bloß. Berthold beschloss dem Paul noch fünf Minuten zu geben, dann würde er diesen Busch verlassen, nach Hause gehen und diese absolut dumme Aktion so schnell wie möglich vergessen. Der Gedanke an sein Bett, zauberte wieder ein Lächeln in sein Gesicht.

»Jetzt kommt die alte Feichtinger mit ihrem tauben Köter«, hörte er plötzlich neben sich eine Stimme flüstern und hätte beinahe einen lauten Schrei von sich gegeben. Der Russen Paul stand gebückt hinter ihm und zeigte in Richtung der alten Frau.

»Verdammt«, protestierte Berthold. »Musst du dich so anschleichen? Ich hab mir fast in die Hose gemacht.«

»Ich stehe schon seit zehn Minuten hinter dir. Ich hab nur gewartet bis die alte Feichtinger kommt. Die geht alle zwei Stunden mit ihrem Köter raus. Sobald sie um die Ecke verschwunden ist, gehen wir über die Strasse. Wieso sitzt du überhaupt in diesem Strauch? Weißt du nicht, dass man von den Blättern Ausschlag bekommen kann?«

»Na prima«, dachte sich Berthold. »Diese Nacht fängt schon gut an. Zum Glück ist der Großteil meines Gesichtes und meiner Hände verbunden. So sind nur kleinere Bereiche vom Ausschlag betroffen.«

Kaum wurden diese Worte gedacht, fing der Berthold an, sich an der Hand zu kratzen.

Die alte Feichtinger bog am Ende der Strasse um die Ecke, die Beiden sprangen auf und liefen über die Strasse. Dem Berthold fiel auf, dass der Russen Paul geschmeidiger lief als er selbst. Was aber nach den Ereignissen der letzten Nacht auch keine allzu große Überraschung war. Sie gingen um das Haus des verstorbenen Fred und erreichten die eingeschlagene Terrassentür.

Zwei gelbe Plastikstreifen mit der Aufschrift »Polizei« waren verkreuzt an den Türrahmen geklebt.

»Mist«, bemerkte der Russen Paul beim Anblick der gelben Warnstreifen. »Die Polizei hat die Tür zugeklebt. Jetzt müssen wir uns einen anderen Weg in das Haus suchen.«

Berthold sah ihn etwas verstört an und wusste nicht sofort, ob der Russen Paul einen Scherz machte oder ob er es ernstmeinte. Der Russen Paul hingegen gluckste leise in sich hinein, bog die Plastikstreifen zur Seite und betrat das Wohnzimmer des verblichenen Fred. Berthold stellte sich indes wiederholt die Frage: »Was mache ich hier überhaupt?«

Er folgte dem Russen Paul, der mitten im verwüsteten Zimmer stand, eine Taschenlampe in der Hand hielt, und sein Gesicht damit in ein unheimliches Licht rückte.

»Weißt du wo der Fred seinen Computer hat?«

»Natürlich, im Zimmer neben der Küche. Gleich da vorne rechts«, antwortete Berthold, stieg über ein paar Zierkissen und ging vor in Richtung Küche.

Die Küche sah gegenüber dem Wohnzimmer sehr sauber aus. Alles schien an seinem Platz zu sein. Berthold öffnete gerade die Tür zu Freds Büro, als er hinter sich die Tür des Kühlschranks hörte. Er drehte sich um und sah den Russen Paul eine Buttermilch herausnehmen, und genüsslich die Packung öffnen.

»Du willst doch jetzt keine Buttermilch trinken?«, fragte er fassungslos.

»Den Fred wird's nicht mehr stören. Außerdem wäre es schade darum«, antwortete der Russen Paul und nahm einen Schluck.

Berthold wollte so schnell wie möglich dieses Haus wieder verlassen und ging schon einmal in Freds Büro vor. Der Russen Paul folgte ihm einige Sekunden später und hatte ein kleines weißes Bärtchen über seiner Oberlippe. Zielsicher setzte er sich an Freds Schreibtisch klatschte vor Vorfreude in die Hände und rieb sich noch kurz seine Handflächen, als ob er sich seine kalten Hände anwärmen musste, um den Computer nicht zu erschrecken. Er drückte den Startknopf und es tat sich nichts. Er drückte noch einmal den Startknopf und wieder blieb der Computer still. Kein Piepsen und kein Rattern. Die Vorfreude wich einem fragenden Blick. Der Berthold, der schon Probleme hätte einen Computer einzuschalten, stand hinter dem Russen Paul und sah interessiert zu, wie dieser einen Schraubenzieher aus seiner Jackentasche zauberte und mit ein paar Handgriffen den Computer des Fred geöffnet hatte. Er klemmte zwei kleine Lampen an seine Hornbrille, was seinem Gesicht einen noch groteskeren Anblick verlieh, und blickte in die offene Metallkiste.

»Hier fehlt die Festplatte«, war sein kurzer Kommentar, als sein Kopf wieder aus der Kiste herauskam. »Ich hatte mich schon gewundert, dass der Computer noch hier steht. Die Polizei würde in einem Mordfall sicher zuerst die Daten auswerten.«

»Ist das schlecht?«, fragte Berthold unbefangen. »Kann man das reparieren?«

Mitleidig sah der Russen Paul Berthold an.

»Ja, das ist schlecht. Nein, das kann man nicht reparieren. Alle Daten vom Fred sind weg. Jemand ist uns zuvorgekommen. Was soviel heißt, dass du wahrscheinlich recht gehabt hast. Fred hat seine Mörderin über das Internet kennengelernt und sie hat schneller reagiert als wir.«

»Schöner Mist. Was können wir jetzt noch machen?«

»Kennst du seine E-mail Adresse?«

»Nein, ich habe keine Ahnung. Über solche Sachen haben wir nie gesprochen.«

»Macht auch nichts, die werden wir schon herausbekommen. Hat der Fred einen Platz gehabt, wo er seine Unterlagen verwahrt hat. Dokumente, Policen, Geburtsurkunde?«

»Ja, ich glaube das muss alles in dem alten Kleiderschrank da drüben sein. Aber ich glaube der ist abgesperrt.«

Berthold hatte noch nicht ausgesprochen, da sah er bereits wie der Russen Paul zum Schrank ging. Er hörte ein leises Klicken und die Türen des Schrankes wurden geöffnet. Zu seiner Verwunderung war der Schrank leer. Nichts befand sich in ihm. Gähnende Leere. Berthold wollte seine Verwunderung in Worte fassen, als er sehr unsanft in den Schrank gestoßen wurde. Empört drehte er sich zum Russen Paul um, der bereits auch in den Schrank gestiegen war. Gerade wollte er zu einer Schimpftirade ansetzen, als der Russen Paul die Tür schloss, einen Finger auf seine Lippen presste und »Psst!« machte.

Das Letzte was Berthold sah war, dass die Lichter auf der Hornbrille des Russen Paul ausgeschaltet wurden.

Berthold wurde sehr mulmig in diesem engen, muffigen Schrank. Noch dazu mit einem Verrückten. Was wollten sie da drinnen überhaupt? War der Russen Paul ein Perverser, der enge Schränke brauchte um sich aufzugeilen? Gerade als es ihm zu bunt wurde und er im Begriff war, die Schranktür wieder zu öffnen, hörte er wie im Zimmer Schubladen aufgemacht und geschlossen wurden. Sein Herzschlag vervierfachte sich innerhalb einer halben Sekunde. Noch jemand befand sich im Zimmer. Berthold bekam fast keine Luft mehr, er bemerkte wie seine Halsschlagader anschwoll. Lange konnte er nicht mehr in diesem stickigen Kasten bleiben. Was würde dann passieren? War das da draußen der Mörder? Die Mörderin? Sie mussten doch irgendetwas tun.

»Ganz langsam einatmen und tief ausatmen«, flüsterte in der Dunkelheit, sehr nahe an seinem Ohr, eine vertraute Stimme. »Ganz ruhig. Keine Sorge, wer immer da draußen ist, den werden wir uns kaufen.«

Berthold wirkte dadurch nicht minder beruhigter. Hatte der Verrückte neben ihm eine Waffe dabei? Wenn ja, hatte der andere auch eine Waffe? Warum hatte er keine Waffe?

Plötzlich verstummten die Geräusche in dem Zimmer. Er hörte wie ein Körper nahe am Schrank vorbeihuschte und einen Fluch ausstieß. Danach trat Stille ein.

Berthold hatte sein Zeitgefühl verloren. Er konnte nicht sagen, wie lange sie ohne etwas zu sagen in dem Schrank standen. Es könnten einige Sekunden gewesen sein oder auch Stunden. Schweißperlen bildeten sich auf seiner Stirn. Seine Hände fingen an wie verrückt zu jucken. Jetzt fehlte nur mehr, dass er aufs Klo musste. Kaum hatte er den Gedanken gedacht, machte sich ein unangenehmer Druck in seiner Blase breit. Gerade als Berthold sich überlegte ob er in den Kasten pinkeln sollte, hörte er weitere Stimmen aus der Küche.

»Ich hab dir doch gesagt, hier ist keine Sau«, sagte eine verrauchte Stimme.

»Und ich sag dir, ich hab etwas gehört«, antwortete eine jüngere Männerstimme.

»Das sind die Nerven. In Häusern wo einer abgestochen wurde fühlt man sich immer ein bisschen komisch. Das ist normal. Jetzt reiß dich wieder zusammen. Ich will hier nicht übernachten.«

»Komisch, dass die Tür nur mit zwei Plastikbändern gesichert ist.«

»Die Polizei dein Freund und Helfer. So sind wir wenigstens schnell hereingekommen. Nimm dir was du brauchst und dann nichts wie weg von hier.«

»Ich werd den Fernseher mitnehmen. Hast du gesehen wie groß der ist?«

»Spinnst du? Glaubst du, ich renn mit dir mitten in der Nacht durch die Stadt und trage einen riesigen Fernseher auf meinem Buckel? Such dir was Kleineres!«

»Gut dann nehm ich den Mixer.«

»Schon wieder? Du hast doch beim letzten Mal schon den Mixer mitgenommen.«

»Ich steh halt auf Mixer. Schau, mit dem kannst sogar Eis crushen.«

»Schon gut. Passt schon. Nimm du deinen Mixer. Ich nehm mir Sachen, die ein bissl mehr wert sind.«

»Wahnsinn, hier steht eine Buttermilch. Und kalt ist sie auch noch.«

»Du wirst doch jetzt keine Buttermilch von einem Toten trinken.«

»Dem wird es schon egal sein.«

»Manchmal frag ich mich echt, wieso ich dich überhaupt noch mitnehme. Und überall liegen diese verdammten, beschissenen Polster herum.«

Berthold hörte wie Zierpolster mit den Füßen durch die Wohnung getreten wurden.

»Schau was ich hinter dem Fernsehkasten gefunden habe. Wahrscheinlich fand hier ein Kampf statt und das Ding ist hinter den Kasten gerutscht. Glück für mich«, sagte die jüngere Stimme.

»Nicht schlecht, ein Laptop. Genau das Richtige für mich.«

»He, den habe ich gefunden«, empörte sich die jüngere Stimme.

»Du hast schon deinen Mixer. Den Laptop nehme ich.«

»Die haben Freds Laptop gefunden. Den hatte ich ganz vergessen«, flüsterte Berthold im finsteren Kasten. Nicht ganz sicher ob der Russen Paul schon eingeschlafen war.

»Keine Sorge, diese zwei Idioten kaufen wir uns auch noch«, folgte prompt die Antwort aus der Finsternis.

Eine andere, dem Berthold mittlerweile durchaus bekannte Stimme erklang von Richtung der Terrassentür.

»Nun schau dir diesen Blödsinn an. Als ob zwei Plastikbänder jemanden davon abhalten könnte das Haus zu betreten. Manchmal komme ich mir vor, als wäre ich nur von Idioten umgeben. Obermoser, erinnere mich morgen daran, dass ich irgendjemandem in den Arsch treten muss.«

Berthold sah einen Lichtspalt durch die Kastentür scheinen. Anscheinend wurde das Licht im Wohnzimmer eingeschaltet.

Oberinspektor Kafka und Inspektor Obermoser standen zwei recht verdutzt dreinschauenden jungen Burschen gegenüber. Blitzschnell griff Inspektor Obermoser zu seiner Pistole und schrie die verschreckten Einbrecher an. »Polizei, auf die Knie und keine Bewegung, ihr Wappler.«

Was von den Angesprochenen auch sofort in die Tat umgesetzt wurde.

»Obermoser«, grummelte der Oberinspektor. »Net so laut. Die machen sich vor lauter Angst eh schon in die Hosen.«

Wie zwei Synchronschwimmer gingen die Einbrecher auf die Knie und streckten ehrfürchtig ihre Hände in die Höhe. Einer mit einem Mixer, der andere mit einem Laptop.

»Ich hab alles gesehen«, schrie plötzlich eine alte, zittrige Stimme von der Terrasse durch die zerbrochene Tür in das Wohnzimmer. »Dafür kommts alle in den Häfn, ihr Gsindel.«

Die Anwesenden richteten ihre Blicke der kaputten Tür zu und sahen die alte Feichtinger wie sie ihren Spazierstock gefährlich über ihrem Kopf schwang. Neben ihr der taube Hund Leopold, der entweder gefährlich zu knurren versuchte oder starkes Asthma hatte.

»Die Polizei habe ich schon gerufen, dreckiges Verbrecherg'sindel«, fuhr sie unerschrocken fort. »Und wenn sich auch nur einer von euch bewegt, dann hetz ich meinen Hund auf euch.«

Oberinspektor Kafka konnte als erster wieder seinen Mund schließen und ging einen Schritt auf die aufgebrachte Frau zu.

»Frau Feichtinger, die Polizei ist schon da. Ich bin Oberinspektor Kafka. Wir haben heute Vormittag schon miteinander gesprochen. Wegen der Vorfälle rund um das Ableben des Herrn Schmiedbauer. Sie können sich doch noch an mich erinnern?«

»Keinen Schritt näher, ihr Verbrecher«, schallte es dem Oberinspektor entgegen. »Leopold, aufpassen!«

Kurz darauf überstürzten sich die Ereignisse. Der Russen Paul riss die Kastentür auf, schaltete seine Lampen an der Brille ein und lief durch die Küche in das Wohnzimmer. Mit einem lauten Schrei entriss er dem älteren Burschen den Laptop, rempelte Inspektor Obermoser zu Boden und lief weiter zur zerstörten Terrassentür. Vor lauter Schreck fiel die alte Feichtinger auf ihren Hintern, was aber nicht sonderlich schmerzte, da er sehr gut gepolstert war.

Der Russen Paul sprang durch die Terrassentür, durch die gelben Plastikstreifen, über die alte Feichtinger und verschwand in der dunklen Nacht.

Berthold kletterte langsam aus seinem Versteck. Sein linker Fuß war mittlerweile eingeschlafen. Humpelnd erreichte er die Küche und stand plötzlich einem großen, athletischen Mann gegenüber. Beide gaben gleichzeitig einen Laut der Überraschung von sich.

Der Fremde drehte sich abrupt zum halb geöffneten Küchenfenster um, riss es auf und wollte aus dem Fenster springen. Instinktiv griff Berthold nach dem Mann und versuchte ihn an seiner Jacke festzuhalten. Simon drehte sich um und umklammerte mit beiden Händen Bertholds Hals. Ein Kampf auf engstem Raum entstand und Berthold konnte sich selbst nicht erklären warum er einen größeren, stärkeren Mann angegriffen hatte.

Verzweifelt versuchte er sich aus dessen Griff zu befreien, der ihm seine Atemwege zuschnürte. Weiße Lichtpunkte tauchten vor seinen Augen auf. Berthold war kurz davor die Besinnung zu verlieren. Mit der Kraft der Verzweiflung konnte er sich aus der Umklammerung befreien und wurde derb nach hinten gestoßen. Da die Tür zum Wohnzimmer offen stand, flog er in einem weiten Bogen in das verwüstete Zimmer und landete vor den Füssen von Oberinspektor Kafka. Zum Glück dämpften einige Zierkissen seinen Sturz. Berthold rollte sich auf seinen Rücken, erblickte vor sich das hochrote Gesicht des Polizisten und sagte mit zittriger Stimme: »Ich kann das alles erklären.«

Simon riss inzwischen das Küchenfenster weiter auf und sprang mit einem gewaltigen Satz hinaus in Freds Petunien.

Inspektor Obermoser kam wieder auf seine Beine und wollte sofort Richtung Terrassentür loslaufen, als er die Geräusche aus der Küche hörte. Unschlüssig welche Richtung er einschlagen sollte, hörte er von der Terrasse eine Stimme fragen: »Hat hier jemand die Polizei gerufen?«

Zwei Streifenpolizisten sahen erstaunt zu der zerbrochenen Tür herein. Einer der beiden tippte sich mit seinem Zeigefinger zum Gruß an die Kappe. Der andere bestaunte die zerbrochene Tür und fragte verärgert: »Wer hat meine Plastikstreifen entfernt?«

Dies war der Zeitpunkt als es dem Oberinspektor zu viel wurde. Mit hochrotem Kopf schrie er lauthals in die Menge. »Alle sofort verhaften, zum Teufel noch mal. Das ist ein Tatort und kein Busbahnhof. Wenn jetzt noch einer ein Wort sagt, sperre ich denjenigen persönlich in das dunkelste Loch das ich finden kann und schmeiß den Schlüssel weg. Haben mich alle verstanden?«

Aber niemand antwortete, da ja keiner ein Wort sagen sollte. Nur der struppige Hund Leopold ließ vor Schreck ein Achterl auf die Fliesen der Terrasse rinnen.

Die beiden Polizisten kamen eiligst ihrer Arbeit nach und

nahmen die jungen Einbrecher in Gewahrsam. Als alle abgeführt wurden, hörte man noch die alte Feichtinger jammern. »Aber ich habe doch gar nichts getan.«

KAPITEL ZWEI

DAS SCHIFF NEBEN DER TANKSTELLE

Berthold öffnete seine Augen und blickte wieder einmal eine nackte Neonröhre an. Langsam gewöhnte er sich an die harte Metallpritsche, die jedes Mal, wenn er sich im Schlaf umdrehte, grauenhaft quietschte.

Trotzdem hatte er diese Nacht ausgezeichnet geschlafen. Genüsslich streckte er seine Arme von sich. Jetzt noch eine Tasse Kaffee und das konnte nur ein guter Tag werden. Kaum hatte Berthold diesen Gedanken gedacht, wurde die schwere Metalltür seiner Zelle aufgesperrt.

»Guten Morgen Inspektor Obermoser«, begrüßte Berthold sichtlich gut gelaunt den in die Zelle tretenden jungen Polizisten. »Sie bringen mir doch nicht schon wieder den Kaffee ans Bett. Daran könnte ich mich wirklich gewöhnen. Sind Sie eigentlich noch Junggeselle?«, fragte Berthold mit einem Grinsen im Gesicht und setzte sich in seinem Bett auf.

»Behalten Sie Ihre Scherze für sich«, grummelte ein sichtlich unausgeschlafener Inspektor. »Ziehen Sie sich an und kommen Sie mit. Oberinspektor Kafka hat ein paar ernste Worte mit Ihnen zu reden.«

Berthold sprang überraschend geschmeidig aus dem Bett und zog sich rasch seine Sachen an. Er rechnete insgeheim damit, dass Oberinspektor Kafka ihm einen Kaffee anbieten würde. So gut er auch geschlafen hatte, Berthold war froh diese enge Zelle wieder verlassen zu können.

Oberinspektor Kafka saß in einem großen Ledersessel hinter seinem Schreibtisch und bewunderte gerade die Blütenpracht außerhalb seines Büros, als Berthold mit Inspektor Obermoser eintrat. Ungern wendete er sich dem Fenster ab und wandte sich Berthold zu.

»Herr Buchinger«, fing er mit ruhiger Stimme an, ließ sich in den Ledersessel zurückfallen und faltete seine Hände über dem Bauch.

»Was soll ich nur mit Ihnen machen? Gestern wusste ich noch gar nicht, dass Sie existieren und heute sind Sie bereits Stammgast in einer meiner Zellen.«

»Es tut mir fürchterlich leid«, begann Berthold stammelnd, seine bereits vorbereitete Entschuldigung vorzutragen. »Aber ich kann das alles erklären.«

»Ich bitte darum, Herr Buchinger«, sagte der Oberinspektor und zeigte auf den Stuhl vor seinem Schreibtisch. »Nehmen Sie Platz. Und Obermoser, würdest du uns bitte zwei Kaffee bringen?«

»Ohne Milch und ohne Zucker«, sagte Berthold noch schnell an den hinauseilenden Inspektor gewandt. »Aber das wissen Sie sicherlich noch.«

»Was in Gottes Namen haben Sie gestern Nacht im Haus von Fred Schmiedbauer gemacht? Und überlegen Sie sich jetzt gut, was Sie sagen, sonst können Sie die nächsten Weihnachten in Ihrer Zelle feiern.«

»Eigentlich wollte ich Ihnen nur bei Ihrer Arbeit helfen. Sie wissen doch, dass der Fred mein bester Freund war. Ich konnte einfach nicht zu Hause herumsitzen und warten, dass sein Mörder gefasst wird.«

»Und deshalb steigen Sie in der Nacht in sein Haus ein. Ich kann Ihrer Logik nicht ganz folgen.«

»Ich dachte mir, dass Sie vielleicht etwas übersehen haben. Und anscheinend war ich nicht der Einzige der diese Idee hatte.«

»Stimmt«, sagte der Oberinspektor und beobachtete Berthold ganz genau. »Da haben Sie leider Recht. Wer war der Mann der aus der Küche kam und mit dem Laptop davonrannte? Sie müssen ihn gesehen haben. Inspektor Obermoser sagte, die Person müsse etwa 60 Jahre alt sein, er habe einen weißen Oberlippenbart erkennen können.«

»Tut mir leid«, musste Berthold lügen und war selbst überrascht, wie leicht ihm diese Lüge über die Lippen kam. »Den Mann kannte ich nicht. Ich bin alleine in das Haus eingestiegen. Was übrigens nicht wirklich schwer war. Wer hatte die Idee, zwei Plastikstreifen über die Tür zu kleben?«

Oberinspektor Kafka seufzte bei dieser Frage laut auf. Zum Glück kam gerade wieder Inspektor Obermoser in das Zimmer und stellte zwei dampfende Pappbecher auf den Schreibtisch.

»Was war mit der anderen Person in der Küche, die durch das Küchenfenster entkommen ist? Die werden Sie doch wohl gesehen haben? Können Sie uns eine Personenbeschreibung geben?«

»Ich habe diesen Mann in der Küche zwar gesehen, aber es war zu dunkel um ihn genauer beschreiben zu können. Er war groß und athletisch. Er hatte blonde Haare und dürfte um die dreißig Jahre alt gewesen sein. Mehr kann ich Ihnen dazu auch nicht sagen. Es tut mir leid, ich befürchte, ich bin Ihnen keine große Hilfe. Er kam mir zwar bekannt vor, aber wie Sie wissen, bin ich Briefträger. Ich sehe jeden Tag tausende Menschen. Falls mir etwas zu dieser Person einfällt, werden Sie der Erste sein, der es von mir erfährt. Wer waren übrigens die zwei jungen Männer im Wohnzimmer?«, fragte Berthold und nahm einen genussvollen Schluck Kaffee.

»Die zwei Idioten hatten sich auf Einbrüche von kürzlich Verstorbenen spezialisiert. Der Jüngere sammelt leidenschaftlich jede Art von Mixer. In seiner Wohnung fanden wir 38 Stück. An jedem klebte ein Zettel wann und wo er das Gerät mitgehen hat lassen. Nicht gerade eine seiner besten Ideen. Damit sind die Beiden für längere Zeit einmal weggesperrt.«

»Dann war die letzte Nacht doch nicht ganz umsonst gewesen.«

»Werden Sie jetzt bloß nicht witzig. Gestern Nacht wurde auch ein Beamter verletzt.«

»Haben sich die beiden Burschen gewehrt? So stark haben die Zwei gar nicht ausgesehen.«

»Nein«, seufzte der Oberinspektor. »Der Köter der alten Feichtinger hat einen meiner Beamten bei der Ausführung seiner Amtshandlung in den Unterschenkel gezwickt. Es ist zum Glück aber nicht viel passiert, der Hund hat ja fast keine Zähne mehr im Maul. Der Köter hat sich aber dabei den Kiefer ausgerenkt. Wenn wir Pech haben verklagt uns die alte Feichtinger jetzt wegen Tierquälerei. Wie Sie sehen, ist heute nicht gerade mein bester Tag, darum bitte ich Sie dringendst uns nicht mehr zu helfen.«

»Das tut mir wirklich alles sehr leid. Ich wollte nicht, dass jemand verletzt wird. Ich wollte nur helfen. Ich kann nicht zu Hause herumsitzen und warten, bis die Mörderin von meinem besten Freund gefunden wird. Ich musste einfach etwas machen.«

»Überlassen Sie die Arbeit den Profis. Ihre Hilfsaktion gestern Nacht hätte ins Auge gehen können. Ich glaube nach wie vor, dass Sie unschuldig sind. Aber strapazieren Sie nicht meine Nerven, sonst werde ich unten an der Zellentür Ihr Namensschild anbringen lassen. Haben Sie mich verstanden?«

Wie ein kleiner Schuljunge nickte Berthold und war froh, dass nun das Ende seiner Ermittlungen eingetreten war. Wie konnte er auch nur auf so eine hirnverbrannte Idee kommen und selbst Nachforschungen anzustellen.

Die Protokollaufnahme mit Inspektor Obermoser dauerte diesmal nicht so lange, da Berthold nur Worte benutzte, die einfach zu schreiben waren.

*

Simon hatte diese Nacht nicht gut geschlafen. Eigentlich hätte alles reibungslos ablaufen sollen. Er steigt in das leer stehende Haus ein, vernichtet noch vorhandene Spuren, mit etwas Glück findet er sogar Margarethes Schuhe und die Sache wäre vom Tisch gewesen. Leider kam es aber ganz anders. Was machten diese vielen Menschen in diesem Haus? Das Haus sollte doch leer sein. Und dann noch dieser Mann in der Küche. Simon hatte diesen Mann schon einmal gesehen. Nur konnte er sich einfach nicht erinnern woher er dieses Gesicht kannte. Was ihm aber größere Sorgen bereitete war, dass dieser Mann wahrscheinlich auch Simon kannte. Was Simon durchaus in Schwierigkeiten bringen konnte. Dagegen musste er unbedingt etwas unternehmen.

Simon ging in seine kleine Küche und schaltete die Kaffeemaschine ein. Er musste einen klaren Kopf bewahren. Während der Kaffee leise röchelnd durch die Maschine rann, setzte er sich an den Küchentisch und ließ die vergangene Nacht noch einmal durch seinen Kopf gehen.

Nachdem Simon aus dem Küchenfenster gesprungen war, fing er an zu laufen. Voller Panik konnte er an nichts anderes denken, als so schnell wie möglich das Weite zu suchen. Simon wusste nicht mehr wie lange er gelaufen war, jedenfalls musste er völlig erschöpft stehen bleiben, da er sich sonst übergeben hätte. Zitternd stand er an einer Hausmauer gelehnt und mehrere Gedanken rasten gleichzeitig durch seinen Kopf. Wer waren die vielen Menschen? Hatte ihn jemand gesehen? Hatte ihn jemand erkannt? Was wird Margarethe dazu sagen? Er spürte einen harten Gegenstand in seiner linken Hand, die zu einer Faust geballt war. Langsam öffnete er sie und ein silberner Anhänger kam zum Vorschein. Überrascht starrte Simon auf das glänzende Schmuckstück. Er musste es seinem Angreifer in der Küche abgerissen haben.

Simon saß in seiner Küche und tastete seine Hosentaschen ab. In einer Tasche fühlte er den harten Gegenstand. Mit zwei Fingern zog er den silbernen Anhänger heraus. Langsam drehte er ihn zwischen Daumen und Zeigefinger. Es sah ein bisschen wie eine Trompete aus. Vielleicht war der Mann in der Küche Musiker? Es könnte aber auch ein Jagdhorn sein. Vielleicht war er Jäger? Plötzlich lief Simon ein kalter Schauer über den Rücken. Der Anhänger hatte die Form eines Posthorns. Jetzt wusste Simon auch wieder, wer der Fremde gewesen war. Sein Briefträger.

Jetzt hatte Simon ein gewaltiges Problem. Wenn er wusste wer der Mann ist, war es nur eine Frage der Zeit, bis der Briefträger auch wusste wer Simon war. Oder wusste er bereits wer Simon war? Panik machte sich wieder in ihm breit. Er sprang von seinem Stuhl hoch und sah vorsichtig aus dem Küchenfenster. Auf der Strasse war nichts Verdächtiges zu sehen. Keine Männer in langen Mänteln, die ihr Gesicht hinter Zeitungen versteckten.

Was sollte er Margarethe erzählen? Margarethe konnte sehr böse werden. Er wollte sie nicht unnötig aufregen. Am besten er erzählte ihr nur das Notwendigste: Er hatte alle Spuren vernichtet. Ihre geliebten Schuhe waren leider nicht mehr im Haus. Es könnte aber ein Problem mit diesem Fremden geben. Es scheint, dass dieser Mann eigenständige Nachforschungen anstellt. Er könnte Margarethe gefährlich werden. Vielleicht hat ihm dieser Fred etwas von ihr erzählt. Ein kleiner Unfall könnte ihm zustossen. So etwas kann heutzutage sehr schnell passieren. Man ist kurz unachtsam und schon ist ein Unglück passiert. Er durfte sich aber nicht selbst darum kümmern, immerhin hatte der Postler ihn gesehen. Es müsste eine außenstehende Person für ihn erledigen. Und Simon kannte jemanden, der diesen Job übernehmen würde.

»Der Tschetschene.«

Simon lernte »den Tschetschenen« in der Justizanstalt Karlau kennen. Sie waren damals für eine sehr lange Zeit Zellengenossen. Und daraus hatte sich im Laufe der Jahre eine Freundschaft entwickelt. »Der Tschetschene« zählte damals im Gefängnis zu den ganz großen Kalibern. Und da Simon mit ihm in einer Zelle lag, wurde auch er von den anderen Insassen respektiert. Und »der Tschetschene« war ihm auch noch einen Gefallen schuldig. Das würde Margarethe sehr gefallen. Ein außenstehender Profi, der die Drecksarbeit macht.

Vielleicht sollten sie in der Zwischenzeit einen kleinen Urlaub machen. Ein wenig Abstand zu den ganzen unerfreulichen Ereignissen wäre nicht schlecht. Margarethe war in letzter Zeit öfters gereizt. Anscheinend ging ihr die Sache mit diesem Fred näher als er gedacht hatte. Was auch Simon zu spüren bekam.

Erleichtert trank Simon seinen Kaffee aus und beschloss Margarethe sofort aufzusuchen. Sie mochte es zwar überhaupt nicht, wenn er an ihrem Arbeitsplatz auftauchte. Sie hatte es ihm sogar ausdrücklich verboten, aber dies war ein Notfall. Außerdem waren immer sehr viele Menschen dort, er würde gar nicht auffallen. Er musste einfach die Sache mit »dem Tschetschenen« so schnell wie möglich ins Laufen bringen. Und sollte Margarethe auch seiner Meinung sein, so würde er heute noch seinen Gefallen einfordern.

*

Berthold überquerte die provisorische Metallbrücke über einen breiten Graben, um zu seinem Mietshaus zu kommen. Wie jeden Frühling in Graz, schossen die Baustellen wie Pilze aus dem Boden. Diesen Sommer sollte es wieder einmal besonders schlimm werden. Laut einer regionalen Tageszeitung, musste man mit über 400 Baustellen im Großraum Graz rechnen. Und eine der größten befand sich direkt vor seiner Haustür. Die ganze Strasse wurde aufgegraben, um wieder einmal irgendwelche Kanalarbeiten durchzuführen. Ein endloser Graben zog sich entlang der Münzgrabenstrasse, und immer wieder sah man kleine Metallbrücken, wie Zugbrücken, Häuser mit der Außenwelt verbinden.

Berthold wohnte seit drei Monaten hier, in einer kleinen Garconniere. Er war zwar erst seit zwei Tagen offiziell von seiner Frau geschieden, aber bereits vorzeitig aus dem gemeinsamen Haus ausgezogen. Im Nachhinein war er froh über diesen Schritt. Viel länger hätte er es auch nicht mit seiner Exfrau ausgehalten. So schön die Beziehung angefangen hatte, desto schlimmer endete sie. Seine Exfrau hatte ihm wahrlich das Leben zur Hölle gemacht. Wie konnte man sich nur so auseinander leben? Wie hatte er sich nur in so eine Furie verlieben können? Bei dem Gedanken an seine Exfrau stellten sich automatisch die Nackenhaare auf und ein kalter Schauer lief über seinen Rücken.

Aus reiner Gewohnheit ging Berthold zu Fuß in den dritten Stock. Als Briefträger ist man gewohnt viele Strecken zu Fuß zurückzulegen, und außerdem hasste Berthold Aufzüge. Es gab in Graz wahrscheinlich keinen einzigen Aufzug, in dem er noch nicht steckengeblieben ist. Deshalb bevorzugte er das Treppensteigen.

Ein Gefühl der Erleichterung durchströmte seinen geplagten Körper, als er seine Wohnungstür aufsperrte. Seine Jacke ließ er in dem engen Eingangsflur einfach zu Boden fallen. Kraftlos schlenderte er in Richtung Wohnzimmer. Sein Plan für die nächsten Stunden, nein für die nächsten Tage war, sich auf das Sofa zu legen, den Fernseher einzuschalten und keinen Finger mehr zu rühren. Auf gar keinen Fall aufstehen. Weder zur Essensaufnahme, noch zur Flüssigkeitsentleerung. Nur liegen, schlafen, ausruhen.

Berthold schlurfte an der Küche vorbei und warf einen gelangweilten Blick hinein. Sollte er sich vorsichtshalber noch etwas zu essen mitnehmen? Er sah den Russen Paul an seinem Küchentisch sitzen und in einen Laptop starren. Berthold grüsste ihn mit einer laschen Handbewegung. Nach zwei, drei Schritten kroch noch einmal das Bild, dass der Russen Paul in seiner Küche saß in seinen Kopf. Nein, das konnte nicht sein. Niemand wusste, dass er hier wohnte. Außerdem war die Eingangstür abgesperrt gewesen. Die Ereignisse der vergangenen Tage schienen ihre Spuren zu hinterlassen.

Er hatte bereits Halluzinationen. Nur um ganz sicher zu sein, drehte er noch einmal um und ging zur Küche zurück. Und da saß der Russen Paul seelenruhig am Küchentisch.

»Was zum Teufel machst du in meiner Küche?«, kam es plötzlich aus Berthold heraus, bereits ahnend, dass dieser Montag nicht so verlaufen würde, wie er es geplant hatte.

»Frühstücken«, war die trockene Antwort des Russen Paul. »Übrigens hast du keine Buttermilch mehr.«

In einer Ecke lagen zwei zerknüllte gelbe Plastikstreifen. Fassungslos zeigte Berthold darauf. »Hast du heute Nacht hier geschlafen?«

»Nein, natürlich nicht«, antwortete der Russen Paul und tippte lautlos auf dem Laptop herum. »Ich habe die ganze Nacht gearbeitet.«

»Wie kommst du überhaupt in meine Wohnung?«, Berthold konnte keinen klaren Gedanken fassen.

»Die Tür war offen.«

»Die Tür war offen? Ich bin mir ganz sicher, dass ich sie abgesperrt hatte.«

»Die Tür war so gut wie offen. Schau dir mal dein Schloss an. Sogar die alte Feichtinger könnte so ein Schloss knacken.«

Bei der Erwähnung der alten Feichtinger musste Berthold unwillkürlich schmunzeln.

»Du bist bei mir eingebrochen? Übrigens, die alte Feichtinger haben sie gestern Nacht auch verhaftet.«

»Das schadet der alten Schachtel sicher nicht. Immer steckt sie ihre Nase in Angelegenheiten, die sie nichts angehen.«

Berthold setzte sich gegenüber dem Russen Paul an den Küchentisch. Erst jetzt wurde ihm bewusst, was der Russen Paul hier machte.

»Sag bloß, das ist der Laptop vom Fred.«

»Das ist der Laptop vom Fred.«

»Hast du sein Passwort geknackt?«

»Ich habe sein Passwort geknackt.«

»Das ist ja der reinste Wahnsinn. Wie lautete sein Passwort? Lass mich raten. Es war Casanova1966.«

»Nein, es war viel einfacher«, sagte der Russen Paul ohne seinen Blick vom Laptop abzuwenden.

»Ok, ich gebe auf. Wie war sein Passwort?«

»Passwort.«

»Ja, sagte ich doch. Wie war sein Passwort?«

»Sein Passwort lautete Passwort.«

»Was ist denn das für ein Passwort?«, sagte Berthold enttäuscht. »Wer denkt sich denn so einen Blödsinn aus? Nun sag schon. Lass dir nicht alles aus der Nase ziehen. Hast du die rothaarige Frau gefunden? Haben wir die Mörderin vom Fred?«

»Nein, ich habe die rothaarige Frau nicht gefunden.«

Der Russen Paul massierte mit zwei Fingern seinen Nasenrücken. Man sah ihm an, dass er die Nacht nicht geschlafen hatte.

»Du hast keine Ahnung, wie viele Frauen der Fred kannte. Er hat alles auf seinem Computer gespeichert. Namen, Adressen, Haarfarben, Schuhgrößen, Körbchengrößen, einfach alles. Ich habe mich die ganze Nacht durch seine Daten gearbeitet. Es waren Hunderte von Frauen. Zum Glück hat der Fred alles sehr genau katalogisiert.«

»Haben wir jetzt eine Mörderin oder haben wir keine?«, fragte Berthold ungeduldig.

»Wir haben drei Mörderinnen«, antwortete der Russen Paul. »Durch Freds Aufzeichnungssystem, konnte ich unsere Suche auf drei Frauen eingrenzen. Immerhin haben wir ihre Haarfarbe, ihre Schuhgröße und vielleicht die Lieblingsfarbe Pink.«

»Das sind tolle Neuigkeiten«, strahlte Berthold. »Wie gehen wir weiter vor? Wann schnappen wir uns die Mädels?«

»Es ist bereits alles am Laufen.«

»Das hört sich super an«, das Lächeln in Bertholds Gesicht verschwand langsam. »Wie meinst du das, dass alles am Laufen ist?«

»Ich habe bereits Kontakt aufgenommen. Fred hatte alle drei Frauen über eine Singlebörse kennengelernt. Ich habe mich dort auch angemeldet und unsere Verdächtigen kontaktiert. Mit Einer wirst du dich bereits heute Abend treffen. Sie war sehr angetan von dir.«

»Wie meinst du das? Wieso von mir angetan? Ich war doch in der Zelle. Du wirst doch nicht in meinem Namen? Wieso mich treffen? Ich treffe mich doch nicht mit einer Mörderin.«

Berthold wurde schwindelig. Er musste sich an der Tischkante festhalten und sehnte sich bereits wieder nach seiner Zelle.

»Dein erstes Date ist heute Abend. Ich habe beim Italiener unten an der Strasse einen Tisch reserviert. Du triffst dich heute mit der »wilden Hilde«. Ich habe sie so genannt, weil sie beim chatten ein richtiges Energiebündel war. Ein bisschen beneide ich dich darum, dass du sie heute treffen darfst.«

»Bist du wahnsinnig? Ich treffe mich doch nicht mit einer Mörderin. Außerdem sieh mich an. Ich sehe aus, als hätte ich die letzten zwei Tage im Gefängnis verbracht. Mein Kopf ist verbeult, meine Hände voller Abschürfungen und mit roten Pusteln übersät. Da läuft sogar eine männermordende Frau davon.«

»Daran habe ich bereits gedacht. Wir werden die meisten Stellen mit einer dunklen Creme abdecken. Ich mache einen Antonio Banderas aus dir, dem die Damen zu Füßen liegen werden. Das Restaurant ist auch sehr dunkel. Sie wird nichts von deinen Verletzungen bemerken.«

»Was soll ich überhaupt mit ihr reden? Haben Sie meinen Freund erschlagen? Haben Sie in letzter Zeit ein Paar pinkfarbene Schuhe verloren? Was passiert, wenn sich herausstellt, dass sie wirklich die Mörderin ist?«

»Keine Sorge«, versuchte der Russen Paul ihn zu beruhigen. »Ich werde natürlich in deiner Nähe sein. Du kannst dich ganz auf mich verlassen.«

»Ich kann mich auf dich verlassen? So wie letzte Nacht. Ich musste die Nacht in einer Zelle verbringen. Oberinspektor Kafka will ein Türschild mit meinem Namen anbringen lassen. Ich habe kein gutes Gefühl bei der Sache. Können wir nicht einfach alles der Polizei überlassen?«

»Willst du so kurz vor dem Ende aufgeben? Wir haben

es beinahe geschafft. Ich dachte Fred wäre ein guter Freund von dir gewesen.«

»Ja, du hast ja Recht«, gab Berthold geknickt zu, er sehnte sich nach seiner Couch, die aber in immer weitere Ferne rückte.

»Gut dieses eine Treffen werde ich heute Abend machen. Was kann da schon passieren? Sie kennt mich doch hoffentlich nicht unter meinem richtigen Namen?«

»Nein, natürlich nicht. Du hast unter einem Pseudonym mit ihr geflirtet.«

»Zum Glück«, antwortet Berthold erleichtert. »Ich könnte nicht mehr ruhig schlafen, wenn eine Mörderin meinen Namen wüsste. Unter welchem Pseudonym hast du mich angekündigt?«

»Wenn der Postmann zweimal klingelt.«

*

Margarethe konnte ihren Augen nicht trauen, als Simon an ihrem Arbeitsplatz erschien. Wie oft hatte sie ihm klar gemacht, dass man sie nicht mit ihm sehen sollte. Sie merkte wie ihr Blutdruck zu brodeln begann. Gerade als sie von ihrem Arbeitsplatz aufspringen wollte, machte er mit seinen Händen das Zeichen für »Reg dich nicht auf«. Was natürlich genau das Gegenteil bewirkte.

»Reg dich bitte nicht auf«, kam er ihr beschwichtigend zuvor, während er sich ihr vorsichtig näherte. »Ich weiß, dass ich hier nicht erscheinen sollte, aber es handelt sich wirklich um einen Notfall. Ich muss sofort mit dir sprechen.«

Margarethe holte tief Luft und fauchte Simon an. »Sprich!«

»Mir ist heute Vormittag, als ich die Post holte, eingefallen, wer der fremde Mann in Freds Haus war. Es ist ein Briefträger. Unser Briefträger.«

»Hat er dich auch erkannt?«

»Nein, ich glaube nicht. Aber es ist wahrscheinlich nur eine Frage der Zeit, bis er darauf kommt, wer ich bin.«

»Deswegen kommst du hierher. Was soll ich jetzt deiner Meinung nach dagegen unternehmen?«

»Ich habe mir bereits Gedanken darüber gemacht. Und ich glaube, dass ich die Lösung für unser Problem gefunden habe.«

Margarethe sah Simon skeptisch an. Er hatte sich doch noch nie über etwas Gedanken gemacht. Dass Simon selbstständig zu denken anfing gefiel ihr überhaupt nicht.

»Hör zu«, sagte er aufgeregt zu ihr. »Ein alter Freund von mir schuldet mir noch einen Gefallen. Du kannst dich wahrscheinlich an »den Tschetschenen« im Knast erinnern. Wir saßen in der gleichen Zelle. Ich dachte mir, wieso sollen wir uns die Hände schmutzig machen? Überlassen wir diese Arbeit den Profis. Wenn du einverstanden bist, suche ich noch heute meinen Freund auf. Er erledigt diese Sache für uns, und wir haben damit nichts zu tun. Vielleicht fahren wir inzwischen in Urlaub. Ein wenig Erholung würde uns beiden gut tun. Was sagst du zu meinem Vorschlag?«

Margarethe musste erst einmal überlegen. Es passte ihr nicht, dass eine fremde Person einbezogen wurde. Andererseits würde kein Verdacht auf sie fallen. Eigentlich sollte sie Simon auf der Stelle hinauswerfen und heute Nacht ordentlich dafür bestrafen. Aber Simons Idee gefiel ihr immer besser.

»Margarethe?«, sagte Simon schüchtern. »Was sagst du zu meinem Vorschlag?«

»Na gut«, sagte sie schließlich und sah Simon in die Augen. »Such deinen Knastbruder auf. Deine Idee ist gar nicht schlecht. Aber lass mich aus der Sache raus. Du erwähnst mich auf keinen Fall.«

»Nein, auf keinen Fall«, ergänzte Simon sichtlich erleichtert, dass Margarethe sich wieder beruhigt hatte.

Sie war von ihrem Schreibtisch aufgestanden und ging nun langsam in ihrem Büro auf und ab. Sie musste sich das wirklich gut überlegen. Sollte sie diesmal Simon die ganze Verantwortung übergeben? Sollte dieser »Tschetschene« erwischt werden, so konnte niemand zu ihr eine Verbindung herstellen. Wohl aber zu Simon, aber darum würde sie sich schon kümmern.

Sie drehte sich nun wieder Simon zu und setzte ihr zärtlichstes Lächeln auf. Simon stand noch immer an der Eingangstür und stieg von einem Fuß auf den anderen.

»Nun gut, mein Schatz«, begann Margarethe und ging langsam auf Simon zu. Diesem fiel ein Stein vom Herzen. Es war immer ein gutes Zeichen, wenn Margarethe »Mein Schatz« sagte.

»Such deinen Kumpel auf«, hauchte sie Simon ins Ohr. »Und wenn du alles richtig machst, dann werde ich dich heute Abend dafür belohnen.«

Simons Hals wurde schlagartig trocken. Er versuchte zu schlucken, aber es blieb bei dem Versuch.

»Du wirst von mir nicht enttäuscht sein«, sagte er mit heiserer Stimme und zwängte sich zur Tür hinaus. »Ich werde alles zu deiner Zufriedenheit erledigen.« Margarethe sah ihm nach, als er den langen Gang hinunter ging und ihr Blick verfinsterte sich zusehends.

*

Josef Matuschek saß im hinteren Teil seines Büros im V. Grazer Bezirk Gries. Der V. Bezirk zeichnete sich durch seine Farbenvielfalt aus. Tagsüber lebten und arbeiteten Menschen aus fast allen Nationen hier. Nachts leuchteten Bordelle und Spielhallen ihren Kunden den Weg.

An einer grauen Außenfassade war ein unauffälliges Schild

mit der leicht verblassten Schrift »Import/Export« angebracht. Aber niemand auf der Strasse wusste, was Herr Matuschek importierte oder exportierte.

Importiert wurden hauptsächlich Drogen. Keine harten Drogen, dagegen hatte der Pepi, wie er liebevoll von seiner Chefsekretärin und Langzeitlebensgefährtin genannt wurde, vehement etwas. Mit leichten Designerdrogen konnte man auch ein recht einträgliches Geschäft machen. Export war sein Hauptgeschäft. Hier handelte er im großen Stil und zwar mit wertvollen Automobilen. Geliefert wurde ausschließlich in den Ostblock. Er bekam die Bestellung der gewünschten Autos von seinen Vertriebspartnern und er lieferte immer prompt. Zu diesem Zweck arbeitete eine seiner Angestellten beim Straßenverkehrsamt in Graz. Wenn nun eine Bestellung aus dem Osten eintraf, recherchierte die ambitionierte Mitarbeiterin in der Datenbank, wo sich ein adäquates Modell befinden könnte. Und schon wurde geliefert. Prompter Service war dem Pepi immer sehr wichtig gewesen. Er hatte sich immerhin in jahrelanger Schwerstarbeit einen Ruf aufgebaut, den er auf keinen Fall verlieren wollte.

Trotz hoher Schuhabsätze, konnte der Pepi nur eine Körpergröße von 1,64 Meter erreichen. Für einen modernen Haarschnitt waren seine Haare im Nacken eine Spur zu lang, und über der Stirn schon zu schütter. Um seriös zu erscheinen, hatte sein wuchtiger Oberlippenbart zu sehr die Form eines Hufeisens. Kurzum, der Pepi passte sehr gut in das Bild, rund um den Griesplatz im V. Bezirk.

Pepi sagte, außer seinem Herzblatt, eigentlich niemand zu ihm. Die meisten nannten ihn ehrfurchtsvoll »der Tschetschene«. Dabei war sich der Pepi nicht einmal ganz sicher, wo dieses Tschetschenien liegen soll. Ursprünglich stammte er nämlich aus dem kleinen Dorf Pölfing-Brunn im Süden von Graz gelegen. Seinen Spitznamen bekam er zu einer Zeit, als er selbst noch Autos knackte. Heute machte er sich seine Hände nicht mehr selbst schmutzig. Für solche Arbeiten hatte er seine Mitarbeiter.

Der Pepi stahl in seiner Jugend Autos, um damit ein bisschen in der Gegend herumzufahren. Danach verkaufte er die Autos meistens für ein Butterbrot und ein Ei an einen anderen Gauner weiter. Der Pepi war damals ziemlich geschickt und konnte immer wieder der Exekutive entkommen. Sein erster und bisher einziger Fehler war der Versuch einen Toyota zu klauen. Bis heute ist ihm immer noch nicht klar, wie er auf so eine hirnverbrannte Idee kommen konnte, ausgerechnet einen »Japaner« auszusuchen.

Die Autotür hatte er innerhalb weniger Sekunden offen. Kurz darauf saß er bereits hinter dem Steuer und versuchte das Auto kurzzuschließen. Nur dieses Mistding wollte einfach nicht anspringen. Er versuchte es immer wieder, bis eine Polizeistreife vorbeikam und an sein Seitenfenster klopfte. Seit damals gibt es eine in Stein gemeißelte Regel. »Auto klauen, ja. Aber keine Japaner.«

Diese Straftat brachte den Pepi mehrere Jahre hinter Gitter. Er musste wie viele Andere in der Justizanstalt Graz-Karlau einsitzen. Aber er nahm es gelassen hin, schließlich war die Karlau ursprünglich ein Jagdschloss von Erzherzog Karl II. Erst später wurde es umbenannt in Karl-Au, daraus wurde schließlich die Karlau. Wer konnte sich schon rühmen, dass er mehrere Jahre in einem Jagdschloss verbracht hatte. Zu Pepis Glück, musste auch sein Jugendfreund Bull damals einsitzen. Wie schon sein Name sagte, war Bull ein Riese. Was er an Muskelmasse zu viel hatte, fehlte ihm an anderer Stelle. In Bulls Fall war das im Kopf.

Bull war dem Pepi vollkommen ergeben. Daher hatte der Pepi im Gefängnis auch eine Sonderstellung, denn niemand wollte sich mit Bull anlegen. Da der Pepi ständig mit seinen

Kontakten zur Ostmafia prahlte, ergab es sich, dass ihn die Insassen der Karlau nur mehr »den Tschetschenen« nannten. Diesen Spitznamen trägt er auch heute noch. Er hatte sich mittlerweile so an seine Rolle gewöhnt, dass er in jedem Satz den er sprach, den Buchstaben R überbetonte und über die Zunge rollen ließ. Ihm fiel es gar nicht mehr auf, da er in seiner Rolle voll aufging.

Manchmal, in einsamen Stunden, musste der Pepi an die Zeit im Knast zurückdenken. Und auch an seinen ehemaligen Zellengenossen. Zuerst konnte er diesen Simon nicht ausstehen, aber im Lauf der Jahre verstanden sie sich immer besser, bis schließlich eine Freundschaft daraus entstand.

Pepi hörte die Glocke über der Eingangstür klingeln und wurde aus seinen Tagträumen gerissen. Wahrscheinlich der Postbote. In seinem Geschäft hatte er kaum Laufkundschaft.

Er widmete sich wieder seinen Bestellungen und verzog unweigerlich das Gesicht. Heutzutage haben die Menschen einfach keinen Geschmack mehr. Seit einiger Zeit wurden nur mehr SUVs bestellt. Eine richtige Unart. Ein Sport Utility Vehicle, eine Art Geländelimousine, da steckt der Widerspruch schon im Wort. Er überlegte ernsthaft, ob er diese Bestellung ablehnen sollte. Wo waren die Zeiten hin, als noch wirkliche Autoklassiker gefragt waren. Einmal musste er sogar nach Holland fahren, um das gewünschte Modell zu besorgen. Heutzutage wird nur mehr nach Massenware gefragt. Dem Pepi machte diese Art des Diebstahls keinen Spaß mehr. Vielleicht sollte er etwas Neues anfangen?

»Pepi, hast meine Nagelfeile gesehen?«, flötete eine hohe Frauenstimme von der offenen Bürotür zu ihm.

»Nein, ich habe deine Nagelfeile nicht gesehen«, antwortete er ungeduldig und blickte von seinen Bestellungen auf. »Für was brauchst du überhaupt eine Nagelfeile, du hast doch nur falsche Nägel. Und außerdem sollst du mich hier nicht Pepi nennen.«

»Entschuldige, Pepi. Da draußen ist gerade so ein komischer Typ gekommen, der will mit dir über etwas Wichtiges reden.«

»Was? Wie sieht er aus? Einer von der Polizei?«, Pepi wurde sichtlich nervöser.

»Nein, wie ein Polizist sieht er nicht aus, eher wie ein Schlagersänger. Ich glaube er heißt Samson oder so ähnlich.«

»Na gut, dann lass ihn herein«, sagte der Pepi und sah sich einen Augenblick später dem Simon wieder gegenüber.

»Simon, das ist aber eine Freude«, begann der Pepi und ließ wieder sein R rollen. »Wie geht es dir? Brauchst ein Auto?«

Aber der Simon brauchte kein Auto. Der Simon brauchte »den Tschetschenen«. Und »der Tschetschene« wusste zu diesem Zeitpunkt noch nicht, dass dieses Wiedersehen mit seinem ehemaligen Zellengenossen, sein weiteres Leben komplett verändern würde.

*

Berthold legte sich am frühen Nachmittag auf seine geliebte Couch im Wohnzimmer und wollte ein paar Stunden die Augen zumachen. An Schlaf war aber nicht zu denken. Kaum waren seine Augen geschlossen, erschienen mordlüsterne Furien mit Schuhen in den Händen, die ihm nach dem Leben trachteten.

Also lag Berthold mit offenen Augen im Wohnzimmer und wunderte sich, wie es dem Russen Paul gelungen war, ihn zu einer weiteren Nachforschung zu überreden. Aber die Gelegenheit war einfach zu gut, die Mörderin zu überführen. Wie er dies genau anstellen sollte, wusste er selbst noch nicht. Aber der Russen Paul wollte ja in seiner Nähe bleiben. Auch das war nicht wirklich beruhigend.

Die Tür zum Wohnzimmer ging leise auf.

»Aufstehen«, strahlte der Russen Paul bei der Tür herein. »Wir gehen auf Mörderjagd.«

Mürrisch erhob sich Berthold von der Couch und schlenderte ins Badezimmer. Der Russen Paul wartete bereits mit Theaterschminke in der einen und Bertholds blauem Sonntagsanzug in der anderen Hand.

Ein Stuhl stand im Bad und zusätzliche Lampen sind aus der ganzen Wohnung zusammengetragen und aufgestellt worden. Berthold musste seine Augen zusammenkneifen, um überhaupt etwas erkennen zu können.

»Nimm Platz und entspann dich«, sagte der Russen Paul. »Nach meiner Behandlung wirst du dich selbst nicht wiedererkennen.«

Mit einem Seufzer ließ sich Berthold auf dem Stuhl nieder. Sofort begann der Russen Paul in seinem Gesicht herum zu schmieren. Berthold ließ alles geduldig über sich ergehen. Insgeheim suchte er nach einer Ausrede um diesem Rendezvous aus dem Weg zu gehen.

Kurz dachte er daran sich den Fuß zu verstauchen, aber da er schon immer sehr schmerzempfindlich war, kam diese Möglichkeit nicht in Frage.

Die Verwandlung des Postangestellten Berthold Buchinger in einen heißblütigen Latino Lover dauerte länger als er gedacht hatte. Anscheinend war das vorhandene Material doch nicht so gut gewesen.

Nach einer halben Stunde ließ der Russen Paul von ihm ab, ging ein paar Schritte zurück und betrachtete zufrieden sein Werk. Nun war Berthold auch neugierig geworden. Er warf einen zaghaften Blick in den Badezimmerspiegel und konnte seinen Augen kaum trauen. Ein braungebrannter, südländischer Mann sah ihn erschrocken an. War das wirklich er?

»Wow!«, entkam es ihm. »Wo hast du das denn gelernt?«

»Es kann nicht schaden, wenn man weiß wie man sich verändern kann«, antwortete ihm der Russen Paul. »Zieh jetzt deinen Anzug an. Ich möchte sehen, wie er dir passt.«

Berthold ging näher an den Spiegel heran und fuhr sich mit den Fingern in die Haare.

»Hast du meinen Haaransatz nachgefärbt? Und meine Augenbrauen gezupft? Das ist mir gar nicht aufgefallen. Ich war mit meinen Gedanken ganz woanders.«

»Wenn wir dich schon rausputzen, dann gleich richtig. Du wirst dich heute vor Frauen gar nicht mehr erwehren können.«

Berthold zog seinen Anzug an und konnte seinen Blick nicht mehr vom Spiegel abwenden. So gut hatte er schon lange nicht mehr ausgesehen. Vielleicht sollte er nach dieser Nacht wieder einmal in eine nette Bar gehen. Auf jeden Fall musste er unbedingt den Schminktiegel vom Russen Paul bekommen. Das war ein Wunderding.

»Perfekt«, waren die Worte die Berthold aus seinen Gedanken rissen. »So können wir dich auf die Frauenwelt loslassen. Wie fühlst du dich? Bist du bereit in die Höhle des Löwen zu gehen?«

»Ich fühl mich gut, aber auch ein bisschen geschlaucht. Ich wollte am Nachmittag ein wenig schlafen, aber ich konnte kein Auge zutun. Ich bin ziemlich nervös wegen heute Abend. Nach den letzten Tagen fehlt mir ein wenig die Energie, das alles durchzuziehen. Mein Körper fühlt sich ausgelaugt an. Außerdem habe ich seit meiner Hochzeit nicht mehr mit einer Frau geflirtet. Ich weiß gar nicht mehr wie das geht.«

»Flirten verlernt man nicht. Das ist wie mit dem Fahrrad fahren. Und falls dein Körper Energie braucht, dann habe ich genau das Richtige für dich.«

Der Russen Paul zog eine kleine silberne Metalldose aus seiner Jackentasche und hielt sie Berthold vor die Nase. Er öffnete sie und holte mit zwei Fingern eine blaue Pille hervor.

»Wenn du dich schlapp fühlst, nimmst du einfach diese Pille und danach kannst du wieder Bäume ausreißen.«

»Was ist das?«, Berthold sah den blauen Gegenstand vor seinen Augen skeptisch an. »Du wirst mir doch keine Drogen andrehen wollen?«

»Nein, keine Sorge«, beruhigte ihn der Russen Paul. »Das sind ganz normale Tabletten. Wir verwenden sie regelmäßig im Krankenhaus. Man fühlt sich danach einfach ein bisschen frischer.«

»Du hast noch nie erwähnt, dass du im Krankenhaus arbeitest.«

»Nicht immer, nur manchmal als Aushilfe.«

Irritiert, dass man als Aushilfe im Krankenhaus arbeiten konnte, nahm Berthold die silberne Dose und steckte sie in die Innentasche seiner Anzugjacke. Ein Blick auf die Uhr sagte ihm, dass es an der Zeit war aufzubrechen. In wenigen Augenblicken wird er einer vermeindlichen Mörderin gegenüber sitzen, die vielleicht sogar seinen besten Freund ermordet hatte. Ein kalter Schauer lief über seinen Rücken.

»Du wirst doch in meiner Nähe sein?«, fragte er mit ängstlichem Blick den Russen Paul.

»Natürlich, verlass dich ganz auf mich«, antwortete dieser und strich nicht sichtbare Staubfusel von Bertholds Schulter.

*

Pepi Matuschek, den Meisten besser bekannt als »der Tschetschene«, saß in seinem Büro und überlegte, wie er sich am besten aus dieser Situation retten konnte.

Eine Person aus dem Weg räumen war keine Kleinigkeit.

Schon gar nicht einen Beamten, einen Briefträger. Er hatte doch schon ein paar Mal von Überfällen auf Postboten in der Zeitung gelesen? So etwas müsste man doch arrangieren können. Kriminelle Personen kannte der Pepi in seinem Umfeld genug.

Und wie könnte er von dem Mord profitieren? Der Pepi war schon immer ein Geschäftsmann gewesen. Zuerst musste man die Lage sondieren und einen Vorteil für sich herausholen. In letzter Zeit drängten immer mehr Außenseiter in seinen Drogenmarkt. Jahrelang hatte er sein Vertriebsnetz aufgebaut. Er verkaufte nur Designerdrogen an die Schickeria von Graz. Diese jungen Leute hatten immer Geld und keine Ahnung von Drogen. Wenn einmal eine Lieferung ausfiel, verkaufte er ihnen eine Mischung aus Mehl und Pflanzendünger, und seine Kunden waren auch vollauf zufrieden.

Aber plötzlich kommen fremde Organisationen mit chemischen Halluzinogenen und drängen in seinen Markt. Vielleicht sollte er diese jungen Möchtegerndealer ein bisschen einschüchtern. Er würde den Mord an diesem Postbeamten nutzen, um seine Konkurrenz in die Schranken zu weisen.

Dies schien heute doch noch ein guter Tag zu werden. Er würde sich wieder Respekt verschaffen und er würde Simon keinen Gefallen mehr schulden. Er hatte ihm sogar ein Auto verkauft. Zufrieden rieb er sich die Hände, als es an der Tür klopfte.

»Herein«, rief er mit starkem Akzent.

Die Türklinke wurde heruntergedrückt und ein kleiner, gebeugter Mann mit spitzer Nase schaute zur Tür herein.

»Hallo Chef«, sagte eine näselnde Stimme. »Du hast uns rufen lassen?«

»Richtig«, antwortete »der Tschetschene« und war wieder ganz in seine Rolle als Kopf eines großen Unternehmens geschlüpft.

»Kommt rein, setzt euch. Ich habe einen Auftrag für euch.«

Kaum war der kleine Mann in das Büro geschlichen, verhüllte ein massiger Körper die Tür. Der Riese hörte auf den Namen »Bull«, und bestand hauptsächlich aus Muskeln. Denken war nicht gerade eine seiner größten Stärke, aber auch solche Mitarbeiter wurden des Öfteren gebraucht. Der Kleinere der beiden nannte sich »Ratze«, und Pepi dachte sich immer wieder, dass er auch etwas von einer Ratte hatte.

Das ungleiche Paar nahm vor dem wuchtigen Schreibtisch des Pepi Platz und wartete geduldig, bis sich »der Tschetschene« an sie wandte.

Schließlich konnte Ratze seine Neugier nicht mehr unterdrücken. »Haben wir eine neue Bestellung bekommen?«, fragte er ungeduldig. »Ich hoffe es ist nicht schon wieder ein SUV. Ich kann diese Familienkutschen nicht mehr sehen.«

»Nein, diesmal geht es nicht um Autos«, antwortete der Pepi und faltete seine Hände auf der Tischplatte. »Aber ich habe endlich einen Käufer für den alten Mercedes finden können.«

»Endlich«, sagte Ratze. »Das war ein richtiger Ladenhüter. Es wird nicht mehr lange dauern und wir werden Elektroautos klauen müssen.« Ein zustimmendes Grunzen kam auch von Bull, er war noch nie ein Mann der großen Worte gewesen.

»Diesmal haben wir aber ein richtiges Problem«, lenkte der Pepi das Gespräch wieder in die richtige Richtung.

»Wie ihr sicher schon mitbekommen habt, drängen immer mehr ausländische Organisationen in unser Drogengeschäft. In den letzten Monaten hatten wir massive Verkaufseinbußen.«

Ratze nickte wissend seinem Chef bei seinen Ausführungen zu, er wusste, dass man »den Tschetschenen« nicht unterbrechen durfte. Auch Bull grunzte zustimmend.

»Nun ist es uns endlich gelungen, das Vertriebsnetz einer dieser Banden auszuforschen. Einer der führenden Köpfe dieser Verbrecherbande ist ein Briefträger. Seine Tarnung ist natürlich perfekt. Während seiner Arbeit kann er ganz ungeniert die Ware ausliefern und niemand wird etwas Verdächtiges bemerken.«

Überrascht lauschten die Beiden den Ausführungen ihres Chefs.

»Diese Gauner werden immer gerissener«, murmelte Ratze vor sich hin und Bull grunzte. Diesmal verächtlich.

»Ich habe daher beschlossen«, fuhr der Pepi fort, »diesen Leuten eine Lektion zu erteilen.«

»Sehr gute Idee«, sagte Ratze. »Sollen wir diesem Briefträger eine schöne Abreibung verpassen?«

Bull knurrte leise.

»Ich dachte da eher an etwas Endgültigeres«, sagte der Pepi und ließ diese Worte kurz im Büro verhallen. Er beugte sich nach vorn und sah seinen Mitarbeitern tief in die Augen. »Wir werden uns diesen Postler für immer vom Hals schaffen.«

Eine beunruhigende Stille herrschte in dem kleinen Raum.

»Du meinst umnieten?«, fragte Ratze mit krächzender Stimme.

»Ja, richtig. Ich meine umnieten«, beantwortete der Pepi Ratzes Frage. »Diese Sprache verstehen diese Typen. Es wird Zeit, dass sie sehen mit wem sie es zu tun haben.«

»Umnieten. Das ist ja ein Ding«, flüsterte Ratze.

»Siehst du«, strahlte der Pepi. »So wird auch die Wirkung auf diese Gauner sein. Nun kommt ihr ins Spiel.«

»Wir?«, fragte Ratze, und man musste schon ganz genau hinhören, um seine näselnde Stimme zu hören.

»Ich brauche euch, damit ihr diesen Briefträger beobachtet. Ich will alles über ihn wissen. Seine Gewohnheiten, seine

Freunde, seine Laster. Einfach alles. Ihr sollt ihn rund um die Uhr überwachen.«

»Wir sollen ihn also ausspionieren?«, fragte ein sichtlich erleichterter Ratze.

»Ich will sogar wissen, welche Farbe seine Unterhose hat«, fuhr der Pepi fort und reichte Ratze einen Zettel.

»Diese Geschichte hat absolute Priorität. Ihr fangt sofort damit an. Hier ist der Name und die Adresse von diesem Briefträger.«

»Du kannst dich auf uns verlassen, Boss«, sagte Ratze, nahm den Zettel und erhob sich aus seinem Stuhl. Auch Bull erhob sich mit einem Grunzen.

»Wir melden uns sobald wir genug zusammengetragen haben.«

»Ich verlasse mich auf euch«, sagte der Pepi noch während die Beiden das Büro verliesen.

Zufrieden lehnte sich der Pepi in seinen Ledersessel zurück. Die Idee, dass der Postbote ein Drogendealer ist, war wieder einmal ein Geistesblitz von ihm gewesen. So hörte sich die Geschichte durchaus glaubwürdig an. Die Menschen würden wieder Respekt vor »dem Tschetschenen« haben.

Er stand auf, öffnete den Tresor neben seinem Schreibtisch und holte ein Bündel aus bunten Tüchern hervor. Vorsichtig legte er es auf den Schreibtisch. Er faltete die Tücher auseinander und eine schwarze Pistole mit braunem Griff kam zum Vorschein. Ein Geschenk von seinen bulgarischen Geschäftspartnern. Es war eine Makarov 9mm Pistole. Eine sehr zuverlässige Waffe, aber auch ein bisschen ungenau auf weiteren Distanzen. Das heißt er musste sehr nahe an sein Opfer heran. Der Pepi hatte schon mehrmals in seinem Steinbruch damit geschossen. Aber immer nur auf unbewegliche Ziele. Noch nie auf Menschen. Seine Hände zitterten, als er sie in die Hand nahm und anfing sie zu putzen. Das Metall war schwer und fühlte sich kalt an.

*

Mit weichen Knien und flauem Gefühl im Bauch verließ Berthold seine Wohnung. Zu Ernestos Restaurant hatte er es nicht weit. Er musste nur die Straße überqueren und ein paar Minuten nach Süden entlanggehen. Dieser Spaziergang tat ihm sicher gut. Er musste sich auf seine Aufgabe konzentrieren. Das war jetzt kein Spiel mehr. Hier ging es um Leben und Tod. Kaum hatte er die Strasse überquert, wurde er von einem eigenartig aussehenden, kleinen Mann um Feuer gebeten. Irgendwie erinnerte ihn dieser Mann an ein Tier. An ein kleines Tier, er wusste aber nicht genau welches. Da Berthold Nichtraucher war, musste er den Fremden leider enttäuschen. Gar nicht unzufrieden ging dieser weiter.

»Komischer Vogel«, dachte sich Berthold.

Schon von weitem konnte er das Restaurant aus dem Boden ragen sehen. In diesem Fall ragte das Lokal wirklich aus dem Boden. Es hatte nämlich die Form eines alten Segelschiffes. Fast würde man meinen, es würde aus der Erde stoßen und über die Strasse segeln. Stolz prangte der Name »Captain Ernesto« auf einer Holzplanke über der Eingangstür.

Das letzte Mal besuchte Berthold mit seiner Exfrau dieses Restaurant. Wie jedes Mal wenn er an Gerda dachte, stellten sich ihm die Nackenhaare auf. Trotzdem dachte er ein wenig wehmütig daran, dass sie früher öfters hier zu Gast waren.

Er spazierte an der Tankstelle neben Ernestos Lokal vorbei und bewunderte die Blumenbeete an der Strasse. Sie sahen hübsch aus und brachten ein bisschen Farbe in diese Gegend. Wenn nur der Gestank von Benzin nicht so stark wäre.

Er öffnete die Glastür des Lokals und der Geruch von frittierten Meeresfrüchten kam ihm entgegen.

Der Russen Paul hatte vollkommen Recht. Die dunklen Holzplanken an den Wänden und die spärliche Beleuchtung tauchten das Lokal in eine schummrige Atmosphäre. Es war perfekt für sein Unternehmen. Berthold sah sich nach dem Russen Paul um, konnte ihn aber nirgends erblicken.

Er wird in der Nähe sein, das hatte er ihm versprochen.

»Signore Berthold«, schallte eine helle Stimme von der Theke her. »Welche Freude, Sie wieder in meinem Lokal begrüßen zu dürfen.«

Ernesto schob seinen stattlichen Bauch an der Theke vorbei und eilte Berthold entgegen.

»Luigi«, schrie er nach hinten in Richtung Küche. »Sieh nur wer wieder hier ist.«

Er schüttelte kräftig Bertholds Hand und führte ihn zu einem Tisch.

»Gut sehen Sie aus, Signore Berthold. Diese braune Farbe steht Ihnen sehr gut. Waren Sie im Urlaub? Bitte schön, wie immer derselbe Tisch.«

»Ähm, nein. Danke«, Berthold war sichtlich verwirrt, wegen des Redeschwalls von Ernesto. Unsicher nahm er an dem Tisch Platz.

Als könnte Ernesto Gedanken lesen, sah er zur Eingangstür und fragte: »Kommt Ihre bezaubernde Frau auch?«

»Nein, Ernesto«, antwortete Berthold ein wenig gereizt. »Meine bezaubernde Frau kommt heute nicht.« Er war nicht in der Stimmung Ernesto über seine gescheiterte Ehe zu unterrichten.

»Schade, ich habe Ihre Frau schon lange nicht mehr gesehen. Darf ich Ihnen etwas zu trinken bringen?«

»Ja, gerne«, sagte Berthold und nahm die Speisekarte in

die Hand. »Ich werde ein Achterl Ihres roten Hausweines nehmen. Mit dem Essen warte ich noch. Es kommt wahrscheinlich noch jemand.«

»Gerne, wie Sie wünschen«, und schon war Ernesto wieder verschwunden. Wie konnte sich ein so beleibter Mensch nur so schnell bewegen?

Bertholds Haut juckte unter der dick aufgetragenen Schminke. Er musste den Drang sich zu kratzen unterdrücken. Er durfte jetzt keinen Fehler machen. Wo war nur der Russen Paul?

Er blickte wieder auf die Speisekarte und studierte das Angebot. Immer wieder spähte er vorsichtig über den Rand der Karte und warf einen Blick zur Eingangstür. Jeden Augenblick musste eine Frau hereinkommen, mit rotem Haar und Blut an ihren Händen. Vielleicht war sie aber auch schon anwesend und beobachtete ihn unauffällig. Aber das Lokal war noch ziemlich leer.

Berthold blickte wieder auf seine Karte. Und wo steckte der Russen Paul? Wahrscheinlich lag er auf Bertholds Couch, trank Buttermilch und konnte sich vor lauter Lachen nicht mehr halten.

Dieser Abend fing schon wieder einmal gut an. Die Haut juckte im Gesicht und auf den Händen, der Beschützer war nicht anwesend und eine blutrünstige Mörderin wartete auf ihn. Vielleicht sollte er aufstehen und gehen. Jetzt hätte er noch die Gelegenheit dazu.

Er merkte wie sich Schweißperlen auf seiner Stirn bildeten. Wenn jetzt auch noch die Schminke verrinnt, konnte er den ganzen Abend vergessen. Panik stieg in ihm hoch. Er nahm seinen ganzen Mut zusammen und wollte gerade die Karte beiseite legen und das Lokal fluchtartig verlassen, als ihn eine zarte Frauenstimme aus seinen Gedanken riss.

»Hallo, bist du der Postmann, der zweimal klingelt?«

Mit weit aufgerissenen Augen und offenem Mund starrte er eine attraktive Frau mit wallender roter Mähne an seinem Tisch an.

*

Ratze freute sich auf diese Aufgabe. Personenüberwachung. Endlich einmal keine Autos klauen. Jetzt konnte er seinem Boss, »dem Tschetschenen«, beweisen, was wirklich in ihm steckte.

Unauffällig parkte er seinen Wagen in der Münzgrabenstrasse, gegenüber dem Haus, in dem der Postbote wohnen sollte.

Von »dem Tschetschenen« hatte er die genaue Adresse sowie ein unscharfes Foto von der Zielperson bekommen. Ratze hatte schon viele Kriminalfilme gesehen, und war daher bestens auf seine Arbeit vorbereitet. Mehrere belegte Brote lagen auf dem Rücksitz, neben dicken Wolldecken. In der Nacht konnte es noch recht frisch werden. Zu seinen Füßen lag eine Thermoskanne mit heißem Kaffee. Damit ihm nicht langweilig wurde hatte er ein Rätselheft mitgenommen. Auch an Bull hatte er gedacht. Er kramte in seinem Rucksack und holte ein Comic-Heft hervor. Damit wäre Bull die nächsten Stunden beschäftigt.

Ratze war bereits in sein Rätselheft vertieft, als Bull ihm einen kräftigen Schubs gab. Er folgte Bulls dickem Zeigefinger und sah einen braungebrannten Mann aus dem Haus auf der anderen Straßenseite kommen. Ratze konnte nicht sagen, ob es sich um die zu überwachende Person handelte. Daher stieg er aus dem Wagen und schlenderte unauffällig dem südländischen Fremden entgegen. Kurz bevor sie aneinander vorbeigingen, fing Ratze an, seine Hosentasche mit der Hand abzuklopfen. Dann sah er den braungebrannten Mann an und fragte ihn.

»Entschuldigen Sie. Haben Sie Feuer?«

»Nein, tut mir leid«, antwortete der Fremde akzentlos. »Ich rauche nicht.«

Ratze eilte zufrieden zu seinem Wagen zurück und nahm wieder auf der Fahrerseite Platz.

»Wenn das ein Ausländer sein soll, dann fresse ich einen Besen«, sagte er zu Bull. »Ich bin mir sicher, das ist unser Mann. Wir warten noch ein bisschen, dann folgen wir ihm.«

»Wenn du Feuer brauchst, ich habe eines«, sagte Bull mit seiner tiefen Stimme und holte ein Feuerzeug aus seiner Hosentasche.

»Schon gut, Bull«, sagte Ratze gereizt. »Vielleicht später.«

Er sah aufmerksam Berthold hinterher. Gerade als Ratze das Auto verlassen wollte, sah er den Fremden das Restaurant, das wie ein Segelschiff aussah, betreten. Er holte sein Notizbuch hervor, sah auf seine Armbanduhr und notierte Uhrzeit und Name des Lokals.

»Hast du Hunger?«, fragte er Bull und fügte hinzu. »Wir werden heute italienisch essen gehen.«

Bull grunzte vor Freude. Aber er war auch ein wenig traurig, da sein Comic gerade sehr spannend war.

Beide verließen das Auto und folgten Berthold zu Ernestos Restaurant. Ratze betrat als erstes das Lokal und suchte einen abgelegenen Tisch gleich neben der Eingangstür aus. Zu seiner Zufriedenheit war das Lokal sehr spärlich beleuchtet. Von seinem Tisch aus hatte er einen guten Überblick und konnte Berthold ungestört beobachten. Bis jetzt lief alles wie am Schnürchen. Die Zielperson war ahnungslos, er musste nicht stundenlang im Auto herumsitzen und statt belegte Brote gab es italienische Pasta. Die Kriminalfilme hatten nichts mit der Realität zu tun, dachte er sich. Es war ein Kinderspiel eine Person zu überwachen. Wahrscheinlich hätte das Bull sogar alleine geschafft.

Ratze nahm die Speisekarte und las sie aufmerksam durch. Er würde auch für Bull bestellen müssen.

Aus dem Augenwinkel bemerkte Ratze eine rothaarige Frau, die an den Tisch seiner Zielperson trat. Sie nahm Platz und die beiden Personen begannen ein angeregtes Gespräch. Er holte das Notizbuch wieder aus seiner Jacke und notierte alles ganz genau. Sein Boss würde zufrieden mit seiner Arbeit sein.

Zu diesem Zeitpunkt wusste Ratze noch nicht, dass er diesen Abend nicht mehr so schnell vergessen würde.

*

»Du kannst Hilde zu mir sagen«, sagte die rothaarige Frau und setzte sich an Bertholds Tisch.

Langsam schloss Berthold seinen Mund und betrachtete sein Gegenüber. Lange rot leuchtende Haare fielen auf ihre Schultern. Viele Sommersprossen zierten ihre kleine Stupsnase und ein Funkeln ging von ihren grünen Augen aus. Berthold war sich sicher, dass er sich soeben verliebt hatte.

»Wie darf ich dich nennen?«, versuchte Hilde die Konversation ins Laufen zu bringen. »Postmann wäre mir ein bisschen zu förmlich.«

»Entschuldige, bitte«, begann Berthold und wurde unter seiner Schminke dunkelrot. »Berthold, ich heiße Berthold.«

»Sag mal Berthold, bist du wirklich Briefträger, oder hat dir nur der zweideutige Filmtitel gefallen?«

»Ich bin Briefträger«, war seine kurze Antwort. Nervös nahm er wieder seine Speisekarte in die Hand.

Die wilde Hilde studierte ihn aufmerksam dabei.

»Sag bloß«, begann sie schließlich. »Das ist heute dein erstes Date?«

»Nein, natürlich nicht«, Berthold sah erschrocken auf. »Ist es wirklich so offensichtlich?«

»Ja, ist es«, musste Hilde lachend zugeben. »Aber da ist nichts Schlimmes daran. Irgendwann ist es für jeden einmal das erste Mal. Ich empfinde es als eine besondere Ehre, dass ich dein erstes Date bin. Jetzt bin ich auch ein wenig nervös geworden.«

Ernesto erschien an ihrem Tisch mit einem weißen Tuch um die linke Hand geschlungen und nahm ihre Bestellungen auf, nicht ohne einen vorwurfsvollen Blick zu Bertholds Begleitung zu werfen. Vielleicht hätte ihm Berthold doch von seiner Scheidung erzählen sollen.

Das zu Anfang sehr zögerliche Treffen, entwickelte sich zu Bertholds erstaunen, zu einem vergnüglichen Abend. Je länger er mit dieser attraktiven Frau sprach, desto sicherer war er sich, dass sie keine Mörderin sein konnte. Zum Essen wurden mehrere Flaschen Wein getrunken und Berthold hatte schon bald vergessen warum er eigentlich hier war.

Nach der Nachspeise verließ die wilde Hilde den Tisch und ging zu den Damentoiletten. Berthold strich sich genüsslich über den Bauch. Das ist heute wirklich ein schöner Abend, dachte er sich, als eine tiefe Stimme seine Gedanken störte.

»Du wolle Rose kaufen?«

»Nein, danke«, sagte er ohne aufzusehen. Oder sollte er seiner Begleiterin eine schöne rote Rose kaufen?

»Sind schöne Rosen«, sagte die Stimme wieder und ein paar verwelkte Blumen wurden Berthold unter die Nase gehalten.

»Nein, danke!«, sagte er nun etwas schroffer und schob die Blumen mit einer Handbewegung weg.

»Vielleicht will schöne Frau schöne Rosen?«, hörte er die Stimme sagen.

Berthold drehte sich verärgert dem Blumenverkäufer zu und sah die dicke Hornbrille von Russen Paul.

»Sind wunderschöne Rosen«, sagte dieser und grinste ihn an.

»Verdammt noch mal, was machst du denn da?«, fragte ihn Berthold fassungslos und blickte nervös zur Damentoilette.

»Ich beobachte dich jetzt schon seit einer halben Stunde«, sagte der Russen Paul. »Was ist mit dir los? Du flirtest wie ein verliebter Teenager. Hast du vergessen, warum wir dieses Date geplant haben?«

»Ja ich weiß«, sagte Berthold. »Aber Hilde kann keine Mörderin sein. Sie ist die liebenswerteste Person, die ich je kennengelernt habe.«

»Berühmte letzte Worte. Woher willst du das wissen? Wahrscheinlich hat sie Fred auch so um den Finger gewickelt. Reiß dich zusammen. Ich will keinen Schuh aus deinem Kopf ziehen. Hier nimm eine Rose, damit es nicht so auffällt, wenn ich so lange mit dir spreche.«

»Du hast wahrscheinlich recht«, sagte Berthold und nahm eine der Rosen. Seine Stimmung war am Nullpunkt angelangt. Konnte Hilde wirklich die Mörderin sein?

»Natürlich habe ich recht«, sagte der Russen Paul und hielt Berthold die Hand hin. »Nun gib mir zwanzig Euro.«

»Spinnst du?«, fragte ihn Berthold. »Für so eine fertige Pflanze zahl ich doch keine zwanzig Euro. Woher hast du diese traurigen Rosen überhaupt? Und außerdem stinken sie nach Benzin.«

»Die wachsen draußen, neben der Tankstelle. Jetzt gib mir schon das Geld. Es soll doch niemand Verdacht schöpfen.«

Widerwillig gab Berthold dem Russen Paul den Geldschein.

»Frag sie nach dem Online-Portal aus«, sagte der Russen Paul, während er sich zum Gehen abwendete. »Ob sie schon mehrere Dates gehabt hat. Konzentrier dich auf unseren Plan. Ich werde in der Nähe bleiben.«

»Ja, danke. Und verprass nicht mein ganzes Geld.«

Enttäuscht saß Berthold am Tisch. Dabei hatte dieser Abend so gut begonnen. Erschöpft sackte sein Körper zusammen und er wurde auf einmal unglaublich müde.

Das viele Essen, der viele Wein. Am liebsten würde sich Berthold jetzt zu Hause verkriechen. Aber er musste diesen Abend zu Ende bringen. Als er sich mit der Hand über sein Sakko fuhr, spürte er die Metalldose vom Russen Paul.

»Wenn du schlapp machst, nimm diese Pille. Sie ist ein richtiger Muntermacher«, waren seine Worte gewesen.

Berthold holte die kleine Dose hervor und öffnete sie zaghaft. Mit zwei Fingern nahm er die Pille in die Hand und betrachtete sie skeptisch. Er hatte noch nie zuvor einen Muntermacher genommen. Sollte er wirklich etwas nehmen, wobei er nicht einmal wusste worum es sich bei dieser Pille handelte? Noch dazu vom Russen Paul? Er wollte sie soeben wieder in die Dose zurücklegen, als er die zarte Stimme von Hilde hinter sich hörte.

»Na, hast du mich vermisst?«

Vor Schreck steckte Berthold die Pille in den Mund und schluckte sie runter.

»Was kann so eine kleine Pille schon groß bewirken?«, sagte er sich und spülte mit Rotwein nach, während Hilde wieder an seinem Tisch Platz nahm.

Kurz darauf fühlte sich sein Körper tatsächlich viel frischer an. Es fühlte sich an als ob er Bäume ausreißen könnte. So gut hatte er sich schon lange nicht mehr gefühlt. Die letzten Worte, an die er sich an diesem Abend erinnern konnte waren: »Lass uns nackt durch den Stadtpark laufen.«

*

Lange nach Dienstschluss saß Oberinspektor Kafka noch immer in seinem Büro. Um diese Uhrzeit war es sehr ruhig in dem Gebäude. So konnte er sich am Besten konzentrieren. Kein Tippen auf Computertastaturen, kein Brüllen in Telefone und kein Herumgetrampel von schnellen Füßen.

Oberinspektor Kafka nahm einen Schluck von seinem Kaffee. Für heute Abend hatte er sich die Unterlagen zu dem Fall Schmiedbauer zurechtgelegt. In dieser einsamen Stille konnte er sich bestens auf diesen Fall konzentrieren. Schon öfters hatte er hier knifflige Fälle gelöst.

Als erstes nahm er die Akte von Fred Schmiedbauer zur Hand. Inspektor Obermoser hatte gute Arbeit geleistet.

Dieser Fred Schmiedbauer ist außerordentlich gut bei der Damenwelt angekommen. Inspektor Obermoser hatte ihm mitgeteilt, dass den ganzen Tag die Telefone läuteten und hysterische Frauen wissen wollten, ob der Mörder bereits gefasst wurde. Und wenn ja, wann die Gerichtsverhandlung sei und ob man in Österreich wieder die Todesstrafe einführen könnte. Einige Anrufe kamen sogar aus dem Ausland.

Oberinspektor Kafka durchlief ein kalter Schauer. Der Hahn im Korb von so vielen Frauen, dass musste tragisch enden.

Er hatte Inspektor Obermoser bereits den Auftrag erteilt sämtliche Partnervermittlungsagenturen abzuklappern. Da dieser Schmiedbauer anscheinend ein erfolgreicher Frauenheld war, dürfte er keine Gelegenheit ausgelassen haben neue Opfer zu finden. In der heutigen Zeit war das Internet eine wahre Fundgrube dafür.

Und gestern Nacht wurde vor seinen Augen der Laptop von diesem Casanova gestohlen. Das war kein Zufall, das sagte ihm seine Nase.

Sonst war Fred Schmiedbauer ein unbescholtener Bürger. Er legte die Akte zur Seite und nahm die nächste zur Hand.

Hierbei handelte es sich um die erste Zusammenfassung von Inspektor Obermoser über Singlebörsen. Obermoser ist ein tüchtiger Polizist.

Wie er lesen konnte, wurde sein Mitarbeiter bei mehreren Partnervermittlungen fündig. Und dieser Schmiedbauer hatte eine Unmenge an Kontakten geknüpft. Oberinspektor Kafka wurde ganz schwindelig, als er die vielen Frauennamen las. Er würde Verstärkung von anderen Abteilungen anfordern müssen. Sonst würden sie Monate brauchen, um diese Daten auszuwerten.

Da kam noch viel Arbeit auf ihn zu. Er nahm den nächsten Ordner zur Hand und las »Berthold Buchinger«. Er wurde nicht richtig schlau aus diesem Briefträger.

»Denk an meine Worte«, hatte Inspektor Obermoser schon am ersten Tag nach dem Mord gesagt. »Dieser Buchinger hat nicht alle Tassen im Schrank. Am Besten wir sperren ihn zur Sicherheit einmal ein.«

Oberinspektor Kafka hatte ein anderes Gefühl. Und meistens täuschte ihn sein Instinkt nicht. Dieser Buchinger war stets zur falschen Zeit am falschen Ort. Auch das war eine Gabe.

Er schien ein wenig naiv, aber unschuldig zu sein. Davon war der alte Kommissar überzeugt. Er las den dünnen Bericht über Berthold weiter.

Sieh an, erst vor ein paar Tagen war er von seiner Frau geschieden worden. Um genau zu sein, wurde er an dem Tag geschieden, an dem Schmiedbauer ermordet wurde. Kann das ein Zufall sein? Oberinspektor Kafka wusste, dass es in seinem Beruf keine Zufälle gab.

Sollte er sich etwa in Berthold doch getäuscht haben? Wurde er langsam zu alt für diesen Job?

Spielte Gerda Buchinger, die Exfrau von diesem Briefträger, eine Rolle in diesem Mordfall? Konnte der Trennungsgrund Untreue gewesen sein? Untreue mit dem besten Freund?

Oberinspektor Kafka blätterte die restlichen Akten auf seinem Schreibtisch durch und fand schließlich auch einen Ordner über Gerda Buchinger. Auf Obermoser war wie immer Verlass.

Er las den kurzen Lebenslauf der Frau. Nichts besonders, alles ganz normal. Inspektor Obermoser hatte sogar ein Foto aufgetrieben und mit einer Büroklammer an den Bericht geheftet. Er betrachtete das Foto lange. Eine schöne Frau. Langes Haar. Schönes langes rotes Haar.

Oberinspektor Kafka bekam Schweißperlen auf der Stirn. Diese Frau hatte rotes Haar. Sie war auch sicher im ständigen Kontakt zu Fred Schmiedbauer. Vielleicht stimmte die Theorie von dem betrogenen Ehemann. Hatte denn niemand die Exfrau eines Verdächtigen befragt? Wo war sie zur Tatzeit?

Er rutschte unruhig auf seinem Stuhl hin und her. Er überflog noch rasch den Rest des Berichtes. Sie war Besitzerin eines VW Beetle. In Pink! Das konnte einfach kein Zufall sein. Wie viele rothaarige Frauen gab es, mit einem Hang zur Farbe Pink?

Oberinspektor Kafka sah aus seinem Fenster und überlegte, ob er seinen Kollegen aus dem Bett werfen sollte. Seine Hand ruhte bereits auf dem Telefonhörer, als sich seine Augen weiteten.

Statt Inspektor Obermoser anzurufen, wählte er die Durchwahl zu seinem Journaldienst im Erdgeschoss.

»Inspektor Kramer, was kann ich für Sie tun?«, erklang eine monotone Stimme aus dem Hörer.

»Hier Oberinspektor Kafka«, bellte der Kommissar in das Telefon. »Schicken Sie sofort ein paar Männer in den Stadtpark. In der Nähe des Brunnens laufen zwei Nackte durch die Gegend.«

»Jawohl, Herr Oberinspektor«, kam eine deutlich frischere Stimme aus dem Hörer zurück. »Wird sofort erledigt.«

Oberinspektor Kafka sah wieder in den Stadtpark und

schüttelte ungläubig seinen Kopf. Der nackte Mann war Berthold Buchinger.

»Warten Sie«, unterbrach er den Beamten. »Bringen Sie den Mann danach sofort zu mir. Ich will ihn gleich verhören.«

»Natürlich, Herr Oberinspektor«, sagte der Beamte, danach trat eine beklemmende Stille ein.

»Was gibt es denn noch?«, fragte Oberinspektor Kafka forsch nach.

»Sollen wir den nackten Mann nackt zu Ihnen bringen?«

»Natürlich nicht«, brüllte der Oberinspektor. Geben Sie ihm irgendetwas zum Anziehen. Beeilen Sie sich. Wehe ihnen, wenn Sie die Beiden entkommen lassen.

»Natürlich Herr Oberinspektor. Wir sind schon unterwegs.«

Oberinspektor Kafka hörte ein Klicken in der Leitung, und kurze Zeit später sah er mehrere Beamte in den Stadtpark laufen. Er konnte sich ein Schmunzeln nicht verkneifen. Die rothaarige Frau war ziemlich schnell. Sie hatte auch eine sehr gute Figur. Eines musste man diesem Buchinger lassen, Geschmack hatte er. Dann schossen die Worte »rothaarige Frau« wieder in seinen Kopf.

»Verdammt«, entfuhr es ihm, während er aus seinem Stuhl sprang. Er lief den langen Gang entlang, und wählte bereits die Nummer von Inspektor Obermoser auf seinem Mobiltelefon.

*

Ratze war mächtig stolz auf sich. Er saß aufrecht, was selten bei ihm vorkam, und mit durchgestreckter Brust vor dem Schreibtisch »des Tschetschenen«. Er hatte einen ausführlichen Bericht des vergangenen Tages verfasst und seinem Boss vorgelegt.

»Der Tschetschene« las langsam Ratzes Bericht und traute seinen Augen kaum. Nachdem die Beiden in einem Restaurant diesen Briefträger beobachtet hatten, verfolgten sie ihn quer durch die Stadt. Schließlich zogen sich der Postler und seine Begleiterin nackt aus und sprangen in den Stadtparkbrunnen. Danach wurden sie von mehreren Polizisten durch den Park gejagt. Die Frau konnte entkommen, der Briefträger wurde verhaftet. Bull verfolgte die Frau. Ratze hatte ihre Adresse zur Sicherheit auch in dem Bericht angeführt.

»Entweder ist dieser Briefträger komplett durchgeknallt«, fasste »der Tschetschene« zusammen. »Oder er hat euch bemerkt und eine Show abgezogen.«

»Er hat uns ganz bestimmt nicht bemerkt«, antwortete Ratze gekränkt. »Wir waren so gut wie unsichtbar.«

»Schon gut. Ich glaube euch«, murmelte »der Tschetschene«. »Ich befürchte, dieser Postler ist doch eine härtere Nuss, als ich gedacht habe. Vielleicht sollten wir einen Profi mit der Sache betrauen? Habt ihr sonst noch etwas herausgefunden?«

»Ja«, sagte Bull und zog einen Plastiksack unter seinem Stuhl hervor. Er suchte darin herum und hielt »dem Tschetschenen« stolz eine Unterhose vor die Nase.

»Die Farbe seiner Unterhose ist Blau.«

*

Berthold öffnete seine Augen und erblickte eine nackte Neonröhre. Er hatte ein grauenhaftes Déjà-vu.

Sein Kopf war leer. Ein pochender Schmerz hämmerte in seiner Schläfe. Die Kehle war ausgetrocknet, er konnte kaum schlucken. Er musste noch immer in dieser Zelle sein. Das Metallbett quietschte vertraut, als er sich zur Seite drehte. Wie lange war er bereits in dieser Zelle? Wurde Fred gestern ermordet? Oder vor zwei Tagen? Hatte er von der wilden Hilde geträumt?

Mühsam schob er die raue Wolldecke zur Seite und stieg aus dem Bett. Er musste unbedingt etwas trinken.

Erst jetzt bemerkte er, dass er eine alte Latzhose anhatte. Er versuchte sich daran zu erinnern, wann er diese Hose gekauft hatte. Vergebens. Das war nicht seine, sondern eine fremde Hose.

Während Berthold verwundert an seiner neuen Hose zupfte, wurde die Zellentür mit einem lauten Geklapper aufgesperrt.

Zu seiner Überraschung sah er nicht Inspektor Obermosers Gesicht, sondern Oberinspektor Kafka persönlich machte sich die Mühe ihn aufzusuchen. Das konnte nichts Gutes heißen.

»Guten Morgen, Herr Oberinspektor«, versuchte Berthold eine harmlose Unterhaltung anzufangen. »Bin ich schon wieder oder noch immer hier?«

Sein gequältes Lächeln erstarb abrupt, als er die Miene des Oberinspektors sah.

Mit einem leisen Stöhnen zog der alte Kommissar einen Metallsessel zu sich und ließ sich darauf nieder.

»Diesmal sind Sie zu weit gegangen«, begann er langsam und blickte Berthold in die Augen. »Glauben Sie eigentlich, dass Sie mir auf der Nase herumtanzen können? Was haben Sie sich eigentlich dabei gedacht?«

»Es tut mir wirklich leid«, versuchte Berthold zu beruhigen und versuchte nicht auf die riesige Nase des Kommissars zu blicken. »Aber ich kann mich an überhaupt nichts mehr erinnern.«

»Das kommt mir bekannt vor. Mir scheint, das habe ich schon einmal gehört. Diese Teilzeitamnesie kaufe ich Ihnen aber nicht mehr ab. Was haben Sie gestern Nacht getrieben?«

»Sie haben Recht, das klingt alles sehr eigenartig«, Berthold versuchte sich zu erinnern, was am vergangenen Abend geschah. »Ich kann mich dunkel erinnern, dass ich essen war. Mit einer sehr hübschen Frau.«

»Wer war diese Frau?«

»Die wilde Hilde!«, brach es aus Berthold heraus, froh sich an einen Namen erinnern zu können.

»Natürlich, die wilde Hilde«, Oberinspektor Kafka beugte sich ein wenig nach vorn. »Herr Buchinger, ich werde Sie jetzt noch einige Zeit in dieser Zelle lassen. Ich bin mir sicher, Ihnen wird wieder einfallen was gestern Nacht geschehen ist.«

»Nein, warten Sie«, Bertholds Nebel schien sich zu lichten. »Ich brauche einen Schluck Wasser. Dann geht es mir wieder besser.«

Berthold beugte seinen Kopf in das Handwaschbecken, drehte den Wasserhahn auf und trank gierig von dem frischen Wasser.

Danach setzte er sich wieder auf sein Bett und blickte in die grauen Augen des Oberinspektors.

»Ich befürchte, dass ich gestern wieder versucht habe, die Mörderin vom Fred zu finden«, begann er kleinlaut.

»Das habe ich mir schon gedacht. Weiter!«

»Ich kann mich aber weder an die Frau, noch an ihren Namen erinnern. Ich weiß nur, dass ich sie wilde Hilde genannt habe.«

»Wie haben Sie sie kennengelernt?«

»Das weiß ich auch nicht mehr. Ich habe eine ziemliche Leere in meinem Kopf. Woher habe ich überhaupt diese schreckliche Hose?«

»Diese Hose haben Sie von Inspektor Obermoser. Den Sie übrigens in den Stadtparkbrunnen gestoßen haben. Er ist nicht gerade gut auf Sie zu sprechen. Außerdem wollten Sie ihn ständig küssen.«

»Um Gottes Willen«, entfuhr es Berthold. »Ich hoffe es ist mir nicht gelungen?«

»Machen Sie keine Späße«, grummelte der alte Kommissar. »Was mir Sorgen macht, ist diese Frau. Sie war auch nackt und ist uns leider entkommen. Wie Sie sich denken können, hatte sie langes rotes Haar.«

»Jetzt tut es mir noch mehr leid, dass ich mich an nichts erinnern kann.«

»Sie finden das noch immer witzig. Wir haben eine Blutprobe von Ihnen genommen. Es wurden Rückstände von starken Aufputschmitteln in ihrem Blut festgestellt. Sie sollten besser auf sich aufpassen. Wer weiß, was gestern Nacht noch passiert wäre, wenn wir Sie nicht gefunden hätten. Sie würden vielleicht schon im Leichenschauhaus neben Ihrem besten Freund liegen.«

Berthold konnte seine Gedanken kaum kontrollieren. Hatte er gestern Nacht tatsächlich die Mörderin vom schönen Fred getroffen? Wie konnte er sie nur entkommen lassen? Warum wusste er von allem nichts mehr? Hatte sie ihn betäubt?

»Es tut mir alles so leid«, sagte Berthold betroffen. »Ich will doch nur, dass der Mörder vom Fred seine gerechte Strafe bekommt.«

»Natürlich. Und die Polizei ist dazu nicht in der Lage. Da braucht es schon einen Briefträger, der dieser Situation gewachsen ist. Sie werden natürlich eine saftige Strafe wegen Ihrem nächtlichen Volkslauf bekommen. Ich hoffe, Sie haben daraus etwas gelernt. Falls Ihnen etwas dazu einfällt, sagen Sie es mir sofort und damit hat es sich dann. Sie können nun gehen. Aber lassen Sie sich so schnell nicht wieder bei mir blicken.«

»Danke«, sagte Berthold kleinlaut. »Ich werde bestimmt nichts mehr unternehmen. Kann ich die Hose noch eine Weile behalten?«

»Verschwinden Sie, bevor ich es mir anders überlege.«

KAPITEL DREI

BEIM ZWEITEN MAL GEHT'S SCHON VIEL BESSER

In Begleitung von einem düster dreinblickenden Inspektor Obermoser und eines weiteren Beamten wurde Berthold zu seiner Wohnung gebracht. Ungern fuhr er mit dem Lift in den dritten Stock. Seine Hände zitterten, als er die Wohnungstür aufsperrte. Die beiden Beamten betraten zuerst die Wohnung. Er erwartete lautes Geschrei und ein Handgemenge, aber es blieb still.

Sorgfältig durchsuchten die Beamten jedes Zimmer. Wahrscheinlich erhofften sie den gestohlenen Laptop zu finden, den Komplizen von Berthold, oder vielleicht auch nur eine rote Perücke. Oberinspektor Kafka schien ihm noch immer nicht zu trauen. In diesem Fall hatte er eine gute Nase.

Berthold hatte befürchtet, dass der Russen Paul sich noch in der Wohnung aufhielt. Zaghaft warf er einen Blick in die Küche. Aber der Küchentisch war leer. Kein schmutziger Teller lag herum, kein benutztes Glas stand am Tisch. Verwundert sah er das Geschirr, fein säuberlich neben der Spüle aufgereiht. Frisch gewaschen. Die Küche sah viel sauberer aus, als er sie in Erinnerung hatte. Zum Glück waren auch die gelben Absperrbänder verschwunden.

Langsam entkrampfte sich sein Magen.

Während die Beamten das Schlafzimmer durchsuchten, schlurfte Berthold in das Wohnzimmer. Auch hier war alles sauber. Ihm kam es fast so vor, dass in seiner Abwesenheit der Staub gesaugt worden war. War der Russen Paul ein Putzfetischist? Nun, es gab Schlimmeres.

Schwerfällig ließ sich Berthold auf das Sofa fallen, nahm die Fernbedienung und schaltete den Fernseher ein.

Neben seiner Couch stand seine einzige Pflanze. Er hatte einfach keinen grünen Daumen. Es war erschütternd mit anzusehen, wie diese Pflanze in den letzten Wochen verfallen war. Heute jedoch sah sie ein wenig frischer aus. Berthold griff in den Blumentopf und fühlte feuchte Blumenerde. Das kann doch alles nicht wahr sein. Der Russen Paul hat meine Pflanze gegossen?

Berthold überfiel kurz das ungute Gefühl wieder in einer Beziehung zu stecken. Ein kalter Schauer zog sich von seinem Nacken über die Schulter nach unten. Er würde ein ernstes Wort mit dem Russen Paul reden müssen.

»Ich habe selten so eine saubere Wohnung gesehen« hörte Berthold Inspektor Obermoser sagen. »Sie haben doch sicher eine Putzfrau, oder?«

Berthold drehte sich leicht zur Tür hin, jedoch schon die kleinste Bewegung fiel ihm unendlich schwer. Er blickte in das erwartungsvolle Gesicht des jungen Inspektors.

»Ja, eine aus dem Osten«, Berthold konnte sich ein Grinsen nicht verkneifen, vielleicht sollte er eine Wohngemeinschaft mit dem Russen Paul eingehen und ihn an Polizeibeamte als Putzfrau vermieten.

»Wirklich alles sehr sauber«, antwortete Inspektor Obermoser. »Würden Sie mir die Telefonnummer Ihrer Putzfrau geben? Ich bin schon sehr lange auf der Suche nach einer so Genauen.«

»Tut mir leid«, musste Berthold lügen und stellte sich den Russen Paul als Putzfrau vor. »Aber ich glaube sie hat zur Zeit sehr viel um die Ohren.«

»Schade, falls sie wieder frei wird, denken Sie bitte an mich. Wir wären hier soweit fertig. Bleiben Sie ruhig liegen, wir finden den Weg hinaus. Oberinspektor Kafka wird sich sicher bald wieder bei Ihnen melden. Wahrscheinlich ziehen wir Sie vorher aber wieder aus einem Brunnen. Auf Wiedersehen Herr Buchinger.«

»Auf Wiedersehen«, murmelte Berthold, und seine Augenlider wurden immer schwerer. Das letzte was er hörte war, wie seine Eingangstür ins Schloss fiel, kurz darauf übermannte ihn ein wohlverdienter Schlaf.

*

Oberinspektor Kafka fuhr mit seinem Auto, einem 16 Jahre alten Toyota, durch die Grazer Innenstadt. Gerda Buchinger, die Exfrau des Briefträgers, arbeitete im größten Einkaufscenter mitten in der Altstadt.

Das Kaufhaus Kastner & Öhler befindet sich unweit des Grazer Hauptplatzes. Vor ein paar Jahren hätte selbst Oberinspektor Kafka Probleme bei der Parkplatzsuche gehabt. Mittlerweile wurde das Kaufhaus aber durch eine großzügige Tiefgarage erweitert. Zielsicher parkte er sein Auto auf der vierten Parkebene und fuhr mit dem Lift in den zweiten Stock.

Er hasste Großkaufhäuser mit ihrem Überangebot an Waren. Hier konnte man alles kaufen, und auf jeder Ebene dröhnte eine andere Musik aus den Lautsprechern. Wenn man nicht aufpasste, konnte man sich durchaus hoffnungslos verlaufen. Nichts wäre ihm peinlicher, als von einer hilfsbereiten Verkäuferin nach draußen begleitet zu werden.

Gerda Buchinger arbeitete im sogenannten »Sporthaus«, das beinahe einen halben Häuserblock einnahm. Er stieg aus dem Lift und musste durch das Haupthaus zur Rückseite des Gebäudes gehen. Er betrat die Outdoor Abteilung und kam sich sofort fehl am Platz vor. Selbst ein Blinder hätte erkennen können, dass er Berge nur von Bildern her kannte.

Frau Buchinger erkannte er sofort. Eine sportliche, attraktive Frau mit einer prächtigen roten Mähne.

Als er auf sie zuging, strahlte sie ihn mit ihrem besten »Was darf ich Ihnen verkaufen?« Lächeln an.

»Frau Buchinger?«, fragte er die junge Frau, deren strahlendes Lächeln sogleich einfror.

»Ja, bitte. Was kann ich für Sie tun? Kennen wir uns?«

»Mein Name ist Oberinspektor Kafka. Ich ermittle im Fall des ermordeten Fred Schmiedbauer.«

»Das habe ich in der Zeitung gelesen. Der arme Fred. Irgendwie hat es mich aber auch nicht überrascht. Er hat jahrelang mit den Gefühlen der Frauen gespielt. Dass einmal Eine durchdreht, war nur eine Frage der Zeit. Ich habe versucht mit meinem Mann, eigentlich meinem Exmann, darüber zu sprechen. Sie müssen wissen, die Beiden waren sehr gute Freunde. Aber ich konnte ihn bis heute noch nicht erreichen. Wahrscheinlich hat er wieder einmal sein Handy liegen gelassen.«

»Wahrscheinlich war es nicht wasserdicht. Sie haben ihn also gekannt?«

»Natürlich. Den Fred kannte jeder. Was meinen Sie mit nicht wasserdicht?«

»Das habe ich nur so vor mich hin gesagt. Können Sie sich vorstellen, wer ihn umgebracht haben könnte?«

»Natürlich, alle Frauen zwischen 20 und 70 in Graz und Umgebung lebend. Sie sollten auch die umliegenden Bezirke im Auge behalten. Besser wäre es die Suche auf die gesamte EU auszuweiten.«

»Aus ihrem Unterton höre ich heraus, dass Sie nicht gut auf ihn zu sprechen sind. Hat er auch mit Ihren Gefühlen gespielt?«

»Sind Sie verrückt?«, empörte sie sich mit erhöhter Lautstärke. »Sie wissen doch, dass ich mit seinem besten Freund verheiratet war.«

»Natürlich weiß ich das. Darum bin ich auch hier. Ihr Exmann gehört schließlich dem Kreis der Verdächtigen an.«

»Berthold?«, kaum hatte sie den Namen ihres Exmannes ausgesprochen, musste sie laut lachen. »Berthold kann keiner Fliege etwas zu Leide tun. Anders ausgedrückt. Er ist der größte Waschlappen, den man sich nur vorstellen kann.«

»Warum haben Sie dann eigentlich den größten Waschlappen, den man sich vorstellen kann, geheiratet?«

»Naja«, stammelte Gerda Buchinger verlegen und sah dabei zu Boden. »Am Anfang war er noch kein Waschlappen. Zumindest hat er es gut vor mir verbergen können.«

»Warum sind Sie dann so lange mit ihm verheiratet geblieben?«

»Was wird das jetzt?«, fuhr sie den Oberinspektor an. »Für eine Beziehungstherapie ist es schon zu spät. Was hat das überhaupt mit dem Tod vom Fred zu tun?«

»Ich mache nur meine Arbeit, Frau Buchinger«, sagte Oberinspektor Kafka und blickte in ihre funkelnden grünen Augen und wusste, dass es Berthold in dieser Ehe nicht leicht gehabt hatte.

»Ich muss Sie bitten, dass Sie mir sagen wo Sie vergangenen Samstag in der Nacht zwischen 3 und 5 Uhr waren.«

»Wollen Sie damit andeuten, dass ich den Fred getötet habe?«, Gerda Buchinger musste sich mit aller Gewalt zusammennehmen, um nicht hysterisch zu werden.

»Haben Sie?«, fragte der Oberinspektor trocken.

»Natürlich nicht!«, fauchte sie ihn an. »Ich denke unsere

Unterredung ist hiermit beendet. Wie Sie sehen muss ich arbeiten.«

»Natürlich. Wenn Sie jetzt nicht reden können, dann werden Sie heute nach Ihrer Arbeit sicher gerne zu mir ins Präsidium kommen. Das macht Ihnen doch nichts aus?«

»Also gut. Wann soll ich wo gewesen sein?«, fragte Gerda Buchinger genervt.

»Wo waren Sie in der Nacht von Samstag auf Sonntag zwischen 3 Uhr und 5 Uhr Nachts?«

»Wo werde ich schon gewesen sein. Natürlich bei mir zu Hause.«

»Kann das jemand bezeugen?«

»Natürlich kann das niemand bezeugen. Ich war alleine zu Hause und habe geschlafen. Mein Hamster kann das vielleicht bezeugen, aber der hat wahrscheinlich auch geschlafen.«

»Danke Frau Buchinger, das wäre alles für heute. Ich wünsche Ihnen noch einen angenehmen Tag. Auf Wiedersehen.«

»Na hoffentlich nicht«, murmelte sie dem Oberinspektor nach, aber das hörte er schon nicht mehr, da er sehr konzentriert den Lift in die Tiefgarage suchte.

*

Pepi Matuschek fuhr in seinem viel zu großen Pickup nördlich von Graz in Richtung der Marktgemeinde Gratwein. Vor Jahren bat ihn einer seiner »Freunde« um einen kleinen Gefallen. Er hatte ein massives Geldproblem und Pepi gab ihm ein kleines Darlehen. Als Sicherheit bot ihm sein Freund einen aufgelassenen Steinbruch im Norden von Graz an. Pepi half seinem Kumpel aus der Patsche, was ihm aber nur kurzzeitig geholfen hatte. Ein paar Wochen später starb dieser bei einem Motorradunfall. Seitdem ist der Pepi Besitzer eines Steinbruches. Im Prinzip ist das Grundstück wertlos. Der einzige Vorteil den es zu bieten hat ist, dass es keine Anrainer gibt. Es gibt dort überhaupt nichts. Absolute Ruhe. Wenn der Pepi einmal abschalten muss und sich zurückziehen will, so fährt er zu seinem Steinbruch. Seine Oase. Sein kleines Paradies.

Während der Fahrt überlegte er, ob es so eine gute Idee war, den Mord an dem Postler an die große Glocke zu hängen. In seinem Innersten war er ein friedliebender Mensch. Mit Mord hatte er noch nie zu tun gehabt. Unruhig rutschte er auf dem teuren Ledersitz hin und her.

Nur um sicher zu gehen, ob alles an seinem Platz war, strich er mit seiner Hand über die kleine Ledertasche auf dem Beifahrersitz. Er hatte noch nie auf einen Menschen geschossen. Einmal hatte er in seinem Steinbruch geübt, als er die Waffe geschenkt bekommen hatte. Aber richtig Spaß hatte er damals auch nicht daran.

Er lenkte den Wagen von der Bundesstrasse auf einen Nebenweg. Der Kies knirschte unter den breiten Reifen. Trotz der guten Federung des Wagens, wurde der Pepi kräftig durchgeschüttelt.

Heute wollte er sich aber nicht ausspannen, heute war er hier um zu arbeiten. Er musste üben. Er wusste, dass er sich vorbereiten musste.

An seinem abgelegenen Steinbruch angekommen, parkte er den Pickup nahe der Einfahrt und ging zu Fuß die letzten Meter zu einem graugrünen Metallcontainer.

Vor einigen Jahren wurde dieser noch als Bürocontainer verwendet. Heute diente er nur mehr als Aufbewahrungslager. Umständlich sperrte der Pepi die schwere Metalltür auf. Ein abgestandener Mief kam ihm entgegen und er hielt kurz die Luft an. Neben der Tür standen mehrere Plastiktonnen. Aus der Ersten holte er ein paar leere Dosen eines österreichischen Energydrinks heraus.

Etwa zwanzig Meter von dem Container entfernt, stellte

er die drei leeren Metalldosen auf verwaiste, größere Steinbrocken. Er ging zurück und holte seine Ledertasche aus dem Auto.

Vorsichtig zog er die schwere Pistole heraus. Der Pepi hatte schon immer größten Respekt vor Waffen gehabt. Er schob ein volles Magazin in den Griff und zog den Schlitten der Waffe nach hinten. Dabei musste er sich sehr anstrengen. Im Fernsehen sah alles immer viel leichter aus.

Er hielt die Waffe mit beiden Händen fest und zielte auf die erste Dose. Ein mächtig lauter Knall erfüllte den Steinbruch, als der Pepi den Abzug betätigte. Da der Pepi während des Schusses die Augen geschlossen hatte, zwinkerte er jetzt und versuchte die erschossene Dose zu finden. Sie stand noch immer da. Unbehelligt auf dem Steinbrocken, wo sie schon vorher gestanden hatte.

»Nun gut«, dachte sich der Pepi. »Ich muss mich erst einschießen.«

Wieder hob er seine Pistole, zielte und schoss. Beinahe wäre ihm die Waffe dabei aus der Hand geflogen. Der Rückstoss war beträchtlich. Das Echo des Schusses hallte im Steinbruch nach, als der Pepi diese verfluchte Dose noch immer auf dem Stein stehen sah.

»Ok. Vielleicht sollte ich näher hingehen«, dachte er sich und näherte sich der Dose bis auf zehn Meter.

Entschlossen hob er die Waffe und feuerte auf sein Opfer. Er konnte gerade noch sehen, dass die zweite Dose links daneben kurz gewackelt hatte. Sein Ziel stand noch immer unbeeindruckt vor ihm.

Nun geriet sein Blut in Wallung. Sein Gesicht verzerrte sich und mit einem lauten Schrei fing er an, auf die Dose zuzulaufen und feuerte seine Waffe auf das wehrlose Opfer.

Mit weit aufgerissenen Augen stand er schließlich direkt vor der Dose und drückte den Abzug der Waffe durch. Er hörte nur ein »Klick«. Das Magazin war leer, die Dose hatte überlebt. Der Pepi wusste, das war kein gutes Zeichen.

Voller Erschöpfung und enttäuscht lies er sich auf dem Steinbrocken nieder. Er starrte auf seine Waffe in der Hand und kam zu der Erkenntnis, dass er damit niemanden ernsthaft verletzen konnte. Außer vielleicht sich selbst, oder wenn er sie jemanden an den Kopf warf.

Er musste eine andere Lösung finden.

Er griff in seine Jackentasche und holte eine volle Dose mit Energydrink hervor. Er öffnete sie und während er trank überlegte er, wie er aus dieser unglücklichen Situation ohne Schaden wieder herauskam. Schweißperlen standen auf seiner Stirn. Er wischte mit seiner freien Hand über seinen Oberlippenbart und stand wieder auf.

Sein Geschäftspartner im Osten hatte ihm schon mehrmals einen Profi als Problemlöser angeboten. Bis jetzt hatte der Pepi noch keinen Bedarf dafür gehabt. Vielleicht wäre jetzt der Zeitpunkt gekommen, um auf das Angebot zurückzukommen.

Er warf die halbvolle Dose in Richtung der leeren Dosen, und jetzt traf er. Sehr zu seinem Missfallen. Er fingerte sein Smartphone aus der Jackentasche und wählte eine Nummer im weit entfernten Osten Europas. Er erkannte die tiefe Stimme seines Freundes Dimitri sofort und wusste, dass sich sein Problem bald von selbst erledigen wird.

*

»Berthold«, hörte er eine süße Frauenstimme aus weiter Ferne sanft seinen Namen rufen.

»Berthold«, die Stimme kam näher, während attraktive weibliche Geschöpfe ihn umgarnten.

»Berthold, wach auf!«, die Frauenstimme wurde tiefer und die weiblichen Geschöpfe fingen an ihn kräftig zu schütteln.

»Berthold, aufwachen!«, das Schütteln wurde immer heftiger.

»Berthold!«

Berthold öffnete seine Augen und verschwommen erkannte er das Gesicht des Russen Paul. Mit einem lauten Schrei setzte sich Berthold aufrecht auf sein Sofa im Wohnzimmer.

»Was machst du denn schon wieder hier?«, fragte er fassungslos den Russen Paul, der ihn breit angrinste.

»Na was werde ich hier schon machen? Ich schaue wie es unserem Frauenhelden nach einer wilden Nacht geht.«

»Wie wird es mir schon gehen. Ich war wieder einmal im Gefängnis. So oft habe ich in meinem ganzen Leben noch nie auswärts geschlafen.«

»Und das auch noch gratis. Wenn du so weiter machst, werden sie dir bald etwas für das Zimmer berechnen.«

»Sehr witzig! Wo warst du eigentlich die ganze Zeit? Wolltest du nicht auf mich aufpassen?«

»Ich war immer in deiner Nähe. Du warst zu keinem Zeitpunkt in Gefahr.«

»Außer, dass ich nackt durch den Stadtpark gelaufen bin.«

»Das war übrigens sehr amüsant«, der Russen Paul konnte sich ein Lächeln nicht verkneifen. »Falls du dich nicht mehr erinnern kannst, ich habe alles mit dem Handy aufgezeichnet. Du kannst es dir jederzeit ansehen.«

»Du hast *was*? Bist du noch zu retten? Ich hol mir im Stadtparkbrunnen fast eine Lungenentzündung und das Einzige was dir dazu einfällt, ist mich zu filmen. Wahrscheinlich hast du es auch schon auf YouTube gestellt.«

»Nein, natürlich nicht. Aber die Idee ist gar nicht mal so schlecht.«

»Was hast du mir gestern überhaupt für eine Tablette angedreht. Nachdem ich sie genommen habe, kann ich mich an nichts mehr erinnern.«

»Sie ist sozusagen noch in der Testphase. Ich helfe manchmal im LKH auf der Geriatrie aus, und wir geben sie den Patienten damit sie alleine aufs Klo gehen können.«

»Willst du mir damit sagen, dass du selbst nicht weißt, was das für ein Zeug ist?«

»Ganz genau nicht. Man sollte sie wahrscheinlich nicht mit Alkohol einnehmen, das werde ich mir auf jeden Fall notieren. Wie du siehst, macht sie auf jeden Fall munter. Und wir wissen jetzt wo die wilde Hilde wohnt. Ich bin ihr zur Sicherheit, nach eurer Brunnenparty gefolgt.«

»Wenigstens war der gestrige Abend nicht ganz umsonst. Ich bin überzeugt, dass sie aber nichts mit dem Mord am Fred zu tun hatte. Hast du meine Kleider versteckt?«

»Nein, deine Sachen hab ich nicht gesehen. Ich bin später wieder in den Stadtpark zurück, aber deine Sachen waren nicht mehr da.«

»Na super, jetzt läuft irgendein Sandler in Graz mit meinen Kleidern herum. Das war mein bester Anzug. Ich denke, wir sollten die Sache auf sich beruhen lassen. Ich hab keine Lust mehr, im Gefängnis aufzuwachen.«

»Wir können doch jetzt nicht aufhören«, fassungslos sah der Russen Paul den Berthold an. »Ich spüre es, wir sind kurz davor den Mörder vom Fred zu finden. Wenn wir jetzt aufhören, war alles umsonst.«

»Ich bin einfach müde und ausgelaugt. Sämtliche Knochen tun mir weh, meine Hände jucken wie verrückt. Ich kann einfach nicht mehr. Und wage es ja nicht mir wieder eine deiner Teufelspillen anzudrehen.«

»Zugegeben, dein erstes Date hätte besser verlaufen können. Aber glaub mir, beim zweiten Date geht alles viel leichter. Heute triffst du die nächste Verdächtige. Ihr Pseudonym lautet »Dagi79«. Ich bin sicher, du wirst heute nicht nackt durch den Stadtpark laufen.«

»Davon bin ich auch überzeugt, weil ich erst gar nicht zu diesem Treffen gehen werde.«

»Willst du aufgeben? Damit lässt du den Mörder vom Fred einfach laufen.«

»Du hast gut reden. Ich treffe mich mit potentiellen Mörderinnen, während du mit verwelkten, nach Benzin riechenden Rosen, die ich dir auch noch überteuert abkaufen musste, als Spanner den Abend verbringst.«

»Heute ist alles anders. Der Kellner vom Lokal hat gestern anscheinend etwas Falsches gegessen und kann daher heute Abend nicht arbeiten. Wie es der Zufall will, werde ich für ihn einspringen. Du kannst also ganz beruhigt sein, ich werde den ganzen Abend an deiner Seite sein.«

»Du hast doch hoffentlich diesen armen Kerl nicht vergiftet?«

»Wo denkst du hin? Natürlich nicht. Wir testen gerade eine Pille gegen Verdauungsstörungen. Ich befürchte mir ist gestern eine davon in sein Glas gefallen. Nichts schlimmes, er wird den heutigen Tag wahrscheinlich am stillen Örtchen verbringen.«

»Ich bitte dich nur, mach mir nie einen ähnlichen Gefallen.«

»Kein Problem. Du solltest jetzt aber aufstehen und eine Dusche nehmen. Es wird Zeit dich wieder herauszuputzen.«

»Was? Schon so spät? Wie lange habe ich denn geschlafen?«

»Du hast den ganzen Tag verschlafen. Dafür siehst du jetzt schon viel besser aus. Ich hab dir schon deinen Anzug herausgelegt. Du solltest heute aber besser auf ihn aufpassen, sonst kannst du morgen im Pyjama zu deinem Date gehen.«

»Zum Glück ist morgen alles vorbei.«

Berthold sah sich bereits wieder auf seiner Couch liegen und seinen restlichen Urlaub gemütlich ausklingen lassen. Er sollte sich auch in diesem Fall gewaltig täuschen.

*

Oberinspektor Kafka saß in seinem Büro und blätterte in dem Bericht der Spurensicherung. Wie er befürchtet hatte, waren keine neuen Erkenntnisse zum Vorschein gekommen. Missmutig legte er den Bericht zur Seite, als Inspektor Obermoser bei der Tür hereinschaute.

»Obermoser«, sagte Kafka erfreut, und winkte den jungen Beamten in sein Büro. »Wie war die Durchsuchung beim Buchinger?«

»Wie du schon vermutet hattest, war dort nichts zu finden.«

»Abgesehen davon, dass wir keinen Durchsuchungsbefehl hatten,« grummelte Oberinspektor Kafka, »hoffe ich, dass wir dem Buchinger jetzt genug Angst eingejagt haben. Hoffentlich hält er sich endlich aus diesem Fall heraus. So etwas Hartnäckiges habe ich überhaupt noch nie erlebt. Vielleicht sollten wir ihn einfach für eine Woche wegsperren.«

»Mit welcher Begründung?«, fragte Inspektor Obermoser erstaunt. So hatte er seinen Chef noch nie erlebt.

»Zum Schutz der öffentlichen Allgemeinheit, zum Schutz seines eigenen leiblichen Wohles und vor allem zum Schutz meiner Nerven.«

»Ich weiß nicht, ob wir damit durchkommen. Wenn die Presse davon erfährt, könnten wir in ernsthafte Schwierigkeiten kommen.«

»Ich weiß«, sagte Oberinspektor Kafka unwirsch und fuchtelte mit seiner Hand vor sich herum.

»Ich habe das nicht ernst gemeint. Aber ich befürchte unser lieber Briefträger wird sich noch in ernsthafte Schwierigkeiten bringen. Was für einen Eindruck hattest du von seiner Wohnung?«

»Eine ganz normale kleine Wohnung, wie sie Junggesellen eben haben. Nichts Auffälliges. Das einzige was mich besonders beeindruckt hat war, dass sie sehr sauber war. Nach seinen ganzen Eskapaden der letzten Tage, hätte ich eigentlich mit etwas mehr Unordnung gerechnet. Aber alles war sauber und aufgeräumt.«

»Vielleicht hat er eine Putzfrau?«

»Das habe ich ihn auch gefragt. Gute Putzfrauen sind heute selten, überhaupt leistbare. Und davon bin ich von einem frisch geschiedenen Beamten ausgegangen. Er hat auch eine aus dem Osten. Leider hat sie zur Zeit sehr viel um die Ohren. Er erwähnte auch, dass sie sehr hässlich ist.«

»So, so«, murmelte Oberinspektor Kafka und kratzte sich nachdenklich an seinem unrasierten Kinn. »Ich habe heute Vormittag seine Exfrau bei der Arbeit besucht. Mittlerweile tut mir dieser Buchinger beinahe leid. In dieser Beziehung hatte er sicher nichts zu lachen. Wir sollten sie im Auge behalten. Ihr traue ich einen Mord sofort zu.«

»Sollen wir sie überwachen lassen? Am besten auch den Briefträger?«

»Ich weiß noch nicht. Ich war zwar von Anfang an überzeugt, dass dieser Buchinger unschuldig ist. Je länger ich mich aber mit diesem Fall beschäftige, desto unsicherer werde ich mir dabei. Als ich seine Exfrau auf den schönen Fred ansprach, merkte ich eine Veränderung in ihrem Verhalten. Ich bin mir nicht sicher, aber es kann leicht sein, dass auch sie etwas mit ihm gehabt hat. Und dann hätten wir auf einmal ein wunderschönes Motiv für den Herrn Buchinger und auch für seine Exfrau.«

»Glaubst du wirklich? Es kann doch nicht sein, dass jede Frau, die nur in die Nähe des schönen Fred kam, seinem Charme erlegen ist. Gegen ihn war Casanova anscheinend ein schüchterner Ministrantenschüler.«

»Ich hatte einfach so ein Gefühl, dass sie mir nicht die ganze Wahrheit gesagt hat. Wir werden sie auf jeden Fall noch genauer unter die Lupe nehmen müssen. Meine Nase sagt mir, dass da noch etwas war.«

»Was machen wir mit dem Buchinger? Sollen wir ihn überwachen lassen? Ich bin mir ziemlich sicher, dass er wieder einen Blödsinn vorhat.«

»Darauf würde ich auch alles wetten. Nein, wenn er wieder in Schwierigkeiten kommt, dann sperren wir ihn endgültig ein. Ich glaube, dass er das Alles nicht alleine macht. Wahrscheinlich steckt er mit dem Kerl unter einer Decke, der den Laptop letzte Nacht gestohlen hat. Der Kerl mit dem weißen Oberlippenbart. Den kriegen wir aber auch noch. Ich hatte gehofft, dass du ihn in der Wohnung vom Buchinger antriffst.«

»Soll ich heute früher nach Hause gehen, damit ich ein wenig vorschlafen kann. Bis jetzt hast du mich noch jede Nacht aus dem Bett geholt.«

»Meine Nase juckt ein wenig, wenn ich an heute Nacht denke. Ich glaube du kannst früher nach Hause gehen. Versuche am Nachmittag ein wenig zu schlafen. Vielleicht haben wir wieder einen Nachteinsatz. Ich werde mich inzwischen mit den Online Singlebörsen beschäftigen. Mir sind diese modernen Verkupplungsfirmen nicht ganz geheuer.«

Inspektor Obermoser erhob sich schwerfällig vom Sessel und stand auf.

»Dann werde ich versuchen ein wenig zu schlafen. Ich hätte nicht gedacht, dass dieser Fall so anstrengend sein wird.«

»Wir werden sehen. Wenn es heute Nacht wieder zu einem Zwischenfall kommt, dann werden wir kurzerhand alle Beteiligten einsperren, und so lange befragen, bis einer die Wahrheit sagt.«

»Gut«, sagte Inspektor Obermoser und verließ das Büro seines Chefs. »Servus, Franz. Wir sehen uns wahrscheinlich in einigen Stunden wieder.«

»Servus, Peter«, grummelte Oberinspektor Kafka und war mit seinen Gedanken bereits ganz woanders, als er einen dicken Ordner einer Singlebörse mit dem klingenden Namen »Liebesbärchen.at« in die Hand nahm. Am Cover erblickte er zwei sich verzückt ansehende Plüschbären umgeben von fliegenden Herzen. Unter den beiden Bären stand in großen Buchstaben »Fred Schmiedbauer«. Die Akte war sehr dick.

*

Heute war ihr fünftes Rendezvous mit einem Mann, den sie über eine Partnervermittlung im Internet kennengelernt hatte. Beim ersten Treffen, vor ein paar Wochen, war sie noch sehr nervös gewesen. Sie konnte sich schon einige Tage zuvor nicht mehr auf ihre Arbeit konzentrieren, so aufgeregt sah sie ihrem Blind Date entgegen. Obwohl sie sich insgeheim nicht allzu viel davon erwartete.

Natürlich konnten es sich ihre Kolleginnen nicht verkneifen, ständig kleine Anspielungen zu machen. An einem Morgen zum Beispiel, als sie gerade zur Arbeit erschien, fand sie einen kleinen Baum auf ihrem Schreibtisch, der hauptsächlich aus Kondompackungen bestand. Zuerst stieg eine unbeschreibliche Wut in ihr hoch, aber eigentlich konnte man Kondome immer gut gebrauchen. Und so billig waren diese Dinger auch wieder nicht.

Dagmar war seit mehreren Monaten Single. Sie betrachtete sich im Spiegel der Damentoilette und war durchaus zufrieden mit dem was sie sah. Eine mittelgroße Erscheinung, schlank, durchtrainiert. Man sah ihr an, dass sie viel Sport betrieb. Wie zur Unterstreichung ihrer Gedanken, straffte sie ihr eng anliegendes, pinkfarbenes Kleid, indem sie mit ihren Händen seitlich die Hüften entlang fuhr.

Ihr erstes Date war enttäuschender Weise absolut langweilig abgelaufen. Ein langweiliger Typ, der ausschließlich über sich und seine Mutter redete, bei der er auch nach 45 Jahren noch immer wohnte. Kein Wunder, dass er bis jetzt keine Frau gefunden hatte.

»Armer Spinner«, dachte Dagmar. »Nicht einmal angebaggert hat er mich.«

Fast wäre sie deswegen beleidigt gewesen.

Beim zweiten Date war alles genau umgekehrt. Dieser Mann hatte nur einen einzigen Gedanken: »Wie kann ich dich flachlegen?«

Er war so sehr von sich selbst angetan, dass sie überhaupt nicht zu Wort kam.

Sprachlos war sie auch, als er sie fragte: »Gehen wir zu dir oder zu mir?«

Dagmar fuhr sich mit beiden Händen durch ihre langen Haare und überlegte, ob sie ihre Haare heute offen oder geschlossen tragen sollte. Geschlossen hatte eine abwehrende Bedeutung, während offene Haare auch eine offene Haltung seinem Gegenüber signalisierten. Sie ließ ihre roten Haare mehrmals auf ihre Schultern fallen und entschloss sich die Haare offen zu tragen.

Ihre Gedanken gingen wieder zurück zu ihren vergangenen Treffen, und sie wunderte sich nicht, dass diese Männer alleine durch ihr Leben gingen. Die restlichen Zwei waren dermaßen schüchtern und introvertiert, dass sie den Grossteil des Abends stumm Dagmar gegenüber saßen und verlegen in ihrem Essen herumstocherten.

Heute war ihr fünftes Date. Dagmar kontrollierte noch einmal das Make up und zog den Lippenstift nach.

»Hoffentlich nicht wieder so ein Langweiler«, dachte sie sich und sah noch einmal abschließend in den Spiegel. Zufrieden packte sie den Lippenstift in die Handtasche. Zur Sicherheit kontrollierte sie die kleine Pistole in der Handtasche und überprüfte noch einmal, ob sie auch geladen war.

*

Im Laufe der Jahre hatte sich Margarethe eine gute Menschenkenntnis zugelegt. Ihr hatte sie es auch zu verdanken, dass sie einen beträchtlichen Batzen Geld zusammengehäuft hatte.

Immer wieder war es ihr gelungen alleinstehende, vermögende Männer um den Finger zu wickeln. Und das Schicksal meinte es gut mit ihr. Ihr erstes Herzblatt verstarb in einer wilden Nacht unter ihr liegend mit einem Lächeln im Gesicht.

»Sein Herz war schon immer schwächlich gewesen«, erklärte ihr ein einfühlsamer Rettungsarzt, ihr zweites Opfer. Auch er verstarb kurz nach der Trauung, allerdings musste sie bei ihm schon etwas nachhelfen.

Danach war sie auf den Geschmack gekommen, ältere, reiche Herren zu verführen und anschließend von ihrem Dasein zu erlösen. Simon war ihr in all den Jahren eine große Hilfe gewesen. Er war zwar nicht der Allerhellste, aber dafür hatte er einen ausgezeichneten Körper und folgte ihr aufs Wort. Sie wusste selbst nicht, warum sie sich mit dem schönen Fred eingelassen hatte. Er ist eines Tages an ihrer Arbeitsstelle aufgetaucht und machte ihr angenehme Komplimente. Er war nicht aufdringlich, sondern sehr charmant. Als er sie zum Abendessen einlud, sagte sie zu, und so kam eins zum anderen. Das erste Mal in ihrem Leben verliebte sich Margarethe wirklich und ausgerechnet in einen Herzensbrecher. Noch heute könnte sie sich darüber ärgern, dass gerade ihr so etwas Dummes passieren musste.

In diesem Fall hatte sie nicht auf ihre innere Stimme gehört. Sie wusste selbst nicht, wie so etwas geschehen konnte.

Als sie gestern mit Simon gesprochen hatte, läuteten wieder ihre Alarmglocken. Sie kannte ihn schon lange genug, um zu bemerken, wenn er nicht die Wahrheit sagte. Und gestern hatte er nicht die Wahrheit gesagt. Dessen war sie sich sicher. Männer sind in den meisten Fällen sehr einfach zu durchschauen.

Was versuchte er aber vor ihr zu verheimlichen? Er wollte so schnell wie möglich diesen Briefträger loswerden. Ihr schien, als ob er Angst vor ihm hatte. Aber warum? Der Postmann hatte ihn doch gar nicht gesehen. Oder doch? Langsam ging Margarethe ein Licht auf. Der Postmann hatte Simon also doch gesehen. Wahrscheinlich hatte er ihn aber nicht sofort erkannt. Noch nicht.

Margarethes Blutdruck erhöhte sich schlagartig. Die Situation konnte kritisch werden. Auch für sie. Sollte Simon erkannt werden, oder noch schlimmer, sollte er verhaftet werden, konnte sie sich nicht mehr sicher fühlen. Simon wusste einfach viel zu viel über sie. Er wusste einfach alles über sie.

Simon war in all den Jahren ein sehr lieber Spielgefährte gewesen, aber es war an der Zeit sich von ihm zu trennen.

Schade, dachte sie und wurde kurz sentimental. Aber nur kurz. Sie hatte schon immer gewusst, dass dieser Fall einmal eintreten würde. Und in weiser Voraussicht hatte sie sich darauf auch schon vorbereitet.

*

Auf dem Schreibtisch von Oberinspektor Kafka türmten sich die Akten über den Fall Schmiedbauer. Zu Beginn der Ermittlungen hatte er sich noch gedacht, dass er diesen Fall schnell abgeschlossen haben würde.

Eine typische Eifersuchtsgeschichte, wie sie schon so oft vorgekommen ist. Aber mittlerweile wuchs dieser Fall zu einem verworrenen Geflecht an Intrigen und Verdächtigen heran. Und Oberinspektor Kafka hatte das ungute Gefühl, dass er noch nicht einmal in der Nähe des wahren Mörders oder der wahren Mörderin war. Er wusste nicht einmal ob es sich um einen Täter oder eine Täterin handelte. Im Prinzip tappte er vollkommen im Dunkeln. So etwas war ihm schon lange nicht mehr passiert. Und er mochte solche Situationen überhaupt nicht.

Wieder blätterte er den dicken Akt einer Partnervermittlung über Fred Schmiedbauer durch. Unglaublich mit wie vielen Frauen dieser Mann Kontakt hatte.

Oberinspektor Kafka überlegte, und kam zu der Erkenntnis, dass er nur vier Frauen kannte. Da hatte er aber die Trafikantin unten an der Ecke, die ihn seit Jahren mit Zigaretten und Zeitungen versorgte, schon mitgezählt.

All diese Personen in der Akte konnte er unmöglich selbst überprüfen. Wahrscheinlich musste er einen weiteren Mitarbeiter mit der Aufgabe betrauen. Es konnte leicht sein, dass die Mörderin sich in diesen Seiten versteckte.

Immer wieder musste er an Berthold Buchinger denken. Er wusste, dass dieser Einfaltspinsel wieder versuchen würde auf eigene Faust dem Mörder seines Freundes das Handwerk zu legen. Oder war er doch mehr in diesen Fall verstrickt, als er bis jetzt zugegeben hatte.

Oberinspektor Kafka war sich dessen nicht mehr so sicher. Und auch seine Exfrau Gerda Buchinger war verdächtig. Ihre eiskalten Augen ließen jetzt noch einen kalten Schauer über seinen Rücken laufen. Mit so einer Frau verheiratet zu sein könnte jeden Mann zu einem Mörder werden lassen.

Er hatte auch überhaupt keine Lust, am nächsten Morgen wieder diesen Buchinger in einer seiner Zellen zu begrüßen. Missmutig griff er zum Telefonhörer und wählte die interne Nummer des Journaldienstes.

»Inspektor Körbler«, meldete sich eine Männerstimme »Was kann ich für Sie tun?«

»Oberinspektor Kafka hier. Ich brauche heute Nacht zwei Männer für eine Überwachung. Bitte schicken Sie mir die Zwei sofort in mein Büro.«

»Natürlich Herr Oberinspektor. Ich schicke sofort zwei Beamte zu Ihnen rauf.«

Einige Minuten später klopfte es zaghaft an seiner Bürotür.

»Herein«, sagte er fast eine Spur zu laut. Anscheinend hinterließ dieser Fall bereits Spuren an seinen Nerven.

Zwei Beamte in Uniform betraten sein Büro und Oberinspektor Kafka seufzte, als er die zwei Männer vom Vortag in Fred Schmiedbauers Haus erkannte.

»Guten Tag, meine Herren«, begrüßte er die zwei Beamten, die sofort strammstanden und vor ihm salutierten. Oberinspektor Kafka überdrehte seine Augen und zeigte auf zwei Stühle vor seinem Schreibtisch. »Bitte nehmen Sie doch Platz.«

»Eigentlich gar nicht so schlecht, dass Sie beide zu mir geschickt wurden«, begann er seinen Vortrag. »Wie Sie sich vielleicht noch erinnern, wurde vor ein paar Tagen ein Mord in der Sandstrasse begangen. Sie selbst waren in der Nacht noch vor Ort. Sie können sich sicher noch an einen der Anwesenden erinnern. Er wurde mit den restlichen Personen verhaftet. Ich möchte nun, dass Sie diesen Mann heute Nacht überwachen. Es ist natürlich vollkommen klar, dass er Sie nicht sehen darf. Er darf nichts davon bemerken, dass er überwacht wird. Wahrscheinlich wird heute Nacht nichts passieren, aber ich möchte auf Nummer sicher gehen, dass er keinen Blödsinn anstellt. Haben Sie mich verstanden?«

»Natürlich, Herr Oberinspektor«, sagten Inspektor Ranftl und Inspektor Konrad im Duett. »Alles klar.«

»Gut«, sagte der Oberinspektor und war sich nicht sicher, das Richtige getan zu haben.

*

Als Berthold aus der Dusche kam, hatte der Russen Paul bereits das Haus verlassen. Also musste er sich heute selbst schminken. Er hatte ihm am Tag zuvor sehr genau auf die Finger geschaut und wusste ungefähr was zu tun war. Sein zweitbester Anzug lag fein säuberlich zusammengelegt über einem Stuhl, daneben standen frisch geputzt seine zweitbesten Schuhe.

Während er seine Blessuren im Gesicht mit Theaterschminke abdeckte, summte er, gut gelaunt, eine Melodie, die er am Tag zuvor in Ernestos Restaurant gehört hatte. Vielleicht sollte er die wilde Hilde noch einmal treffen, nachdem er den Mörder vom Fred gefasst hatte.

Schade, dass er sich an nichts mehr erinnern konnte. Der Russen Paul hatte einiges mit seinem Mobiltelefon mitgefilmt. Es konnte sicher nichts schaden einmal einen Blick darauf zu werfen, natürlich nur um sicher zu gehen, dass ihr nichts passiert ist.

Die wilde Hilde hatte sicher nichts mit dem Tod vom schönen Fred zu tun. Eine derart hübsche Frau konnte keine Mörderin sein. Wie war eigentlich ihr richtiger Name? Egal, Bertholds Frühlingsgefühle schienen Fahrt aufzunehmen.

Auf das heutige Treffen freute er sich auch schon.

Wie hatte der Russen Paul gesagt: »Beim zweiten Date geht alles viel leichter.« Damit hatte er sicher Recht. Berthold war auch nicht mehr so nervös, wie am Tag zuvor. Vielleicht sollte er sich auch bei einer Singlebörse anmelden. Oder könnte er heute Abend bereits seine große Liebe treffen? Oder eine kaltblütige Mörderin. Bei diesem Gedanken zitterte unwillkürlich seine Hand.

»Auf was habe ich mich da nun wieder eingelassen?«, dachte er sich und betrachtete zufrieden sein Werk im Spiegel. Gar nicht mal so schlecht, so konnte man aus dem Hause gehen.

Er zog seinen frisch gebügelten Anzug an, fuhr sich mit seinen Händen durch sein schütteres Haar und machte sich auf den Weg zu seinem zweiten Rendezvous innerhalb von zwei Tagen.

Er überquerte die Metallbrücke vor seiner Haustüre und schlenderte die Münzgrabenstrasse in Richtung Süden. Neben der Tankstelle vor Ernestos Restaurant bemerkte er ein traurig aussehendes Blumenbeet. Der Russen Paul hatte anscheinend gestern Abend ein gutes Geschäft gemacht. Nur mehr vereinzelte Rosen standen einsam und verlassen in der Erde.

Auf der anderen Straßenseite fielen ihm zwei Männer auf, die auffallend oft in seine Richtung blickten. Immer wenn Berthold zu ihnen sah, steckten sie ihre Köpfe zusammen und taten als ob sie ihn nicht sehen würden.

»So unauffällig können sich nur Polizisten benehmen«, dachte sich Berthold und fühlte sich nun ein wenig sicherer. »Oberinspektor Kafka wird mich doch nicht überwachen lassen? Da habe ich meine persönlichen Bodyguards. Dann kann mir heute Abend ja nichts passieren.«

Bestens gelaunt ging Berthold weiter zu Ernestos Restaurant und winkte den beiden Beamten zu. Einer der Beiden drehte sich von ihm weg und betrachtete interessiert die gegenüberliegende Hausfassade, der andere holte eine Zeitung aus seiner Jackentasche und fing an zu lesen.

Berthold öffnete die Eingangstür des Restaurants, und wurde herzlich vom Oberkellner begrüßt.

»Buona sera, Signore. Darf es ein Tisch für eine Person sein, oder erwarten Sie heute Abend noch jemanden?«

»Frag nicht so blöd«, zischte er den Russen Paul an, der als Kellner mit einem weißen Tuch über seinem rechten Arm vor ihm stand.

»Für zwei Personen also, würden Sie mir bitte folgen.« Leise fügte er hinzu: »Ich hoffe, das Trinkgeld fällt heute nicht zu knickrig aus.«

»Wenn du mich weiter nervst, werde ich ein Haar in der Suppe finden«, flüsterte Berthold zurück.

Der Russen Paul geleitete ihn zu einem Tisch nahe der Rückwand des Lokals. Ein abgelegenes Plätzchen, umringt von ausgestopften Fischen, die Berthold mit großen Plastikaugen ansahen.

Kaum hatte er gemütlich Platz genommen, erschien eine zierliche Frau mit langem rotem Haar an seinem Tisch.

»Entschuldige, bist du Berthold, der Postmann?«, fragte sie ihn schüchtern.

»Ja, gerne«, stammelte Berthold und war sich sicher, dass dieser Abend ein ganz besonderer werden würde. Hastig stand er auf und schüttelte eine Spur zu heftig die Hand der jungen Dame.

»Nimm doch bitte Platz. Ich heiße Berthold.«

»Hallo, Berthold«, lächelte sein Gegenüber ihn an und setzte sich auf den freien Stuhl. »Ich heiße Dagmar.«

Zu Bertholds Erleichterung erschien wieder der Russen Paul und nahm ihre Getränkewünsche auf.

Anfangs war er noch verkrampft und hatte Schwierigkeiten ein lockeres Gespräch aufzubauen. Wie immer, wenn er einer gut aussehenden Frau gegenüber saß.

Während des Essens schien aber ihre Unterhaltung in Schwung zu kommen und Berthold amüsierte sich zusehends. Dagmar schien denselben Humor zu haben wie er.

Auch sie war Beamtin, aber leider nicht bei der Post, wie er feststellen musste.

Der Russen Paul kümmerte sich ausgezeichnet um ihn. Immer wieder kam er an ihren Tisch, fragte ob alles in Ordnung sei, schenkte den Wein nach und servierte das Essen. Nachdem er ihm mehrmals auf den Fuß gestiegen war, wurde Berthold wieder schmerzhaft bewusst, dass er nicht zum Vergnügen hier war.

Vorsichtig lenkte er das Gesprächsthema auf Singlebörsen. Ob sie schon mehrere Männer getroffen hatte? Auf ihre Lieblingsfarbe brauchte er sie nicht ansprechen. Ihr Kleid sagte bereits alles. Fehlte nur mehr ihre Schuhgröße.

Wie durch Zufall fiel seine Serviette zu Boden und Berthold bückte sich unter den Tisch um sie wieder aufzuheben.

Er sah zwar ihre zarten Knöchel, und ihre Füße in Schuhen stecken, aber wie zum Teufel sollte er jetzt ihre Schuhgröße herausbekommen? Mit hochrotem Kopf tauchte er wieder unter dem Tisch hervor.

Mit einem süßen Lächeln meinte seine Tischpartnerin, dass sie kurz auf die Toilette müsse, nahm ihre Handtasche vom Boden, stand auf und verschwand.

Kaum eine Sekunde später stand der Russen Paul neben ihm.

»Na, du Herzensbrecher, wie läuft es?«

Berthold fuhr erschreckt in die Höhe.

»Mein Gott, musst du mich so erschrecken? Gut läuft es, das siehst du ja.«

»Hast du etwas herausbekommen? Ob sie den Fred gekannt hatte, oder welche Schuhgröße sie hat. Ob sie gerne Männer nach dem Abendessen ermordet?«

»Sag nicht so einen Blödsinn. Dagmar ist keine Mörderin. Sie ist sehr sympathisch. Und nein, ich weiß nicht ihre Schuhgröße. Kannst du mir verraten, wie man die Schuhgröße einer

Frau ermittelt, ohne dass man ihr den Schuh vom Fuß reißt und als perverser Fußfetischist abgestempelt wird?«

»Biete ihr eine Fußmassage an«, dabei musste der Russen Paul selbst ein wenig schmunzeln.

»Mach du nur deine Scherze. Aber ich glaube, dass ich heute deine Dienste nicht mehr brauchen werde. Ich komme ganz gut alleine mit ihr zurecht.«

»Natürlich. Kein Problem. Ich werde dem verliebten Paar nicht im Wege sein«, sagte der Russen Paul und machte eine Verbeugung vor Berthold.

»Aber nimm dich vor ihrer Waffe in Acht.«

»Waffe? Wieso Waffe? Welche Waffe? Wovon redest du überhaupt?«, Berthold wurde sichtlich nervöser.

»Ich war mir sicher, dass du die Pistole in ihrer Handtasche bemerkt hast. Du kommst damit sicher alleine klar. Du brauchst mich dann wohl nicht mehr.«

»Was, sie hat eine Waffe in ihrer Handtasche?«, Berthold fühlte sich unwohl. War es die ganze Zeit schon so stickig in diesem Lokal gewesen? »Vielleicht ist sie zu ihrem Selbstschutz? Viele Menschen haben eine Waffe, oder?«

»Das war auch mein erster Gedanke«, sagte der Russen Paul, und ein gewisser Sarkasmus war nicht zu überhören. »Pass auf, da kommt sie wieder. Lass dir nichts anmerken.«

»Danke«, dachte sich Berthold. »Wie soll man sich nichts anmerken lassen, wenn man dauernd daran denken muss?«

Dagmar setzte sich wieder an den Tisch, aber die Unterhaltung sollte nicht mehr so ungezwungen weitergeführt werden wie zuvor. Berthold kam immer mehr zu der Überzeugung, dass sie die Mörderin vom schönen Fred sein musste. Es passte einfach alles zusammen. Sie hatte rotes Haar. Sie trug ein pinkfarbenes Kleid. Sie hatte bereits mehrere Verabredungen über das Onlineportal gehabt. Sie gab sogar zu, dass sie schon einmal eine Verabredung mit einem Mann aus diesem Viertel hatte. Und ihre Schuhe sahen aus, als ob sie Größe 41 haben könnten.

Aber das schlimmste Indiz war ihre Waffe. Welche Frau nimmt eine Handfeuerwaffe mit zum Abendessen? Wohl nur eine Mörderin.

Berthold war sich sicher, der Mörderin seines besten Freundes gegenüber zu sitzen. Nur was sollte er jetzt machen? Er sollte Oberinspektor Kafka informieren. Nur wie? Er hatte nicht einmal die Telefonnummer des Kommissars. Verzweifelt sah sich Berthold im Lokal um und erblickte plötzlich die zwei Männer von der anderen Straßenseite. Sie saßen unauffällig in einer Ecke. Als er in ihre Richtung sah, steckten sie ihre Köpfe zusammen und taten als wären sie in ein tiefes Gespräch vertieft.

»Wenn das keine Polizisten sind, dann weiß ich auch nicht mehr weiter«, dachte sich Berthold und war wieder etwas entspannter. Saß neben der Eingangstür auch der Typ, der ihn gestern auf der Strasse um Feuer bat? Wie klein doch diese Stadt ist.

Er musste jetzt nur noch alle Personen nach draußen locken und schon könnte man Dagmar verhaften.

Zufrieden winkte er dem Russen Paul, dass er zahlen wolle. Auch die Beamten in Zivil riefen nach dem Russen Paul und der Rechnung.

Nachdem er ein großzügiges Trinkgeld gegeben hatte, verließ er mit Dagmar das Lokal.

Vor dem Restaurant wollte sich Dagmar bereits verabschieden und sagte auch noch wie schön ihr dieser Abend gefallen hätte. Wie Honig rannen diese Worte an Bertholds breiter Brust hinunter. Sollte er sich in ihr täuschen? In diesem Augenblick traten auch die beiden Zivilbeamten auf die Strasse und sahen sogleich unauffällig zur Seite.

Dies war der Augenblick auf den Berthold gewartet hatte.

Er nahm all seinen Mut zusammen und umfasste mit beiden Händen den Körper von Dagmar. Zu den beiden überrascht dreinblickenden Männern sehend, sagte er noch: »Helft mir doch. Wir müssen sie festnehmen.«

Kaum hatte er diese Worte gesagt flog er in hohem Bogen durch die Luft und krachte mit einem lauten Knall mitten auf die Münzgrabenstrasse. Aus seinen Augenwinkeln konnte er noch erkennen, dass Dagmar ihre Handtasche öffnete und eine Waffe herauszog. Mit beiden Händen die Waffe haltend, zielte sie auf Berthold und schrie ihn an:

»Hände hoch du Perverser und keine Bewegung. Ich bin von der Polizei. Jetzt hab ich dich!«

In den vergangenen Wochen hatte es in Graz mehrere Übergriffe auf Frauen gegeben, die Männer über ein Online Portal kennengelernt hatten. Um diesem Unhold das Handwerk zu legen, wurde eine Falle gestellt und Inspektorin Dagmar Preissner war der Lockvogel. Die zwei Zivilbeamten Inspektor Ranftl und Inspektor Konrad standen mit offenen Mündern da und schauten der Szene fassungslos zu. Plötzlich kamen Ratze und Bull aus dem Lokal.

Inspektor Ranftl erblickte Ratze und stieß seinem Kollegen den Ellbogen in die Rippen.

»Das ist der Kerl, der mir den gestohlenen Volvo verkauft hat.«

Inspektor Konrad zog sofort seine Waffe, wie er es so oft im Fernsehen gesehen hatte, und intonierte mit starker Stimme. »Keine Bewegung. Jetzt hab ich euch.«

Inspektor Ranftl packte Ratze am Kragen und fing an ihn kräftig zu schütteln.

»Sag mir sofort wie dein Boss heißt«, schrie er ihn an.

»Mein Boss heißt Hugo«, antwortete Ratze und wusste nicht wie ihm geschah.

»Aha«, sagte Inspektor Ranftl. »Ihr seid alle verhaftet.«

Dagmar immer noch breitbeinig vor Berthold stehend, wendete ihren Blick zu den Personen vor der Lokaltür und sagte: »Sofort die Waffe runter! Ich bin von der Polizei.«

Inspektor Konrad richtete seine Waffe wiederum auf Dagmar und sein Blick ließ erahnen, dass er zu diesem Zeitpunkt nicht die geringste Ahnung hatte, was hier eigentlich geschah.

Mit einem lauten Grunzen sprang plötzlich Bull vor und stieß die beiden Beamten zur Seite, sodass sie kopfüber in die Blumenbeete vor dem Lokal fielen. Gleichzeitig packte er mit der linken Hand Ratze um die Hüfte, hob ihn hoch, warf ihn über die Schulter und fing an zu laufen.

Dagmar stand unschlüssig, ihre Waffe in der Hand, vor dem Lokal und wusste nicht so recht ob sie den beiden nachlaufen, oder den Frauenschänder verhaften sollte. Sie drehte sich wieder zur Strasse, aber Berthold lag nicht mehr zu ihren Füßen. Berthold war weg. Diese Nacht wird er nicht in einer Zelle verbringen. Wütend drehte sich Inspektorin Preissner zu den Männern im Blumenbeet um.

»Und wer seid ihr zwei Idioten?«

*

Berthold wusste nicht recht wie ihm geschah. Er wollte eigentlich die Mörderin der Polizei übergeben, da geriet alles außer Kontrolle. Durch einen unerwarteten Schulterwurf flog er durch die Luft und landete mitten auf der Münzgrabenstrasse. Zu seinem Glück war die Strasse zu dieser Uhrzeit nicht stark befahren.

Er spürte, wie seine Beine den Boden unter den Füßen verloren. Kurz darauf drehte sich alles um ihn und mit einem schmerzhaften Aufprall kam er auf dem Asphalt zu liegen. Er sah wie Dagmar eine Waffe auf ihn richtete und wie ein

Film lief sein Leben vor ihm ab. Es war ein Kurzfilm. Ein sehr kurzer Kurzfilm.

Noch dazu kam seine Exfrau in diesem Film vor und nahm eine Hauptrolle darin ein.

Plötzlich holte auch einer der Zivilpolizisten eine Waffe hervor, aber zu Bertholds Verwunderung richtete er sie auf einen kleinen Mann, der ebenfalls in dem Lokal gewesen war. Er wollte schon auf Dagmar zeigen und den Polizisten darauf aufmerksam machen, dass sie die gesuchte Verbrecherin sei. Da richtete sie ihre Waffe auf den angeblichen Polizisten und sagte sie sei von der Polizei. Der andere Polizist in Zivil richtete nun seine Waffe auf Dagmar und hatte einen sehr ahnungslosen Gesichtsausdruck. Als auch dann noch ein Riese mit lautem Grunzen auf die zwei Männer losging und den kleinen Mann wie einen Kartoffelsack über die Schulter warf, war es dem Berthold zuviel geworden. Er sprang auf, lief zur anderen Straßenseite und köpfelte in den offenen Graben den die Kanalarbeiter vor einigen Tagen aufgegraben hatten.

Sein Körper lag leicht verdreht, mit dem Rücken über ein ausgegrabenes Kanalrohr gebogen. Der Schmerz kam ihm bekannt vor. Jetzt wusste er auch wieder, wo er sich ein paar Tage zuvor seine Blessuren zugezogen hatte. Anscheinend hatte er vorgestern diesen Graben übersehen.

Umständlich versuchte er sich aufzusetzen und hörte ein leises »Ratsch«. Nicht nur, dass sein Anzug von oben bis unten mit Dreck bedeckt war, nun sah er auch noch das Innenfutter aus seiner Schulter herausstehen.

»Beim nächsten Date kann ich meinen Firmungsanzug tragen«, dachte er sich und lauschte den Geräuschen auf der Strasse. Anscheinend hatte er sich in Dagmar gründlich getäuscht. Sie war keine Killerin, sondern das genaue Gegenteil. Eine Polizistin. Diese Tatsache gefiel dem Berthold recht gut, da sie ihm auch sehr gut gefallen hatte.

»Ob ich bei ihr noch eine Chance habe?«, dachte er sich. Wahrscheinlich war es besser, ein bisschen Gras über die Geschichte wachsen zu lassen. Der erste Eindruck ist manchmal der Wichtigste. Diesmal war sein erster Auftritt nicht der Beste gewesen. Auch gestern Nacht war der Eindruck, den er auf die wilde Hilde gemacht hatte, nicht der Beste gewesen. Daran musste er in Zukunft arbeiten.

Wo war überhaupt der Russen Paul. Hat der schon wieder alles mit seinem Mobiltelefon gefilmt? Dann kann er was erleben. Immer erklärt er, dass nichts passieren kann, da er auf ihn aufpasst. Und bis jetzt hat Berthold jede Nacht in einer Zelle verbracht. Hätte er vorhin die Gelegenheit zur Flucht verpasst, würde er wieder in einer Zelle übernachten. Und er war sich sicher, Oberkommissar Kafka hatte nicht gescherzt, als er ihm drohte sein Namensschild an der Zelle anzubringen.

Wieder lauschte er den Geräuschen auf der Strasse. Die lautstarken Diskussionen hatten aufgehört. Nur mehr vereinzelt hörte man kurz ausgestoßene Flüche. Ein Auto raste vorbei.

Vorsichtig rollte er seinen Oberkörper von dem Kanalrohr und setzte sich in die feuchte Erde. Berthold fing an auf allen Vieren den Graben entlang zu kriechen. Ein paar hundert Meter den Graben entlang und er müsste eigentlich vor seiner Haustür sein.

Vollkommen verdreckt kroch er unter der Metallbrücke hindurch, die zu seinem Wohnhaus führte. Erleichtert lehnte er sich an die feuchte Seitenwand des Grabens und dachte zufrieden: »Heute werde ich wenigstens zu Hause schlafen. Viel schlimmer kann es jetzt nicht mehr werden.«

In diesem Augenblick sah er die dunkle Schnauze von Leopold, dem Hund der alten Feichtinger, über den Graben schnüffeln. Berthold wollte noch schnell zur Seite kriechen, aber da hatte sich der Hund schon zur Seite gedreht und erleichterte seine alte Blase. Nun konnte er den Anzug endgültig wegschmeißen.

*

Berthold blieb noch ein paar Minuten in der Baustelle liegen, bevor er es wagte sie zu verlassen. Schließlich kletterte er heraus, klopfte seinen Anzug ab, was aber komplett sinnlos war und sperrte seine Haustür auf.

Nach einer ausgiebigen Dusche zog er seinen Pyjama an und legte sich noch kurz im Wohnzimmer vor den Fernseher. Gerade als seine Augen schwer wurden und er dabei war einzunicken, hörte er wie seine Eingangstür aufgeschlossen wurde.

»Hallo Berthold«, rief ihm der Russen Paul von der Garderobe entgegen. »Wie ist es gelaufen?«

Während er in die Küche ging und den Kühlschrank öffnete, fragte er noch in das Wohnzimmer: »Magst auch noch ein Bier?«

»Hast du eigentlich schon einen eigenen Schlüssel für meine Wohnung?«, fragte ihn Berthold.

»Ja, natürlich«, antwortete ihm der Russen Paul und stellte eine Flasche Bier auf den Wohnzimmertisch. »Ist ja auch viel praktischer. Jetzt erzähl mal, was ist vor dem Lokal alles passiert? Ich hab nur gehört, dass ein Riesenwirbel auf der Strasse war.«

»Hast du nicht alles mit deinem Handy mitgefilmt? Dann kannst du es auf YouTube nochmals in Ruhe anschauen«, fragte er ihn sarkastisch und öffnete die Flasche Bier.

»Dass ging leider nicht, ich musste noch arbeiten. Das Trinkgeld ist übrigens gar nicht schlecht in dem Lokal. Vielleicht werde ich dort öfters aushelfen.«

»Das freut mich für dich«, sagte Berthold und prostete dem Russen Paul mit der Bierflasche zu. »Dann hat sich wenigstens für dich der Abend ausgezahlt.«

»Sag bloß du hast nicht mitbekommen, dass dein Date eine Polizistin war«, fragte der Russen Paul den erstaunten Berthold.

»Du hast gewusst, dass sie von der Polizei war?«, fragte er fassungslos sein Gegenüber. »Warum hast du mich nicht gewarnt?«

»Ich hab dir doch gesagt, dass sie eine Waffe hat. Was glaubst du denn, wer alles mit einer Waffe herumläuft?«

»Ich wollte sie auf der Strasse festhalten und der Polizei übergeben. Ich dachte sie ist die Mörderin. Du hast sicher die zwei Männer gesehen, die mich unauffällig beobachteten. Ich glaube Oberinspektor Kafka hat die Beiden als Aufpasser geschickt.«

»Ich weiß, ich hoffe, das waren nicht seine besten Männer, sonst sieht es schlecht aus für unsere Exekutive.«

»Ich habe mich vor dem Lokal ziemlich blamiert. Ich glaube, Dagmar wird nichts mehr von mir wissen wollen.«

»Das sollte deine kleinste Sorge sein. Immerhin können wir sie aus unserem Verdächtigenkreis ausschließen. Das heißt, wir haben nur mehr eine weitere Kandidatin.«

»Gott sei Dank. Ich habe fast nichts mehr zum anziehen. Bei jedem Date wird meine Garderobe dezimiert. Wer kommt morgen an die Reihe?«

»Dein letztes Date heißt »Dornröschen73«, sie will von dir wach geküsst werden.«

»Das hört sich nicht schlecht an«, Berthold nahm einen kräftigen Schluck von seinem Bier und sah sich bereits über eine schlafende Schönheit gebeugt.

»Aber du musst dir im klaren sein«, riss ihn der Russen Paul aus seinen Gedanken. »Dass die Chancen immer größer werden, dass wir auf die Mörderin treffen. Ich war heute nur Aushilfe im Restaurant. Morgen werde ich die wilde Hilde überwachen und später im Lokal wieder vorbeischauen damit du keinen Blödsinn machst.«

»Was soll morgen noch passieren? Ich glaube die schlimmsten Treffen habe ich bereits hinter mir.« Aber da hatte sich Berthold wieder einmal geirrt.

*

»Man nennt mich Josip«, war die kurze Begrüßung des hageren Mannes. Er sprach gebrochen Deutsch. Wüsste er nicht, wer vor ihm stand, Pepi hätte ihn mit den Worten »Ich brauche keinen Staubsauger!« aus dem Büro geworfen.

Das Gesicht hätte er Sekunden später schon wieder vergessen gehabt.

Der Mann vor ihm war mittelgroß, hatte ein Durchschnittsgesicht und absolut nichts Auffälliges. Einen gepflegten Haarschnitt, gepflegte Fingernägel, keinen Bart, glatt rasiert, mittelmäßiger grauer Anzug, polierte schwarze Schuhe. Man könnte fast meinen einen Anwalt oder einen Versicherungsagenten vor sich zu haben. Nie wäre er auf die Idee gekommen, dass ein Profi vor ihm stand. Ein Killer ohne Gewissen.

Pepi Matuschek, »der Tschetschene«, war hinter seinem Schreibtisch aufgestanden und hatte den Fremden in seinem Büro empfangen. Sein Geschäftspartner aus Bulgarien hatte ihm diesen Experten geschickt.

»Er ist einer der Besten. Du kannst dich auf ihn 100prozentig verlassen«, waren die Worte von Dimitri. Nun stand Josip ihm gegenüber.

Wie behandelt man Profikiller, dachte sich der Pepi. Bietet man ihnen Kaffee an? Lädt man sie zum Essen ein? Zeigt man ihnen Graz? Das Kunsthaus, den Schlossberg, die Oper?

Pepi öffnete eine Lade und holte einen Umschlag hervor. Darin befand sich ein Foto von dem Briefträger. Der Mann vor ihm öffnete den Umschlag, sah kurz die Unterlagen durch und sagte ohne Emotion: »Kein Problem.«

Daraufhin griff der Pepi wieder in die Lade und gab ihm einen zweiten Umschlag.

Wieder öffnete der Mann den Umschlag, sah kurz hinein und steckte ihn in eine Innentasche seiner Jacke.

»Ich werde Sie benachrichtigen, wann und wo«, sagte »der Tschetschene«.

Josip nickte dem Pepi kurz zu, drehte sich um und verließ das Büro.

Pepi lief ihm Nachhinein ein eiskalter Schauer über den Rücken. Er war langsam zu alt für diese Geschichten. Er ging zu seinem Kühlschrank in der Ecke. Entnahm ihm eine kalte Flasche Wodka und schenkte sich mit zitternden Fingern ein Glas ein. Mit einem Satz trank er das Glas aus.

Nun war die Sache mit dem Briefträger nicht mehr aufzuhalten.

INTERMEZZO

KÜNSTLER UNTER SICH

Wie jede Stadt, die etwas auf sich hält, hat auch Graz eine pulsierende Kunst und Kulturszene. Wir sprechen hier aber nicht von Künstlern, die ihre Werke in Galerien und Museen zur Schau stellen, sondern von Künstlern, die ihre Kunstwerke vorzugsweise auf Hauswänden präsentieren. Oftmals zum Leidwesen der jeweiligen Gebäudeeigentümer.

So ergab es sich, dass sich im Laufe der Jahre mehrere, untereinander nicht besonders gut harmonierende, Künstlergruppen gebildet hatten. Um genau zu sein gab es drei Graffiti sprayende Vereinigungen.

Die Älteste, rund um einen Biologiestudenten entstandene Sprayerrunde nannte sich die »Pink Panthers«, da Pink ihre bevorzugte Lieblingsfarbe war und das Comicmotiv des Pink Panthers ihr Markenzeichen wurde. Bald wurde ihnen der Name aber zu lang, und da die »Pink Panthers« aus vier Personen bestanden, änderten sie ihr Logo in P4 um.

Bei ihren Graffitis handelte es sich meistens um politische Inhalte. Sie waren vor allem gegen den Staat, Vertreter der Legislative und Exekutive. Vor allem der Exekutive. Was schillernd in ihrer Spraykunst offenbart wurde. Allseits bekannt war ihr Spruch:

»Pink Panther is watching you.«

Nun herrschte schon seit Beginn der Spraykunst ein ungeschriebenes Gesetz. »Übermale nie ein anderes Graffiti.« Da am Anfang dieser Kunst nur wenige Künstler aktiv waren, wurde dieses Gesetz auch respektiert und eingehalten. Doch je mehr Personen in den Besitz einer Spraydose kamen, desto mehr Konflikte ergaben sich in den Revierkämpfen.

Für andauernde »Gesetzesübertretungen« sorgte der FFDS. Die Vereinigung »Farbe Für Die Stadt« nahm immer weniger Rücksicht auf bereits bestehende Kunstwerke und übermalte sie mit ihren kräftigen Farben. Sie hatten weder politische, wirtschaftliche oder kulturelle Themen. Es herrschten einfach großflächige Comics in ihren Bildern vor, meistens in Verbindung mit Skateboards oder überdimensionalen Kopfhörern. Die Mitglieder der FFDS waren um einiges jünger und teilweise auch ein wenig ungebildeter als die Mitglieder der P4.

Zu guter Letzt gab es die Gruppe »Der_Art«. Eine Vereinigung von schwer intellektuellen Personen jedes Alters. Mehrere Kunststudenten fanden ihre Erfüllung in dieser Organisation, die ihre Werke auch stolz im Internet anpriesen. Es wurden Kontakte zu internationalen Graffitikollegen gepflegt, die auch eingeladen wurden, um Graz zu verschönern.

Auf professionelle Weise wurde nach immer besseren Standorten in der steirischen Landeshauptstadt gesucht. Wurde eine jungfräuliche Wand gesichtet, so wurde akribisch daran gearbeitet, sie bestmöglichst zu verschönern.

»Der_Art« hatte sogar eine eigene Facebook Seite mit einer beachtlichen Anhängerschar.

Nun ereignete es sich, dass die führenden Köpfe der drei Organisationen bei einem Musikevent im Grazer »Dom«, einem Veranstaltungsort inmitten des Schlossberges, aufeinander trafen. Man verfiel sofort in lautstarke Diskussionen, was nicht verwunderlich war, da man bei dem Lärm aus den Musikboxen gezwungen war laut zu sprechen. Wahrscheinlich spielte der ständig wachsende Alkoholkonsum eine auch nicht unermessliche Rolle, dass die Gespräche immer emotionaler wurden.

Man warf sich die gegenseitige Übermalung und Zerstörung Graffitis von anderen vor. Die Mitglieder der FFDS weigerten sich vehement, auf ihre Stadtkollegen Rücksicht zu nehmen, daher kam man zu dem Entschluss, dass man diese Situation, wie es sich für Straßenkünstler gehört, nun eben auf der Straße lösen musste. Ein Termin wurde vereinbart, eine Uhrzeit und ein Ort festgesetzt, um eine finale Schlacht auszutragen. Jahre später wurde noch ehrfürchtig hinter vorgehaltener Hand vom »Ersten Grazer Farbbeutel Massaker« gesprochen.

Da die Münzgrabenstrasse, die unsichtbare Grenze der Sprayerviertel war, wurde südlich von ihr eine aufgelassene Seifenfabrik als Schlachtfeld ausgesucht. Als Waffen wurde alles genehmigt, was in irgendeiner Weise mit Farbe zu tun hatte. Hier waren wiederum die Mitglieder der FFDS sehr einfallsreich. Sie stürmten bereits am nächsten Tag die Großbaumärkte und kauften die größten Wasserspritzkanonen, die man ohne Waffenschein bekommen konnte. Als Munition musste verdünnter Lack in grellen Primärfarben herhalten. Die Mitglieder der P4 griffen auf ihre altbewährten Farbbeutel zurück. Oft eingesetzt, hatten sie noch nie ihre Wirkung verfehlt. Die Sprayer der Vereinigung »Der_Art« gingen wie immer sehr professionell an die Sache heran. Es wurde, anhand von Straßenkarten, ein Angriffs-und Verteidigungskonzept erstellt. Mehrere Personen waren nur für die Entwicklung von neuen Waffensystemen abgestellt. Ein Mitglied wurde, zwecks Aufzeichnung für die Nachwelt, auf ein Dach des Nebengebäudes platziert, ausgestattet mit einer digitalen Filmkamera. Nichts wurde dem Zufall überlassen.

Die Sonne senkte ihre letzten Strahlen über das rote Backsteingebäude der einstigen Seifenfabrik und Finsternis senkte sich über das verlassene Fabrikgelände auf der Wohlmutwiese. Kein Laut war zu hören, nur vereinzelt hörte man das Zirpen eines Vogels der sich zur Ruhe bettete.

Aus heiterem Himmel stürzten plötzlich vermummte Gestalten auf den Vorplatz der Anlage. Mit wildem Geschrei wurden Farbbeutel geworfen und Wasserkanonen abgefeuert. Ein buntes Gefecht der Farben entbrannte. Außenstehende konnten kaum einzelne Personen erkennen. Die Szenerie ging in einem bunten Nebel unter. Der Spuk dauerte einige Minuten, dann war auch schon wieder alles vorbei.

Verängstigte Anrainer wagten einen Blick zu dem Fabrikgelände, erblickten aber statt einem roten Ziegelbau nun einen bunten Farbklecks. Von diesem Zeitpunkt an wurde die ehemalige Seifenfabrik »Villa Kunterbunt« genannt.

Die beteiligten Personen zerstreuten sich, nach der Schlacht, in alle Himmelsrichtungen, um ihre Wunden zu versorgen.

Ein verbeultes Fluchtauto raste die Fröhlichgasse entlang nach Osten bis zur Münzgrabenstrasse. Dort bog der Wagen nach rechts ab und raste weiter in Richtung Süden. Nach zirka 100 Metern fiel einem Mitglied der FFDS auf, dass er noch einen Farbbeutel eingesteckt hatte. Kurzerhand nahm er ihn und warf ihn aus dem fahrenden Auto.

Polizeiinspektorin Dagmar Preissner hatte bereits wieder ihre Waffe in ihrer Tasche verstaut, als plötzlich ein verbeulter Wagen an ihr vorbeiraste. Im Wageninneren erblickte sie mit Staubmasken und Schutzbrillen vermummte Personen. Sie sprang aus reinem Reflex zur Seite als etwas an ihr vorbei flog. Leider hatte der Beamte hinter ihr nicht so viel

Glück. Der Farbbeutel explodierte mitten in seinem erstaunten Gesicht und eine gewaltige blaue Wolke umhüllte seinen Kopf.

KAPITEL VIER

ALLER GUTEN DINGE SIND DREI

Überraschenderweise hatte sich die Nacht als ruhig erwiesen. Oberinspektor Kafka betrat um vier Uhr früh sein Büro in der Paulusgasse. Er hatte kaum geschlafen, in seinem Alter war Schlaf nicht mehr wichtig.

»Da kann ich auch in meinem Büro herumsitzen«, dachte er sich.

Wie schon in den vergangenen Tagen, wollte er die neuen Berichte seiner Mitarbeiter durchgehen. Aber es lagen keine neuen Berichte auf dem Schreibtisch. Auch kein Vorfall in dieser Nacht. Er hatte kein gutes Gefühl gehabt, als er die »Marx Brothers«, so nannte er insgeheim die beiden Beamten, die er mit der Observierung von Berthold beauftragt hatte.

Inspektor Ranftl hatte ähnlich wie Harpo Marx einen blonden Lockenkopf. Er stellte auch manchmal sehr dämliche Fragen.

Inspektor Konrad sah Groucho Marx zum Verwechseln ähnlich. Dicke Augenbrauen, ein dunkler Oberlippenbart und eine Metallbrille. Daher musste Oberinspektor Kafka immer an die »Marx Brothers« denken, wenn er die beiden Beamten sah.

Schwerfällig ließ er sich in seinen alten Lederstuhl fallen und griff zum Telefon. Er wählte die Zentrale und hörte kurz darauf den diensthabenden Beamten.

»Oberinspektor Kafka hier«, grummelte er in den Hörer. »Hat es heute Nacht Neuzugänge gegeben?«

»Nein, Herr Oberinspektor. Keine Neuzugänge in dieser Nacht«, kam es vom anderen Ende der Leitung.

»Gut«, sagte er ein wenig enttäuscht. »Sobald die »Marx Brothers« wieder im Haus sind, schicken Sie die Beiden bitte zu mir.«

»Wer soll wieder im Haus sein?«, fragte ein verwirrter Beamter.

»Ich meine natürlich Inspektor Ranftl und Inspektor Konrad.«

»Ach so, alles klar. Wird erledigt Herr Oberinspektor.«

Anscheinend ist dieser Buchinger zur Vernunft gekommen, dachte er sich. Er zog Bertholds Akte aus einem Stapel und begann sie wieder einmal durchzulesen. Man konnte diese Berichte nicht oft genug studieren. Die beste Methode um sich in Personen hineinzuversetzen.

Oberinspektor Kafka hatte kaum die ersten Seiten durchgelesen, da klopfte es an seiner Tür.

»Ja, bitte«, schmetterte er in Richtung Tür.

Die Tür öffnete sich und Inspektor Ranftl steckte seinen Kopf herein.

»Sie wollten uns sehen Herr Oberinspektor?«

»Ja, natürlich. Was machen Sie denn schon hier?«, fragte er erstaunt. »Ist heute Nacht doch etwas vorgefallen?«

»Wie soll ich sagen«, sagte Inspektor Ranftl verlegen und betrat das Büro, gefolgt von Inspektor Konrad und Inspektorin Preissner. »Eigentlich ist schon etwas vorgefallen. Aber wir müssen erst den Bericht darüber schreiben.«

Oberinspektor Kafka bemerkte, dass beide Beamte noch Reste von Blumenerde an ihrer Kleidung haften hatten. Inspektor Ranftl hatte sogar noch den Rest einer Tulpe in seinem Haar.

Man konnte das Erstaunen in seinem Gesicht ablesen, als die drei Personen in das Büro eintraten. Besonders als Inspektor Konrad mit blauer Farbe im Gesicht erschien.

»Was stellen Sie heute dar? Den Polizeischlumpf?«, fragte er zunehmend erregt in dessen Richtung.

»Nein, natürlich nicht Herr Oberinspektor«, fing Inspektor Konrad stotternd an.

»Das war eine recht lustige Geschichte. Sie müssen wissen …«

»Ja schon gut, alles der Reihe nach. Und Sie sind?«, fragte er die anwesende Frau.

»Inspektorin Preissner. Unsere Wege kreuzten sich heute Nacht, und die Kollegen sagten ich muss unbedingt zu Ihnen mitkommen, weil sonst würden Sie ihnen die ganze Geschichte sowieso nicht abkaufen.«

Oberinspektor Kafka lehnte sich in seinem Stuhl zurück und bot den drei Personen einen Sitzplatz an. Da aber nur zwei Stühle vor seinem Schreibtisch standen, musste Inspektor Konrad stehen bleiben.

»Dann fangen Sie mal an«, deutete er auf Inspektor Ranftl. »Ich bin schon sehr gespannt.«

»Wie Sie es gewünscht hatten«, fing er seinen Bericht an und holte ein kleines Notizbuch aus seiner Jackentasche, »nahmen wir gestern Abend die Beschattung des Herrn Berthold Buchinger um 18.45 Uhr auf. Um 18.49 Uhr betrat er …«

»Die Kurzfassung bitte«, unterbrach ihn Oberinspektor Kafka.

»Ja natürlich, sehr gerne«, sagte Inspektor Ranftl und steckte sein Notizbuch wieder ein. »Unsere Zielperson traf Inspektorin Preissner in einem Lokal in der Münzgrabenstrasse. Anfangs war nichts Verdächtiges zu bemerken. Das Lokal war gut besucht, das Essen übrigens ausgezeichnet.«

»Ersparen Sie mir, was Sie gegessen haben. Kommen Sie zum Punkt«, unterbrach ihn Oberinspektor Kafka unwirsch.

»Wie gesagt, die zwei Personen unterhielten sich gut, und der Abend verlief ohne besondere Vorkommnisse. Sie verließen gemeinsam das Restaurant und wir folgten nach kurzer Zeit unauffällig. Vor dem Lokal packte der Verdächtige plötzlich unsere Kollegin und es kam zu einem Handgemenge.«

»Es kam zu einem Handgemenge?«, fragte Inspektorin Preissner entrüstet. »Ich warf den Kerl auf die Strasse und wollte ihn gerade verhaften, da kommen diese Idioten und richten ihre Waffe auf mich.«

»Aber erst, als du deine Waffe auf uns gerichtet hast«, meldete sich Inspektor Konrad hinter ihr zu Wort.

»Alles schön der Reihe nach«, donnerte Oberinspektor Kafka in den Raum, und die drei Beamten verstummten sofort. »Also, Frau Preissner. Erzählen Sie weiter. Was ist dann passiert?«

»Diese zwei Anfänger haben mich bei der Verhaftung von einem Sittenstrolch behindert. Dann kamen noch zwei Männer aus dem Lokal, schmissen diese Superhelden in das Blumenbeet und liefen davon. Inzwischen hat auch meine Verabredung die Flucht ergriffen. Ich bin allein auf der Straße gestanden, während die Zwei sich aus dem Blumenbeet schälten. Ich wollte dann wenigstens die Beiden verhaften, aber da zeigten sie mir ihre Ausweise. Was ich zuerst gar nicht glauben konnte.«

»Was haben Sie eigentlich dort gemacht? Und woher kennen Sie Berthold Buchinger?«

»In meiner Abteilung sind in den letzten Wochen vermehrt Beschwerden eingegangen, dass Frauen, die sich mit Onlinebekanntschaften verabredet hatten, von diesen bedrängt, bedroht und begrapscht worden sind. Daher wurde ich als Lockvogel eingesetzt, um den Mistkerl auszuschalten. Und gestern Nacht dachte ich, ich hätte den Unhold gefunden.«

Oberinspektor Kafka sah Inspektor Konrad mitleidig an. Wäre dessen Gesicht nicht blau gewesen, so hätte man gesehen, dass er gerade rot angelaufen war.

»Und was haben Sie mit Ihrem Gesicht gemacht? Haben Sie mit Ihrer Füllfeder gespielt?«, fragte er ihn mitleidig.

»Das ist eine komische Geschichte«, sagte Inspektor Konrad und musste lachen. »Als wir vor dem Lokal standen, ist doch tatsächlich ein Auto an uns vorbeigefahren und aus dem Inneren wurde ein Farbbeutel herausgeworfen. Inspektorin Preissner konnte sich noch zur Seite werfen, daher wurde ich am Kopf getroffen.«

»Sie haben natürlich sofort die Nummerntafel notiert«, sagte Oberinspektor Kafka mit einem sarkastischen Unterton.

»Natürlich«, antwortete Inspektor Konrad. »Aber die Nummerntafel war mit Farbe verschmiert. Man konnte nichts erkennen.«

Inspektorin Preissner sah die aufgeschlagene Akte von Berthold auf dem Schreibtisch vor Oberinspektor Kafka liegen.

»Das ist der Typ, den ich heute Nacht getroffen habe«, sagte sie und zeigte auf das Foto vom Berthold.

»Ich weiß«, erwiderte Oberinspektor Kafka müde. »Ich werde ihn mir heute wieder einmal zur Brust nehmen. Glauben Sie mir, der landet früher oder später wieder in seiner Zelle.«

»Schade«, dachte Inspektorin Preissner. »Eigentlich war er doch recht nett.«

*

Es war später Vormittag, als Ratze und Bull in Pepis Büro eintrafen.

Pepi saß hinter seinem Schreibtisch und überprüfte eingegangene Bestellungen für den Automarkt im Osten. Sein Geschäft florierte.

Ratze und Bull setzten sich und warteten bis ihr Boss sich Zeit für sie nahm.

Langsam legte Pepi die Anforderungsformulare zur Seite und sah erwartungsvoll seine beiden Mitarbeiter an.

»Ich höre«, begann er kurz und bündig.

»Wir haben gestern Nacht wieder diesen Briefträger observiert«, fing Ratze an zu erklären, Bull war wieder einmal sehr wortkarg.

»Er hat sich schon wieder mit einer Frau zum Essen getroffen. Diesmal mit einer anderen als am Vortag, aber sie hatte auch rote Haare. Man könnte fast meinen, er sei fixiert auf rothaarige Frauen.«

»Habt ihr Namen und Adresse herausbekommen? Alles was wir gegen ihn verwenden können hilft uns weiter.«

»Natürlich, aber diesmal ist etwas dazwischen gekommen«, gab Ratze kleinlaut zu.

»Das höre ich nicht gerne«, sagte Pepi und fuhr sich mit der rechten Hand über seinen Sichelbart.

»Wir konnten nichts dafür«, sagte sogleich Ratze und versuchte die Schuld von sich abzuwälzen.

»Wir haben, wie am Tag zuvor, ganz unauffällig den Briefträger beobachtet. Ich bin mir sicher, dass uns niemand bemerkt hat. Die Linguini waren übrigens ausgezeichnet in diesem Lokal.«

Hier hörte man ein zustimmendes Grunzen von Bull.

»Nachdem die Beiden gegessen hatten, verließen sie das Lokal. Wir warteten kurze Zeit und folgten ihnen. Vor dem Lokal lag plötzlich unser Briefträger auf der Strasse und seine

Verabredung zielte mit einer Waffe auf ihn. Dann kamen noch zwei andere Typen dazu und wie es der Teufel haben wollte, haben wir einem von ihnen vor ein paar Wochen den gestohlenen Volvo angedreht.«

Hier musste der Pepi kurz auflachen. »Ich erinnere mich daran, so ein Idiot.«

»Nur dass der Idiot ein Bulle war«, erklärte Ratze weiter. »Und dieser Bulle hat mich auch noch erkannt. Jetzt zieht der Bulle eine Waffe und zielt auf mich. Dann zielt die Frau auf den Bullen. Der wiederum zielt dann auf die Frau. Plötzlich schmeißt mich Bull über die Schulter und rennt die zwei Bullen über den Haufen und verschwindet mit mir in der Finsternis. Wir können froh sein, dass wir unsere Haut retten konnten.«

»Hat euch der Postler gesehen?«

»Ich denke schon. Es ist alles so schnell abgelaufen und er lag auf dem Boden. Aber ich glaube schon, dass er uns gesehen hat.«

»Das ändert natürlich einiges. Ihr könnt euch nicht mehr in seiner Nähe blicken lassen. Das heißt, ihr habt ab sofort mit der ganzen Geschichte nichts mehr zu tun. Dass dich ein Bulle erkannt hat ist natürlich auch nicht gut. Wir werden in nächster Zeit ein wenig kürzer treten müssen. Diese Sache wirbelt mehr Staub auf, als mir lieb ist. Wir werden uns zurückziehen, und alles aus der Ferne beobachten. Das wäre es fürs Erste. Ihr könnt gehen. Ich melde mich, wenn ich euch brauche.«

Ratze und Bull standen auf und verließen das Büro. Pepi war froh, dass ihm Bull heute nicht wieder Bertholds Unterhose gezeigt hatte.

Der Zwischenfall mit der Polizei beunruhigte Pepi. Er wurde immer nervös, wenn sich seine Wege mit der Polizei kreuzten. Ratze und Bull konnte er nun nicht mehr einsetzen. Blieb nur mehr Josip. Er musste sich nun auf Josip verlassen. Aber was sollte schon schief gehen? Schließlich war Josip ein Profi.

Die Tür zu seinem Büro ging auf und Jenny sah herein. »Magst auch einen Kaffee, Schatzerl?«, fragte sie ihn.

»Ja, bitte, Jenny«, sagte er und eine Idee schoss in seinen mit schütterem Haar bewachsenen Kopf.

Er wird dem Postler eine Falle stellen, dachte er sich und öffnete die oberste Lade seines Schreibtisches. Er nahm frisches Briefpapier heraus und legte seinen alten Füllhalter darauf. Als Jenny mit dem Kaffee wiederkam, stand er auf und deutete ihr sich zu setzen.

»Du musst mir einen Gefallen tun«, sagte er zu ihr und zeigte auf das Briefpapier, »du hast doch eine wunderschöne Handschrift, nicht wahr? Du schreibst jetzt was ich dir diktiere, und sprühst dann noch ein wenig von deinem Parfüm darauf.«

Jenny setzte sich auf Pepis großen Stuhl und sah ihn wenig begeistert an.

»Das war aber echt teuer«, sagte Jenny, während sie einen Kaugummi kaute.

»Ich kauf dir auch eine neue Flasche davon«, antwortete Pepi und Jenny begann erfreut einen Brief zu schreiben.

*

Berthold erwachte und sah sich verwirrt im Zimmer um. Erst nach einigen Sekunden erkannte er sein Schlafzimmer. Erleichtert stand er auf und schlurfte ins Badezimmer. Nach einer heißen Dusche durchsuchte er seine Wohnung, aber keine Spur vom Russen Paul. Vielleicht würde es heute endlich ein ruhiger Tag, dachte er sich, zog sich an und beschloss den Morgen in seinem Stammlokal zu beginnen.

Um diese Uhrzeit waren keine Gäste im Eckbeisl, es war erst kurz vor Mittag. Berthold betrat das Lokal und inhalierte den vertrauten Geruch von abgestandenem Rauch. Hier fühlte er sich zu Hause.

Hinter der Theke begrüßte ihn schon der Herr Karl und ließ bereits ein frisches Bier in ein Glas laufen.

»Servus, Berthold«, sagte er und stellte ihm das Krügerl vor die Nase.

»Schlecht schaust aus. Mir scheint, seit du geschieden bist, bekommst du jeden Tag Prügel. Obwohl, bei deiner Exfrau hätte es mich nicht gewundert, wenn sie dich auch öfters vermöbelt hätte. Bei der hattest du sicher nichts zu lachen.«

»Bitte erinnere mich nicht an meine Exfrau«, sagte Berthold und trank von seinem Bier. »Du kannst dir gar nicht vorstellen, was mir in den letzten Tagen alles passiert ist.«

»Kein Wunder, wenn du mit dem Russen Paul um die Häuser ziehst. Ich hab dich vor ihm gewarnt.«

»Ich weiß, aber jetzt ist es zu spät. Ich glaube wir sind der Mörderin vom Fred auf der Spur. Ich spüre es, dass es nicht mehr lange dauern kann, bis wir sie überführt haben.«

»Na dann pass auf, dass du dein nächstes Bier nicht zusammen mit dem Fred trinkst. Was sagt die Polizei zu deinen Anwandlungen als Amateurdetektiv?«

»Was soll sie schon sagen?«, sagte Berthold und machte eine wegschmeißende Handbewegung. »Eingesperrt haben sie mich. Mehrfach. Und der Alte mit der Riesennase würde mich am liebsten gleich für immer dort behalten.«

»Ja, so sind unsere Freunde und Helfer. Haben sie wenigstens schon eine Spur oder einen Verdächtigen?«

»Ja, mich.«

»Gratuliere, ich hab gehört das Essen im Knast soll gar nicht so schlecht sein.«

»Bitte, keine Scherze auf meine Kosten. Gestern wäre fast auf mich geschossen worden.«

»Wenn es ein Polizist war, dann hast du nichts zu befürchten. Wenn du still stehst, trifft er dich sicher nicht.«

»Ich glaube, es war eine Polizistin, aber eine Hübsche. Ich hab mich ziemlich dumm ihr gegenüber angestellt. Hast du eine Ahnung wie man den Namen einer Polizistin herausbekommen kann? Ich würde mich gerne bei ihr entschuldigen.«

»Ja, ganz einfach«, sagte der Herr Karl und deutete mit seinem Kopf in Richtung Eingangstür. »Frag einfach den Alten mit der Riesennase.«

Berthold blickte zur Eingangstür und sah Oberinspektor Kafka und Inspektor Obermoser das Lokal betreten.

»Schau an, der Charlie«, sagte Oberinspektor Kafka und grinste den Herrn Karl an. »Wir haben uns ja eine Ewigkeit nicht gesehen.«

»Wie schnell doch die Zeit vergeht Herr Inspektor«, sagte der Herr Karl und wischte mit seinem Geschirrtuch unsichtbare Flecken auf seiner Theke weg.

»Mittlerweile Oberinspektor«, sagte der alte Kafka. »Für mich einen Milchkaffee und einen Espresso für meinen Kollegen bitte.«

»Sie kennen sich?«, fragte Berthold erstaunt.

»Charlie und ich waren vor vielen Jahren unzertrennlich«, erklärte Oberinspektor Kafka und zum ersten Mal sah Berthold ein Lächeln in seinem Gesicht.

»Wahrscheinlich habe ich es ihm zu verdanken, dass ich damals befördert wurde. Charlie war ein leidenschaftlicher Einbrecher.«

»Karl, ein Einbrecher?«, fragte Berthold überrascht.

»Jeder macht einmal einen Fehler«, grummelte der Herr Karl.

»Und dieser Fehler hat dich einige Jahre gekostet«, sagte der Oberinspektor und wandte sich dem Berthold zu. »Aber eigentlich wollte ich Sie besuchen, Herr Buchinger. Wie ich hörte, waren Sie gestern Nacht wieder eifrig unterwegs.«

»Man soll nicht alles glauben, was so geredet wird«, antwortete Berthold und sah konzentriert in sein leeres Bierglas.

»Jetzt hören Sie mir mal genau zu, Herr Buchinger«, begann der Oberinspektor etwas gereizt. »Seit Ihr Freund ermordet wurde, mischen Sie sich in meine Ermittlungen ein. Oder vielleicht wollen Sie auch meine Ermittlungen verhindern. Ich weiß es nicht genau. Aber Sie tun alles Mögliche, um sich als Hauptverdächtiger zu präsentieren. Gestern Nacht haben Sie sogar eine Beamtin angegriffen.«

»Das tut mir auch wirklich leid. Ich dachte die Dagmar wäre die gesuchte Mörderin. Können Sie mir vielleicht sagen, wie sie mit Nachnamen heißt. Ich möchte mich gerne bei ihr entschuldigen.«

»Herr Buchinger«, seufzte der Oberinspektor während er seinen Kaffee umrührte. »Ich werde Ihnen natürlich nicht den Namen einer Beamtin geben. Seien Sie froh, dass ich Sie nicht wegen Widerstandes gegen die Staatsgewalt festnehmen lasse. Außerdem habe ich gestern mit Ihrer Frau gesprochen.«

»Exfrau!«, brach es aus Berthold heraus.

»Natürlich, Ihre Exfrau, und sie hat auch nicht gerade zu Ihrer Entlastung beigetragen.«

»Wieso überrascht mich das nicht. Gerda würde mich am liebsten am Galgen baumeln sehen. Diese Frau hasst mich. Sie würde alles tun, nur um mir zu schaden.«

»Hatte Ihre Exfrau ein Verhältnis mit dem verstorbenen Fred Buchinger?«

»Gerda? Fred mit Gerda?«, fragte Berthold und musste

lachen. »Es stimmt, dass Fred über alles hergefallen ist was zwei Beine hatte und weiblich war. Obwohl, einmal hatte er sogar eine einbeinige Freundin.«

»Würden Sie bitte meine Frage beantworten«, unterbrach ihn der Oberinspektor ungeduldig.

»Ich bin mir ziemlich sicher, dass Fred nichts mit meiner Exfrau hatte.«

»Sie sind sich aber nicht ganz sicher. Das heißt Sie wissen es nicht 100prozentig«, folgerte Oberinspektor Kafka.

Er stellte noch ein paar Fragen und verließ darauf mit Inspektor Obermoser wieder das Lokal.

Berthold saß mit einem mulmigen Gefühl an der Theke und war sich nun nicht mehr sicher, ob seine Exfrau nicht doch ein Verhältnis mit seinem besten Freund gehabt hatte.

Zur Beruhigung trank er noch ein Bier und ging danach zurück in seine Wohnung.

Er sperrte die Wohnungstür auf, und ein süßlicher Duft stieg in seine Nase. Nicht unangenehm. Ein zartes Frauenparfüm lag in der Luft.

Die Quelle des Duftes lag zu seinen Füßen. Am Boden lag ein pinkfarbener Brief, adressiert an »Berthold«, und ein roter Kussmund zierte seinen Namen.

Er bückte sich und hob den Brief auf. Der Parfümgeruch wurde stärker. Er ging in die Küche, nahm ein Messer und öffnete ihn.

Im Kuvert fand er eine handgeschriebene Karte.

Donnerstag 24. Uhr Hauptbahnhof
Ich habe etwas für dich!

Berthold überlegte, wer ihn am Grazer Hauptbahnhof erwarten sollte. Offensichtlich eine Frau. Nach all den Ereignissen der letzten Tage konnte diese Einladung nichts Gutes bedeuten. Er kratzte sich nachdenklich am Kopf, als seine Wohnungstür aufgesperrt wurde.

Der Russen Paul sah bei der Küchentür herein und grinste ihn an.

»Hallo Berthold. Hast du Frauenbesuch gehabt? Die ganze Wohnung riecht wie eine Parfümerie.«

»Nein, natürlich nicht«, wehrte Berthold ab und winkte mit dem Brief. »Ich hab eine Einladung zu einem nächtlichen Treffen bekommen.«

»Offensichtlich von einer Frau«, bemerkte der Russen Paul und hielt sich die Nase zu. Aufmerksam las er die handgeschriebenen Zeilen.

»Wenn du meine Meinung hören willst, dann würde ich sagen, dass es sich um eine plumpe Falle handelt. Ich befürchte jemand mag dich nicht besonders.«

»Da fallen mir spontan einige Personen ein. Den Brief könnte sogar Oberinspektor Kafka geschrieben haben.«

»Das glaube ich nicht«, sagte der Russen Paul. »Sein Aftershave riecht herber.«

»Das Beste wird sein, wir nehmen die Einladung an und stellen der Person eine Falle. Was sagst du dazu?«

»Das halte ich für eine ausgezeichnete Idee, aber leider kann ich dir morgen Nacht nicht helfen.«

»Wie meinst du das, du kannst mir morgen Nacht nicht helfen? Ich kann doch nicht alleine um Mitternacht am Hauptbahnhof aufkreuzen. Das wäre ohne diese Einladung auch schon gefährlich. Du sagst doch auch, dass es sich dabei um eine Falle handelt.«

»Ich würde dir ja gerne helfen, aber morgen Nacht ist Freitag.«

»Natürlich ist morgen Freitag, wie jede Woche«, sagte Berthold aufgebracht.

»Morgen Nacht ist Freitag der 13te«, sagte der Russen

Paul und betonte die Zahl 13, als ob er mit einem kleinen Kind sprechen würde.

»Jetzt sag bloß du bist abergläubig. Das glaube ich dir jetzt aber nicht. Du willst mich auf den Arm nehmen?«, sagte Berthold und sah den Russen Paul fassungslos an.

»Es tut mir wirklich leid, aber ich leide unter Paraskavedekatriaphobie«, erklärte der Russen Paul.

»Unter *was*?«, fragte Berthold mit offenem Mund.

»Paraskavedekatriaphobie. Ich kann am Freitag dem 13ten meine Wohnung nicht verlassen. Ich muss mich zu Hause einsperren und hoffen, dass der Tag so schnell wie möglich vorüber geht.«

»Willst du mir damit sagen, dass du mich wegen dieser Kadaverphobie, alleine in eine mitternächtliche Falle schicken willst?«

»Nein, das Beste ist, du gehst dort gar nicht hin. Wenn es jemandem wichtig ist dich zu ermorden, dann wird er es sicher wieder versuchen.«

»Das beruhigt mich jetzt nicht besonders. Und was wenn nicht? Was wenn es keine Falle ist und jemand will mir mitteilen, wer den Fred ermordet hat.«

»Alles ist möglich«, sagte der Russen Paul. »Aber wir sollten uns besser erst einmal auf heute Abend konzentrieren. Heute hast du dein letztes Date. Da du gestern eine Polizistin getroffen hast, müssen wir davon ausgehen, dass entweder die wilde Hilde die Mörderin ist, oder, dass du heute Abend die Mörderin treffen wirst.«

»Alles klar«, sagte Berthold. »Du wirst doch heute auch wieder dabei sein?«

»Natürlich. Um nichts in der Welt möchte ich das verpassen«, grinste ihn der Russen Paul an und Berthold hatte so eine Vorahnung, dass bei diesem Date wieder etwas schiefgehen könnte.

*

In einem Zimmer im Hotel Daniel neben dem Hauptbahnhof, lag Josip auf dem Bett und starrte in den kleinen Fernseher, der vor ihm auf einem Tisch stand. Er konnte der Handlung kaum folgen, da sein Deutsch nicht gut genug war, um zu verstehen worüber die Personen sprachen. Das war aber auch nicht wichtig. Es entspannte ihn, wenn er einfach bewegten Bildern zusehen konnte. Neben ihm lag ein Stadtführer auf dem Bett. Er hatte es sich zur Gewohnheit gemacht, dass er in jeder Stadt, in der er arbeitete, und das waren mittlerweile viele Städte, einen Stadtrundgang machte und sich die Sehenswürdigkeiten ansah. Josip war ein sehr gebildeter Mann. Er liebte die Geschichten, die diese Städte zu erzählen hatten.

Er war gerne in Österreich, für seinen Geschmack leider zu selten. Er mochte die sauberen Strassen, die gepflegten Häuser und Gärten.

Hätte sein Schicksal anders mit ihm gespielt, er wäre wahrscheinlich Gärtner geworden. Die Schönheit und Ruhe die Blumen und Pflanzen ausstrahlten, hatte ihn schon immer fasziniert. Er wäre ein guter Gärtner geworden, dessen war er sich sicher. Nun war er ein Killer. Ein guter Killer.

Seine Spezialität, seine Aufträge als Unfälle erscheinen zu lassen, hatten ihm einen ausgezeichneten Ruf in der Branche verschafft.

Er blätterte wieder durch den Stadtführer, als sein Mobiltelefon klingelte.

Es spielte die Titelmelodie aus dem Film »Spiel mir das Lied vom Tod«. Bei diesem Klingelton wusste er, dass es sich um seinen Auftraggeber handelte.

Er nahm das Handy, klappte es auf und sagte knapp: »Ja?«

Vom anderen Ende der Leitung sagte eine Stimme: »Donnerstag Nacht, 24 Uhr, Grazer Hauptbahnhof.«

Er klappte sein Mobiltelefon wieder zusammen und nahm den Grazer Stadtführer zur Hand. Er sah sich die Fotos vom

Botanischen Garten an. Schon die Architektur war außergewöhnlich. Das wird morgen ein ganz besonderer Tag, dachte er sich, nicht ahnend, wie Recht er damit haben sollte.

*

Berthold schminkte sich bereits so professionell wie ein Schauspieler. Gut gelaunt, richtete er sich für sein drittes Rendezvous mit einer unbekannten Dame her. Seine ersten zwei Verabredungen verliefen zwar nicht so, wie er es sich erhofft hatte, aber immerhin hatte er auf diesem Wege zwei sehr attraktive und sympathische Frauen kennengelernt. Wobei er sich auch noch sicher sein konnte, dass sein zweites Date keine Mörderin war. Er hatte inzwischen oft an Dagmar denken müssen. Vielleicht sollte er sich wieder verhaften lassen, dann wäre er wenigstens kurz in ihrer Nähe.

Berthold verwarf diesen Gedanken schnell wieder. So schön war es in der Zelle auch wieder nicht gewesen, dass er freiwillig dahin zurückkehren wollte.

Er öffnete seinen Kleiderschrank und nahm sein bestes Hemd heraus.

»Wenn das auch noch zerstört wird, kann ich nur mehr mein Arbeitshemd anziehen«, dachte er sich. »Es sieht sicher eigenartig aus, mit einem Hemd, das einen gelben Streifen über der Brust und den Aufdruck ›post.at‹ hat, bei einem Date zu erscheinen.«

Er sah in den Kleiderschrank, der nur zur Hälfte mit seinen Sachen belegt war.

»Warum in aller Welt, hatten wir, als ich noch verheiratet war, drei riesige Kleiderschränke, und alle waren voll bis oben hin?«

Mit Schaudern dachte er an seine geschiedene Ehe zurück. Wieder stellten sich seine Nackenhaare auf.

Ein letzter Blick in den Spiegel und Berthold war wieder einmal überrascht, was Theaterschminke alles bewirken konnte.

Er verließ das Haus und blickte die Münzgrabenstrasse rauf und runter. Heute konnte er weder Polizei noch andere Verfolger erspähen. Sollten sie alle aufgegeben haben? Er war ein wenig enttäuscht.

Er spazierte gut gelaunt an der Tankstelle vorbei und betrat zum dritten Mal das Restaurant in dem Schiffskörper. Das Restaurant war diesmal sehr spärlich besucht. Hinter der Theke konnte er bereits den Russen Paul erkennen, wie er Gläser polierte. Anscheinend hatte Luigi noch immer Verdauungsprobleme. Der arme Kerl, dachte sich Berthold.

Sogleich eilte sein Freund auf ihn zu und geleitete ihn zu seinem Tisch.

»Fesch schaust heute wieder aus«, sagte er zu ihm, während er ihm den Sessel zurechtrückte.

»Danke, du machst dich aber auch immer besser in deiner Kellneruniform.«

»Wie du weißt, macht man den besten Eindruck auf Damen, wenn man ein großzügiges Trinkgeld gibt.«

»Natürlich, wenn ich besonders gut bedient werde, gebe ich auch ein besonders gutes Trinkgeld. Aber immer wenn es brenzlig wird, scheinst du auf wundersame Weise zu verschwinden.«

»Ich war immer in deiner Nähe. Dir kann absolut nichts passieren.«

»Ich weiß«, grummelte Berthold. »Das haben wir ja bereits gesehen. Bring mir einen Aperitif, ich habe heute einen trockenen Hals.«

»Aber gerne der Herr«, antwortete der Russen Paul und machte eine tiefe Verbeugung. »Ganz wie der Herr wünschen. Ich eile. Ich fliege.«

»Idiot!«, dachte sich Berthold und studierte die Speisekarte. Heute hatte er großen Appetit auf Fisch. Gerade als er die Fischspezialitäten überflog, fiel ein Schatten über ihn.

»Das darf jetzt aber nicht wahr sein«, hörte er eine ihm sehr vertraute Frauenstimme, gleichzeitig stellten sich seine Nackenhaare auf.

Er hob seinen Blick und sein Unterkiefer klappte nach unten.

»Gerda, was machst du denn hier?«, entkam es ihm, während er seine Exfrau fassungslos ansah.

»Sag mir bitte, dass du nicht auf ein Online Date wartest«, fuhr sie ihn schroff an.

»Leider ja. Aber jetzt nicht mehr«, seufzte Berthold und verfluchte innerlich den Russen Paul. Wie konnte er nur ein Treffen mit seiner Exfrau arrangieren. Berthold klappte seine Speisekarte zusammen und wollte aufstehen, für ihn war dieses Blind Date vorbei.

»Moment!«, sagte Gerda. »Da ich jetzt schon einmal hier bin, werde ich auch etwas essen. Und da du das Treffen hier vorgeschlagen hast, wirst du heute auch dafür zahlen. Wir sind schließlich zivilisierte Menschen.«

Berthold setzte sich widerwillig und dachte, seit wann sind wir zivilisierte Menschen?

Er sah den Russen Paul mit seinem Aperitif in der Hand auf den Tisch zukommen, als er Gerda erblickte, erstarrte er mitten in seiner Bewegung, machte kehrt und verschwand wieder.

»Nun Berthold«, begann Gerda zuckersüß und stützte ihre Ellbogen auf den Tisch. »Wie ist es dir in den Tagen deiner neuen Freiheit so ergangen. Du bist ja dunkelbraun, warst du im Urlaub? Kannst du dir das überhaupt leisten?«

»Nein, ja«, Berthold wusste nicht wie ihm geschah. »Solarium«, war seine knappe Antwort. Was machte er überhaupt hier? Mit seiner Exfrau?

»Passt dir gut«, sagte Gerda und fing an die Speisekarte zu lesen.

Ernesto kam mit einem breiten Grinsen im Gesicht und dem Aperitif zu ihrem Tisch.

»Buona sera, Berthold und Gerda. Schön, Sie beide wieder zusammen zu sehen«, und zu Berthold gewandt: »Und heute mit der richtigen Frau.« Er zwinkerte Berthold zu und rief durch das Lokal. »Luigi, presto!«

Anscheinend hießen alle seine Kellner Luigi.

»Was meinte er damit, dass du heute mit der richtigen Frau hier bist? Sag bloß, du hast dich bereits mit anderen Frauen getroffen?«, Gerdas Ton wurde zusehends schärfer. Berthold kannte diesen Ton nur zu gut.

»Wie dir vielleicht aufgefallen ist, sind wir geschieden, meine Liebe«, sagte er zu seiner Überraschung sehr ruhig und selbstbewusst.

»Das ist noch lange kein Grund, dass du dich mit anderen Frauen triffst. Ein bisschen mehr Trauer hätte ich mir schon von dir erwartet. Hat dir denn unsere Ehe überhaupt nichts bedeutet?«

»Das Gleiche könnte ich dich fragen. Anscheinend triffst du dich auch mit anderen Männern, ein paar Tage nach unserer Scheidung.«

»Bei mir ist das etwas Anderes«, sagte Gerda affektiert. »Ich muss meine seelischen Wunden behandeln.«

»Welche seelischen Wunden?«, fragte Berthold fassungslos. »Du hast mich verlassen und nebenbei alles was mir gehörte auch noch mitgenommen. Sogar meine Golfschläger hast du dir geschnappt. Dabei spielst du nicht einmal Golf. Du hast es immer gehasst, wenn ich einmal spielen wollte.«

»Meinungen können sich ändern«, antwortete Gerda spitz und las in der Speisekarte weiter. »Außerdem, seit wann bist du bei einer Singlebörse? Seit ich dich kenne, hast du dich über solche Einrichtungen lustig gemacht.«

Der Russen Paul kam vorsichtig an den Tisch und fragte zaghaft: »Buona sera Signorina. Darf ich Ihnen auch einen Aperitif bringen?«

»Na endlich kommt hier jemand einmal vorbei. Ich dachte schon hier wäre Selbstbedienung. Wo ist Luigi heute überhaupt?«, fuhr sie den Russen Paul schroff an.

»Ich bin Luigi«, sagte dieser bemüht höflich.

»Bring mir das Gleiche was Berthold hat«, sagte Gerda ohne ihn anzusehen.

»Bring mir bitte auch noch einen«, flehte Berthold seinen Freund an.

»Nun!«, sagte Gerda wieder an Berthold gerichtet. »Warum hast du dich bei einer Singlebörse angemeldet?«

»Wie du richtig erkannt hast, gibt es einen besonderen Grund dafür«, sagte Berthold, da er sich entschlossen hatte, den einfachsten Weg zu gehen und das war die Wahrheit sagen.

»Du hast sicher davon gehört, dass der Fred ermordet wurde.«

»Natürlich, das hat mich wirklich getroffen. Der Fred war ein lieber Kerl.«

»Aha!«, entfuhr es dem Berthold, als sie noch verheiratet waren, konnte sie den Fred nicht ausstehen.

»Da ich glaube, dass die Polizei nicht alle Möglichkeiten ausschöpft, um den Mörder vom Fred zu überführen, habe ich mich entschlossen die Sache selbst in die Hand zu nehmen.«

Es ist besser, dachte er sich, den Russen Paul aus dieser Sache vorerst einmal herauszuhalten.

Gerda musste kurz auflachen. »Du hilfst der Polizei?«, lachte sie zynisch.

»Berthold«, nun redete sie mit ihm wie mit einem kleinen Kind. »Du verirrst dich ja schon im Supermarkt, wie willst du da denn einen Mörder finden? Außerdem, was hat das mit einem Online Portal zu tun?«

»Wenn du mich einmal ausreden lassen würdest, könnte ich dir alles erklären«, sagte er und Gerda verdrehte genervt ihre Augen. »Aber das war, als wir noch verheiratet waren, auch schon immer so gewesen. Anscheinend wurde Fred von einer rothaarigen Frau ermordet, die er wahrscheinlich über eine Singlebörse kennengelernt hatte.«

»Das überrascht mich jetzt nicht wirklich«, sagte Gerda. »Das einzige was mich überrascht ist, dass es erst jetzt passiert ist.«

»Ich habe mir nun die Mühe gemacht, alle in Frage kommenden Frauen zu kontaktieren. Ich dachte mir, so könnte ich der Mörderin auf die Spur kommen«, fuhr er unbeeindruckt von ihren schnippischen Einwürfen fort.

»Was mich natürlich zu der Frage bringt, hast du den Fred vor seinem Tod getroffen. So wie mich heute?«

»Nein!«, entrüstete sich Gerda. »Wo denkst du hin?«

»Wieso regst du dich denn so auf? Das ist doch sonst nicht deine Art. Sag bloß du hast etwas mit dem Fred während unserer Ehe gehabt?«

»Bist du verrückt? Was unterstellst du mir denn hier? Natürlich habe ich nichts mit dem Fred während unserer Ehe gehabt.«

»Diesen Ton kenne ich von dir. Den hast du wenn dir etwas sehr unangenehm ist. Hast du jemals etwas mit dem Fred gehabt?«, fragte Berthold und wurde zusehends wütender.

»Nun ja, vielleicht haben wir uns vor unserer Ehe einmal getroffen«, sagte Gerda schließlich etwas kleinlaut.

»Was?«, schrie Berthold. »Du hast mit dem Fred geschlafen und mir zehn Jahre lang nichts davon gesagt?«

»Ich sah keinen Grund dafür. Wie du siehst, hätte es dich nur aufgeregt.«

»Ich fasse es einfach nicht«, brüllte er nun und Ernesto kam angelaufen.

»Meine Frau hat mich mit meinem besten Freund betrogen«, schrie er ihm entgegen. Auch der Russen Paul näherte sich vorsichtig dem Tisch.

»Prego, bitte nicht so laut«, versuchte Ernesto die Situation zu entschärfen.

»Sag du mir nicht wie ich mich unterhalten soll«, fuhr ihn plötzlich Gerda an und Berthold nickte zufrieden. So kannte er seine Exfrau. Er wusste, dass sich Ernesto nun auf etwas gefasst machen konnte. Berthold lehnte sich erwartungsvoll zurück.

»Und du schau nicht so selbstgefällig«, schrie sie Berthold an, nahm ihren Aperitif und schüttete ihn dem verdutzten Berthold ins Gesicht. »Du bist überhaupt an allem schuld.«

»Signora Gerda«, sagte nun Ernesto in einem beschwichtigenden Ton. »Das geht zu weit, ich muss Sie höflich bitten das Lokal zu verlassen.«

»Du willst mich aus dieser Bruchbude schmeißen?«, fuhr sie lautstark den eingeschüchterten Lokalbesitzer an, drehte sich zum Nebentisch, nahm dem dort sitzenden Gast seinen Teller mit Tortellini vor der Nase weg und warf den Teller auf den Fliesenboden.

»So!«, sagte sie und reckte ihr Kinn nach vorn. »Jetzt kannst du mich rausschmeißen, wenn du dich traust.«

»Luigi!«, sagte Ernesto mit fester Stimme. »Schmeiß diese Person aus meinem Lokal. Luigi?«

Doch Luigi hatte sich bereits verdrückt. Am Boden lag nur mehr seine Kellnerschürze, neben den Tortellini.

Am Tag danach konnte Berthold den Tathergang nicht mehr ganz genau rekonstruieren. Er wusste nur, dass sich der Gast vom Nebentisch erhob und sich lautstark beschwerte. Was natürlich, wenn man Gerda kannte, ein Riesenfehler war. Ernesto und der Gast versuchten schließlich Gerda aus dem Lokal zu werfen, was natürlich zur Folge hatte, dass einige Gläser zu Bruch gingen.

Teller flogen durch die Luft, Speisereste verteilten sich auf dem Boden, den Wänden und auch auf unschuldige Personen. Schließlich traf die zu Hilfe gerufene Polizei ein. Die Situation eskalierte, als ein Polizeibeamter einen Teller Spaghetti über seine frisch gebügelte Uniform bekam. Es wurde Verstärkung angefordert. Das Lokal gestürmt und sämtliche Personen verhaftet und auf die Polizeistation mitgenommen, aber da hatte sich Berthold schon lange aus dem Staub gemacht.

Zufrieden sah er der Verhaftung seiner Exfrau aus der Ferne zu. Dieser Abend ist doch noch recht gut geworden, dachte er sich, während er hungrig nach Hause spazierte.

*

Dagmar Preissner liebte ihr spätabendliches Boxtraining. Zwei Mal die Woche quälte sie ihren Körper in der Landesturnhalle, am Rande des Grazer Stadtparks. Das Angenehme an der Landesturnhalle war, dass sie nach ihrem Training zu Fuß nach Hause gehen konnte. Ihre Wohnung lag knappe 10 Minuten von der Turnhalle entfernt.

Auch an diesem Mittwoch spulte sie ihre Trainingseinheiten herunter. In ihrer Gruppe befanden sich ausschließlich Frauen. Die meisten davon hatten schlechte Erfahrungen mit Männern gemacht und wollten sich daher auf ähnliche Situationen vorbereiten.

Dagmar trainierte Boxen, weil sie der Boxsport schon immer fasziniert hat. Es wurde Schnelligkeit gleichermaßen trainiert wie Kraft und Ausdauer.

Außerdem tat es gut, nach einem anstrengenden Arbeitstag angestaute Wut und Aggression an einem Sandsack abzulassen. Überhaupt, wenn man sich ein bestimmtes Gesicht auf dem Sandsack vorstellte.

An diesem Abend hatte sich Dagmar mehr verausgabt, als sonst. Sie hatte sämtliche angestaute Wut vom vergangenen Tag binnen wenigen Minuten aus sich herausgelassen und auf den Sandsack übertragen.

Einerseits war sie wütend auf Berthold, weil er anscheinend ein wenig komisch war. Sogar der Oberinspektor hatte einen Akt über Berthold auf seinem Schreibtisch liegen. Was nichts Gutes heißen konnte.

Und andererseits war sie wütend auf sich selbst, weil ihr Berthold noch immer sehr sympathisch war.

Sie wusste selbst nicht, warum ihre Gefühle nicht mit ihrem Kopf konform gingen. Sie wollte so schnell wie möglich diesen Postbeamten vergessen. Was aber leider nicht so einfach war.

Darum hatte sie heute härter in den Sandsack geschlagen.

Nach dem Training spazierte Dagmar durch den Stadtpark und atmete tief die frische Abendluft ein. Ihre Gedanken drehten sich noch immer um Berthold. Die Schläge in den Sandsack hatten anscheinend nicht geholfen. Sollte sie ihn wiedersehen? Wollte er sie überhaupt wiedersehen? Immerhin hatte sie ihn auf die Strasse geworfen. Sie war sich nicht sicher, was sie tun sollte.

Plötzlich knackte ein Ast in einem Gebüsch unweit des Gehweges. Dagmar fuhr zusammen. Eigentlich war sie nicht schreckhaft. Ganz im Gegenteil. Es könnte ein Tier gewesen sein. Im Grazer Stadtpark gab es viele Eichhörnchen.

Obwohl das Geräusch von einem größeren Tier stammen musste. Vielleicht ein frei laufender Hund? Dagmar ging ein wenig schneller. Ihr fiel erst jetzt auf, dass der Stadtpark um diese Uhrzeit menschenleer war. Nebel hatte sich gebildet und wurde durch die Straßenlaternen unheimlich beleuchtet. Wieder hörte Dagmar ein Geräusch. Es kam aus einem der seitlichen Büsche und es war ganz bestimmt kein Tier. In dem Busch versteckte sich ein Mensch. Da war sie sich ganz sicher. Es waren wahrscheinlich nur mehr einige hundert Meter zu ihrer Wohnung. Sollte sie die restliche Strecke laufen? Nervös drehte sie sich mehrmals um. Wieder beschleunigte sie ihr Tempo. Sie konnte bereits das Ende des Stadtparks erkennen. Ein wenig erleichtert steuerte sie auf den Ausgang zu. Ein lautes Knacksen hinter ihr ließ sie wieder zusammenfahren. Sie drehte sich um, und sah eine vermummte Gestalt aus einem Busch springen. Mit einem tiefen Knurren rannte der Mann auf sie zu. Dagmar blieb für einen Augenblick ihr Herz stehen. Solche Szenen sieht man sonst nur im Fernsehen.

Ihr Angreifer hatte sich bereits auf einige Meter genähert, als Dagmar sich von seinem Anblick erholt hatte. Kurz bevor er sie erreicht hatte, stellte sie ihren linken Fuß nach vorne und den rechten leicht nach hinten. Sie schmiss ihre Tasche mit den Turnsachen zu Boden und riss ihre Hände mit geballten Fäusten vor ihr Gesicht. Ihr Angreifer stutzte kurz, er hatte anscheinend nicht mit solch einer Reaktion gerechnet. Trotzdem stürzte er weiter nach vorn und wurde von einem kurzen, rechten Haken empfangen. Überrascht über den harten Schlag, stand der Angreifer unbeweglich vor seinem Opfer und schüttelte seinen Kopf. Diese Zeit reichte Dagmar um eine schöne Links- Rechts-Kombination anzubringen. So wie sie es gelernt hatte. Der Vermummte ging stöhnend in die Knie und wusste nicht, wie ihm geschah. Sein Gesicht schmerzte, sein Kopf brummte. Verzweifelt sah er die Frau von unten an und blickte in ein von Wut verzerrtes Gesicht. Sie legte ihr ganzes Gewicht in ihre rechte Faust und schlug mit aller Kraft ihrem Angreifer von oben ins Gesicht.

Ein lautes Knacken war zu hören. Der Mann ging zu Boden und hielt seine Hände an die blutverschmierte Schimaske. Er stöhnte und jammerte wie ein kleiner Junge.

Dagmar trat näher und riss ihm die Haube vom Kopf.

»Was sollte das werden?«, schrie sie ihn an. »Wolltest du mir an die Wäsche? Sag schon, oder ich prügel dich so lange, dass deine Kinder mit Beulen auf die Welt kommen.«

Simon konnte kein Wort sagen. Er war bewegungsunfähig. Wie konnte das nur passieren. Jetzt hatte sie auch noch sein Gesicht gesehen. Seine Nase schmerzte. Wahrscheinlich war sie gebrochen. Was ist das überhaupt für eine Frau? Sie sollte doch erschreckt davonlaufen.

Er sah, dass sie ihre Drohung durchaus ernst gemeint hatte. Sie stand wieder in Kampfstellung vor ihm und hatte ihre Hände zu Fäusten geballt.

Mit einem lauten Schrei sprang Simon auf, stieß Dagmar mit aller Kraft zu Boden und lief so schnell er konnte davon. Margarethe durfte er davon auf keinen Fall erzählen. Sonst würde er wahrscheinlich noch einmal Prügel bekommen. Von wegen schwaches Geschlecht.

KAPITEL FÜNF

SPURENSUCHE

Berthold träumte von rothaarigen Frauen, die süße Wörter in sein Ohr säuselten, während sie ihm italienisches Essen zubereiteten. Plötzlich saß er nackt im Stadtpark und tief fliegende Damenschuhe griffen ihn an.

Schweißgebadet wachte er auf und japste nach Luft. Die Jagd nach der Mörderin vom Fred schien nicht spurlos an ihm vorüberzugehen.

Der Duft von frisch gebratenen Eiern stieg in seine Nase. Letzte Nacht ging er hungrig schlafen, hatte er deshalb nasale Halluzinationen?

Mühsam schälte er sich aus dem Bett und schlurfte in die Küche. Wie er erwartet hatte, stand der Russen Paul am Herd und bereitete ein köstliches Frühstück zu. Und diesmal war Berthold sogar froh darüber.

Trotzdem musste er mit dem Russen Paul endlich ein ernstes Wort über die Benutzung seiner Wohnung sprechen. Aber nicht sofort. Besser erst nach dem Frühstück.

»Guten Morgen«, sagte ein, für diese Uhrzeit, zu vergnügter Russen Paul.

»Wie spät ist es eigentlich?«, war Bertholds einziger Kommentar.

»Kurz vor neun Uhr«, antwortete der Russen Paul. »Es wird Zeit, dass du aufstehst. Wir haben heute einiges vor.«

»Was haben wir heute vor? Ich dachte wir haben alle Frauen von der Partnervermittlung durch?«, fragte Berthold und setzte sich erwartungsvoll an den Küchentisch.

»Das stimmt«, sagte der Russen Paul und servierte Berthold ein wunderbar riechendes Frühstück. »Ich habe Freds Frauenkontakte weiter zurückverfolgt, und noch eine mögliche Kandidatin gefunden, die unseren Anforderungen entspricht.«

»Das sind gute Neuigkeiten«, sagte Berthold und fing an die Rühreier mit Schinken und Champignons zu essen. »Weil das heißt, dass die Hilde doch nicht die Mörderin sein muss.«

»Richtig«, bestätigte der Russen Paul und stellte das Glas mit frisch gepresstem Orangensaft neben Bertholds Essen. »Ich bin in Freds Aufzeichnungen weiter zurückgegangen, und habe eine weitere Bekanntschaft mit roten Haaren gefunden. Diese Romanze liegt zwar schon über ein Jahr zurück, aber ich dachte mir, für eine Mörderin kommt sie vielleicht trotzdem in Frage.«

»Gute Arbeit«, sagte Berthold mit vollem Mund. »Wann werde ich sie treffen? Hast du schon Kontakt zu ihr aufgenommen?«

»Nein, habe ich nicht«, sagte der Russen Paul und setzte sich auch an den Küchentisch. »Sie ist bei keiner Partnervermittlung. Anscheinend hatte Fred sie anders kennen gelernt.«

»Mist. Das ist nicht gut. Was machen wir jetzt?«

»Ich weiß wo sie arbeitet. Wir werden einfach bei ihr vorbeischauen.«

»Super«, strahlte Berthold, seit er gesehen hatte, dass seine Exfrau verhaftet worden war, hatte er eine ausgezeichnete Laune. »Ist es weit von hier?«

»Nein, gleich um die Ecke. Sie arbeitet in einem Fitnessstudio am Ende der Strasse.«

»Ich sollte mich heute bei meiner Ärztin blicken lassen, die mich schon am Sonntag untersucht hat. Dein Frühstück ist übrigens ausgezeichnet.«

»Danke«, sagte der Russen Paul und lächelte Berthold an. »Das mit deiner Ärztin ist kein Problem. Ich fahr dich hin zu ihr, dann statten wir unserer nächsten Kandidatin einen Besuch ab.«

»Du hast ein Auto?«, fragte Berthold erstaunt.

»Ich habe mir für heute eines ausgeborgt«, antwortete der Russen Paul, grinste und schlürfte seinen Kaffee.

*

Berthold blieb der Mund offen, als der Russen Paul das Auto aufsperrte. An sich war an dem rotem Ford Minivan nichts auszusetzen. Außer, dass zwei Blaulichter am Dach angeschraubt waren und auf der Kühlerhaube in großer, gelber Schrift »Feuerwehr« stand.

»Wo hast du den Feuerwehrwagen abgestaubt?«, fragte Berthold fassungslos.

»Der ist nur geborgt«, sagte der Russen Paul und setzte sich auf den Fahrersitz. »Dieser Wagen ist sehr praktisch. Man kommt blitzschnell an sein Ziel und kann dort jederzeit ungehindert parken. Vertrau mir, ich weiß was ich mache.«

»Da bin ich mir bei dir nicht so sicher«, antwortete Berthold und nahm am Beifahrersitz Platz.

Mit sicherer Hand lenkte der Russen Paul das Auto durch den Grazer Stadtverkehr. Nur ganz selten benutzte er das Signalhorn und fuhr mit einem kindlichen Grinsen bei Rot über die Kreuzung. Berthold hielt sich zur Sicherheit am Haltegriff über der Tür fest.

»Ich glaube, ich weiß wie deine Freundin bei der Polizei

heißt«, fing der Russen Paul das Gespräch wieder an, nachdem er das Signalhorn ausgeschaltet hatte.

»Das ist eine gute Nachricht«, strahlte Berthold. Er wollte unbedingt Dagmar wiedersehen und sich für sein Benehmen entschuldigen. »Wie bist du auf ihren Namen gestoßen?«

»Ich höre regelmäßig den Polizeifunk ab. Rein aus Neugierde. Und gestern Nacht wurde eine Polizistin im Stadtpark überfallen. Die Polizistin hieß Dagmar Preissner. Es gibt sicher mehrere Frauen mit dem Vornamen Dagmar, aber man kann der Sache einmal nachgehen.«

»Um Gottes Willen«, sagte Berthold bestürzt. »Ich hoffe ihr ist nichts Schlimmes passiert.«

»Die Angaben waren sehr ungenau. Man geht davon aus, dass die Nase gebrochen, und das Gesicht verbeult wurde.«

»Das tut mir verdammt leid. Sie hatte so eine süße Stupsnase. Das kann man doch sicher wieder richten, oder?«

»Nicht ihr Gesicht. Das Gesicht des Angreifers. Sie hat ihn ziemlich verprügelt.«

»Das geschieht ihm ganz recht. Sich an einer wehrlosen Frau vergreifen. Was für ein Weib. Mich hat sie auch über die Schulter geworfen. Hab ich dir das schon erzählt?«

»Ja, das hast du mir schon erzählt«, sagte der Russen Paul genervt. »Wir sollten Inspektorin Preissner heute noch besuchen. Wer weiß, vielleicht hat sie weitere Frauen kennengelernt, die Kontakte über das Internet suchten. Sie kann uns sicher auch sagen, wie weit Oberinspektor Kafka mit seinen Nachforschungen ist.«

»Das ist eine gute Idee«, sagte Berthold und freute sich auf ein Wiedersehen mit seinem zweiten Date.

»Als mögliche Mörderin kommt sie nicht in Frage«, ließ der Russen Paul seinen Gedanken freien Lauf. »Bleiben nur mehr die wilde Hilde, deine Exfrau Gerda und die Fitnessstudio-Dame übrig.«

»Wieso die Hilde?«, fragte Berthold überrascht. »Ich dachte wir sind uns einig, dass wir sie ausschließen können.«

»Da bin ich mir noch nicht ganz sicher. Ich habe erfahren, dass sie bereits zweimal verheiratet war.«

»Das waren doch schon viele Menschen. Du kannst doch nicht sagen, dass sie deswegen eine Mörderin ist«, sagte Berthold entrüstet.

»An sich richtig, aber beide Ehemänner sind verstorben. Die Todesursachen habe ich noch nicht herausgefunden. Das gibt der Sache aber einen seltsamen Beigeschmack. Findest du nicht?«

»Was du immer alles herausfindest«, sagte Berthold trotzig. »Ich werde sie morgen, wenn du deine Freitagsallergie hast, besuchen und ihr auf den Zahn fühlen.«

»Pass bloß auf was du machst. Morgen kann ich dir nicht helfen.«

Berthold verdrehte die Augen. Als ob er einen Aufpasser brauchen würde.

»Bleibt noch deine Exfrau«, sagte der Russen Paul.

»Was willst du jetzt damit sagen. Ich habe keine Lust meine Exfrau zu fragen, ob sie den Fred erschlagen hat. Du etwa?«

»Nein, natürlich nicht. Aber du kennst sie besser als jeder Andere. Du kennst auch das Haus in dem sie wohnt. Hat sie einen besonderen Platz, an dem sie ihre intimsten Sachen aufbewahrt? Ich weiß nicht, vielleicht ein Tagebuch, oder so etwas Ähnliches?«

»Ich weiß nicht ob sie so etwas hat. Darüber habe ich mit ihr nie gesprochen. Aber sie hat natürlich einen Platz für ihre persönlichen Gegenstände gehabt. Das hat doch jeder.«

»Was hältst du davon, wenn wir uns diesen Platz einmal genauer ansehen?«

»Jetzt bist du lebensmüde. Du willst schon wieder einbrechen. Und diesmal in mein ehemaliges Haus?«

»Eigentlich ist es zum Teil noch immer dein Haus. Du zahlst doch noch die Raten ab.«

»Erinnere mich bitte nicht daran. Wenn uns meine Exfrau dabei erwischt, dann ist es vorbei mit uns. Das ist dir klar?«, Berthold sah den Russen Paul von der Seite an.

»Vollkommen klar. Aber es wird nichts schief gehen. Sollten wir bei ihr nichts finden, gäbe es wieder eine Verdächtige weniger.«

»Du schaffst es und bringst mich noch ins Grab.«

Der Russen Paul parkte vor dem Haupteingang des Unfallkrankenhauses, blickte Berthold an und sagte, während er eine Zeitung aus dem Handschuhfach nahm: »Ich warte hier im Auto, lass dir ruhig Zeit.«

*

Gut gelaunt betrat Berthold das Eingangsportal des Unfallkrankenhauses in Eggenberg. Seine Frühlingsgefühle waren erwacht und entwickelten einen enormen Handlungsbedarf. Anscheinend hatten sie zu lange schlafen müssen.

Nachdenklich schlenderte er durch die Eingangshalle. Heute war um einiges mehr los, als an seinem letzten Besuch. Viele Leute saßen in den Wartesesseln und lasen mitgebrachte Bücher oder blätterten gelangweilt in Magazinen. Der eine oder andere Patient schlurfte im Morgenmantel zu den Kaffeeautomaten, mit einer Schachtel Zigaretten in der Hand.

Berthold nahm den Geruch von Desinfektionsmittel kaum wahr. Seine Gedanken kreisten um die Frauen, die er in den vergangenen Tagen kennengelernt hatte. Hilde durfte keine Mörderin sein, dafür war sie einfach zu sympathisch. Zum Glück konnte Dagmar ausgeschlossen werden. Dagmar hatte er wirklich ins Herz geschlossen. Dabei hatte er sich nach seiner Scheidung geschworen, dass er sich nie wieder verlieben wird.

Berthold sah aus seinen Augenwinkeln einen jungen Mann an sich vorbeigehen. Er hatte ihn nur kurz gesehen, aber dieser Mann kam ihm bekannt vor. Was für einen Briefträger nicht gerade die große Überraschung ist. Ständig begegnete er, auch in seinem Privatleben, Personen, denen er die Post zustellte. Nachdenklich ging er weiter zu seiner Ärztin mit den großen Rehaugen.

Berthold ging das Gesicht dieses Fremden nicht mehr aus dem Kopf. Obwohl der Mann ein großes Pflaster auf der Nase und ein zugeschwollenes Auge hatte, wusste er, dass er diesen Mann kannte. Plötzlich blieb er wie vom Blitz getroffen stehen. Jetzt wusste er, wo er diesen Mann das letzte Mal gesehen hatte. In Freds Küche. Berthold drehte sich auf seinen Absätzen um, und fing an wie ein Irrer zurück zum Ausgang zu laufen. Er lief so schnell er konnte, ohne Rücksicht auf langsame Morgenmantelträger zu nehmen. Wie konnte er nur dieses Gesicht vergessen. Berthold ärgerte sich über sich am meisten. Völlig außer Atem erreichte er den Haupteingang, vielleicht sollte er in Zukunft doch ein wenig mehr Sport betreiben. Er lief durch die große Glastür und sah verzweifelt in alle Richtungen. Aber der Fremde war verschwunden. Berthold lief zu dem roten Feuerwehrauto und riss die Beifahrertür auf. »Hast du den blonden Mann gesehen, der vor ein paar Minuten herausgekommen ist?«, schrie er in das Wageninnere.

»Was für einen blonden Mann?«, fragte der Russen Paul und sah von seiner Zeitung auf. »Ich dachte wir suchen eine rothaarige Frau?«

»Der blonde Mann aus Freds Küche«, schrie Berthold noch immer sehr erregt. »Er muss gerade aus dem Krankenhaus gekommen sein. Er hatte ein Pflaster auf der Nase und ein zugeschwollenes blaues Auge. Ich habe ihn aber trotzdem eindeutig erkannt.«

»Sieh mal einer an«, sagte der Russen Paul und schob seine dicke Hornbrille mit der Hand zurecht. »Weißt du was das heißt?«

»Natürlich«, sagte Berthold enttäuscht und ließ sich auf den Beifahrersitz fallen.

»Das heißt, dass uns dieser Kerl zum zweiten Mal entkommen ist.«

»Nein, dir ist er zum zweiten Mal entkommen«, korrigierte ihn der Russen Paul und sah nachdenklich aus dem Wagen. »Ich glaube nicht an Zufälle. Gestern wurde unsere Polizistin überfallen, sie vermöbelt ihren Angreifer und heute siehst du unseren Kücheneinbrecher mit einem blauen Auge.«

»Woher soll dieser Kerl meine Dagmar kennen. Glaubst du, dass er es auf rothaarige Frauen abgesehen hat?«

»Ich weiß es nicht«, antwortete der Russen Paul und startete den Wagen, da sich Berthold bereits angeschnallt hatte. »Ich nehme an du willst nicht mehr zurück zu deiner Ärztin?«

»Ich hätte mich gerne wieder von ihr behandeln lassen, aber ich habe beim Herauslaufen ein paar Männer im Morgenmantel niedergestoßen. Ich sollte mich besser dort drinnen nicht so schnell blicken lassen.«

*

Simon war ein wenig erleichtert. Er hatte Margarethe zum ersten Mal nicht die Wahrheit erzählt. Er brachte einfach nicht den Mut dazu auf. Er hatte sich eine feine Geschichte über einen Überfall im Stadtpark ausgedacht, und wie es scheint dürfte Margarethe ihm geglaubt haben.

Nachdenklich verließ Simon das Unfallkrankenhaus und

stieg in seinen neuen Wagen auf dem Besucherparkplatz. Seine Nase schmerzte noch immer. Sie war ziemlich angeschwollen. Sein linkes Auge schillerte in den buntesten Farben. Und alles nur weil er befolgte, was Margarethe ihm aufgetragen hatte. Nun musste er sich einen neuen Plan ausdenken. Was ihm gar nicht behagte.

Simon startete den Wagen und lenkte ihn in die Grazer Innenstadt. Er hatte Margarethe versprochen, dass er »den Tschetschenen« besuchen würde, um nach dem Stand der Dinge zu fragen. Außerdem traf er gerne »den Tschetschenen«. Sie hatten sich viele Jahre lang sehr gut verstanden. Ihm fehlten manchmal die langen Gespräche, die sie damals geführt hatten.

Er musste wieder über Margarethe nachdenken. Sie hatte ihm wohl diese Geschichte mit dem Überfall abgekauft. Trotzdem sah er ein gefährliches Funkeln in ihren Augen, als er sich von ihr verabschiedet hatte.

Simon hatte ein ungutes Gefühl, wenn er an diesen Ausdruck in ihren Augen dachte. Vielleicht wäre es an der Zeit, sich von Margarethe zu trennen?

*

Der Russen Paul fuhr rasch durch die Grazer Innenstadt. Das Blaulicht am Wagendach war manchmal sehr praktisch.

Das nächste Ziel an diesem Vormittag lautete »Charlies Gym«, ein Fitnessstudio unweit von Bertholds Wohnung. Die Arbeitsstätte von Susi Lechner, einer ehemaligen Geliebten vom schönen Fred.

Der Russen Paul parkte direkt neben der Eingangstür und erklärte Berthold noch einmal kurz seinen Plan.

»Wir gehen rein, setzen uns an die Bar, trinken einen Fruchtsaft und erkundigen uns über das Fitnessstudio. Wir möchten nämlich mehr Sport betreiben. Und in diesem Gespräch werden wir diese Susi ganz nebenbei über den schönen Fred ausfragen. Alles klar?«

»Natürlich!«, sagte Berthold und blickte auf sein kleines Bäuchlein hinunter. »Alles klar! Ein bisschen Sport würde mir tatsächlich nicht schaden.«

»Dir würde auch viel Sport nicht schaden«, sagte der Russen Paul und sah auf die Wölbung unter Bertholds Jacke.

Sie öffneten die Glastür und betraten eine helle Eingangshalle. Es sah sehr gemütlich aus. Mehrere Sitzgarnituren waren zwischen großen Pflanzen platziert, und luden den Besucher ein sich niederzulassen und ein wenig zu verweilen. Gleich dahinter erstreckte sich eine lange Theke, die sowohl als Empfangsbereich, als auch als Barbereich genutzt wurde.

Schon von Weitem konnte Berthold die langen, roten Haare von Susi Lechner erkennen, die hinter der Bar arbeitete und die Beiden mit einem breiten Lächeln begrüßte.

»Hallo, grüß euch. Was kann ich für euch tun?«, trällerte sie den beiden entgegen.

»Hallo«, sagte der Russen Paul und setzte sich auf einen der Barhocker. »Am liebsten hätte ich jetzt einen frisch gepressten Orangensaft.«

»Hi«, sagte Berthold eine Spur zu lässig. »Für mich dasselbe bitte.«

»Gerne«, antwortete Susi und schenkte zwei große Gläser mit einer orangefarbenen Flüssigkeit ein. »Ich habe euch hier noch nie gesehen. Seid ihr zum ersten Mal da?«

»Ja«, antwortete der Russen Paul, und Berthold war froh, dass er das Reden übernahm. »Wir sehen uns gerade ein paar Studios an. Wie du siehst, würde uns ein bisschen Bewegung nicht schaden.«

»Naja«, sagte Berthold und warf dem Russen Paul einen

bösen Blick zu. »So schlimm wie es aussieht ist es nun auch wieder nicht.«

»Ihr könnt euch gerne ein wenig umsehen. Ich gebe euch unsere Broschüre mit«, wie mit Zauberhand hatte Susi plötzlich zwei Prospekte in der Hand und legte sie vor den Beiden auf die Theke. »Hier drinnen steht alles was ihr wissen müsst. Öffnungszeiten, Preise, Angebote wie Sauna, Massage, persönliche Trainer, Trainingsprogramme direkt für euch zusammengestellt.«

»Danke«, sagte der Russen Paul und blätterte interessiert in der Broschüre. »Ich werde mir das gerne durchlesen. Der erste Eindruck ist schon sehr gut. Ich glaube hier könnte es mir gefallen.«

Berthold sah interessiert in die Halle und nickte dem Russen Paul zu.

»Unsere Trainingsgeräte sind am letzten Stand der Technik«, ergänzte Susi noch. Sie wäre sicher ein sehr guter Autoverkäufer geworden. »Darf ich fragen, wie ihr auf unser Studio gekommen seid?«

»Natürlich«, antwortete der Russen Paul, er war heute sehr gesprächig. »Ein guter Freund hat uns dieses Fitnessstudio empfohlen.«

»Oh, wirklich«, strahlte Susi. »Wie heißt er, vielleicht kenne ich ihn?«

»Oh, ja«, dachte sich Berthold. »Den kennst du«, und war überrascht, wie gut der Russen Paul das Gespräch führte.

»Ich weiß nicht ob du ihn noch kennst. Ich glaube er war schon länger nicht mehr hier«, sagte der Russen Paul und trank von seinem Orangensaft. Er hatte wohl Angst, dass er bald nicht mehr dazu kam. »Er heißt Fred Schmiedbauer.«

»Oh«, strahlte Susi. »Ihr kennt den Fred? Das ist aber ein Zufall. Den Fred habe ich ja schon eine Ewigkeit nicht mehr gesehen. Wie geht es ihm denn? Spricht er noch manchmal von mir?«

Berthold und der Russen Paul waren kurz sprachlos. Sie hatten mit Allem gerechnet, nur nicht mit dieser Reaktion.

»Ja, es geht ihm gut«, stammelte Berthold. Etwas Anderes fiel ihm nicht ein.

»Wann hast du ihn denn das letzte Mal gesehen?«, fragte der Russen Paul, noch ein wenig perplex.

»Das wird jetzt schon wieder fast zwei Jahre her sein«, antwortete Susi, sah konzentriert zur Decke, strahlte aber noch immer im ganzen Gesicht. »Ihr müsst ihn unbedingt schön grüssen lassen. Er kann sich gerne wieder bei mir melden. Aber er muss halt aufpassen.«

»Aufpassen?«, bei Berthold läuteten die Alarmglocken. Das hörte sich nicht gut an.

»Ja«, sagte Susi und zuckte mit ihrer Schulter. »Er weiß schon.«

»Ja, er weiß sicher noch«, half der Russen Paul aus. »Aber falls er es vergessen hat, auf was soll er aufpassen?«

»Na, auf Boris eben!«

»Wer ist denn Boris?«, fragte Berthold mit einem sehr dümmlichen Gesichtsausdruck. »Dein Hund?«

»Nein, natürlich nicht. Boris ist mein Mann«, sagte Susi und sah Berthold entgeistert an.

»Boris, dein Mann«, wiederholte Berthold langsam.

»Ja, klar«, erklärte Susi gereizt. »Boris war damals schon nicht begeistert, als Fred hier auftauchte. Und als er uns dann noch in der Wäschekammer erwischte, dachte ich zuerst er würde ihn jetzt umbringen. Er kann manchmal aber auch so wütend werden. Wahrscheinlich, weil er sich die vielen Anabolika reinschmeißt.«

»Oh«, sagte Berthold und schluckte laut. »Und wo ist jetzt dieser Boris?«

»Da kommt er ja«, trällerte Susi und zeigte hinter Bertholds Schulter.

Berthold und der Russen Paul drehten sich um und erstarrten. Ein Koloss von einem Mann kam bei der Glastür herein. Berthold hatte bis zu diesem Zeitpunkt nicht gewusst, dass es T-Shirts in dieser Größe gab.

»Hallo, Schatzi«, flötete Susi dem Riesen entgegen. »Sieh nur, zwei Freunde vom Fred sind heute hier.«

Berthold rann eiskalter Schweiß den Rücken hinunter. Er hatte schon viele böse Blicke gesehen. Der Blick von Boris lautete: »Ihr seid Geschichte«

Boris verbreiterte seinen massigen Körper, indem er die mächtigen Arme seitlich vor seinem Brustkasten platzierte. Ein tiefes Grollen kam aus seinem Rachen. Die Halle verdunkelte sich und es wurde zunehmend kälter. Langsam stapfte er auf die Beiden zu.

»Das ist also das Ende«, dachte Berthold. Er sah wie der Russen Paul noch hastig einen Schluck Orangensaft nahm.

»Ich kann alles erklären«, fing Berthold zaghaft an. »Ich bin Briefträger und eigentlich nur zufällig hier vorbeigekommen.«

Kaum hatte er diesen Satz gesagt, wurden er und der Russen Paul beim Kragen gepackt und wie zwei Müllsäcke vom Barhocker hochgehoben. Mit einer Hand trug Boris die zwei neben ihm kümmerlich aussehenden Männer zur Eingangstür. Stieß sie mit dem Fuß auf und warf beide auf den Parkplatz.

»Wenn ich einen von euch noch einmal sehe«, grollte eine tiefe Stimme ihnen entgegen, »dann breche ich ihn wie ein Zündholz in der Mitte entzwei. Das könnt ihr auch diesem Fred ausrichten.«

»Lasst mir den Fred schön grüssen«, hörte Berthold noch die Stimme von der Susi in der Halle.

Der Russen Paul stand auf, klopfte seine Hose ab und sagte zu Berthold, der noch immer auf dem Asphalt saß. »Na, ist doch ganz gut gelaufen.«

*

Pepi Matuschek, genannt »der Tschetschene«, sah nachdenklich dem Simon nach, wie der gerade sein Büro wieder verließ. Zuerst war er von dem Anblick Simons erschrocken. Und dann auch noch diese haarsträubende Geschichte mit dem Überfall im Stadtpark.

Der Pepi hatte in seinem Leben nicht viel gelernt, außer Menschen zu lesen. Er konnte mit 100prozentiger Sicherheit sagen, wenn ihn jemand anlog. Und Simon hatte ihn gerade eben angelogen.

In all den Jahren, die er mit Simon in der Zelle verbrachte, war dieser immer ehrlich zu ihm gewesen. Das war auch einer der Gründe warum er Simon so mochte. Ein wenig einfältig, aber ehrlich. Doch nun hatte Simon gelogen und das auch noch schlecht.

Pepi hatte kein gutes Gefühl dabei. Die Sache mit Josip war am Laufen. Er konnte keine Störungen gebrauchen. Falls etwas schief ging, hätte er sogar einen Mordfall am Hals.

Auf Simon konnte er sich nicht mehr verlassen. Er musste auf Nummer sicher gehen.

Pepi saß hinter seinem Schreibtisch, griff zum Telefon und wählte die Durchwahl zu seiner Jenny.

Nach einem Piepsen meldete sich eine gelangweilte Stimme.

»Ja? Was gibts?«

»Hallo, mein Schätzchen«, begann Pepi zuckersüß. »Was würdest du von einem kleinen Urlaub am Meer halten?«

»Super«, hörte er eine begeisterte Stimme, die aber kurz darauf skeptisch wurde. »Seit wann willst du in den Urlaub fahren? Und noch dazu ans Meer? Ich dachte du hasst das Meer?«

»Ich hatte die letzten Monate sehr viel um die Ohren, mein Schatz. Ich brauche einfach eine Auszeit.«

»Super«, sagte Jenny wieder. »Wann willst du fahren?«

»Morgen. Mach Schluss für heute, fahr nach Hause und fang an zu packen. Wir fliegen morgen ans Meer.«

»Was morgen schon? Wieso so schnell? Wie lange bleiben wir überhaupt?«

»Wir werden länger wegbleiben. Ich erledige nur mehr ein paar Sachen im Büro und komme dann auch gleich nach Hause.«

Pepi legte den Telefonhörer wieder auf, ging zu seinem Safe und entnahm sämtliches Bargeld und alle Unterlagen. Er würde heute noch einmal in seinen Steinbruch fahren müssen und ein kleines Lagerfeuer für seine Akten entzünden. Er war sich nicht sicher, ob er dieses Büro je wieder sehen würde.

*

Berthold zitterten noch immer die Knie, als er wieder im Feuerwehrauto vom Russen Paul saß. Beinahe wäre er von einem Fleischberg zerquetscht worden.

»Ich weiß nicht, ob ich das noch länger durchhalte«, fing er mit zitternder Stimme an, dem Russen Paul seinen Gemütszustand zu erklären. »Meine Ärztin hat mir Ruhe verordnet. Keine Aufregung. Hast du in die Augen von diesem Wahnsinnigen gesehen? Dort war nichts zu sehen von Ruhe und Frieden.«

»Reg dich nicht auf«, sagte der Russen Paul sanft und startete den Wagen. »Es ist doch gut gelaufen. Wir können Susi von unserer Liste streichen. Die hatte gar keine Ahnung, was mit Fred passiert ist. Und das Monstrum kommt als Mörder auch nicht infrage.«

»Das stimmt. Selbst die alte Feichtinger hätte diesen Kerl nicht mit einer Frau verwechseln können. Was sollen wir jetzt nur machen. Ich hatte wirklich gehofft, dass diese Susi unsere Mörderin ist.«

»Wir fahren jetzt zu deinem Haus. Ich habe gestern am Arbeitsplatz deiner Frau nachgefragt …«

»Exfrau!«, unterbrach ihn Berthold. »Gerda ist meine Exfrau.«

»Natürlich«, sagte der Russen Paul und verdrehte die Augen. »Deine Exfrau hat diesen Vormittag Dienst. Wir können also in aller Ruhe dein Exhaus durchsuchen.«

»Ich hoffe wir finden etwas«, sagte Berthold. »Ich kann mir einfach nicht vorstellen, dass die Hilde eine Mörderin ist.«

»Keine Sorge«, beruhigte ihn der Russen Paul. »Wenn deine Exfrau mit dem Tod vom schönen Fred etwas zu tun hatte, dann werden wir es auch herausfinden.«

Wenige Minuten später parkte er den Wagen in einer Seitengasse unweit von Bertholds Exhaus.

Berthold übernahm die Führung. Um nicht von den Nachbarn gesehen zu werden, mussten sie über mehrere Zäune klettern und durch einige Sträucher kriechen.

Kurz darauf standen sie im Garten von Gerdas Haus.

»Was schlägst du vor?«, fragte der Russen Paul flüsternd.

»Wir werden durch den Keller einsteigen. Eines der Kellerfenster schließt nicht richtig. Ich kann mir nicht vorstellen, dass es inzwischen repariert wurde.«

»Gut«, sagte der Russen Paul und folgte Berthold leicht gebückt durch den Garten.

Das Kellerfenster war nicht besonders groß, aber es war tatsächlich defekt. Ohne Mühe konnte Berthold es aufdrücken.

Umständlich legte er sich auf den Bauch und mit den Füssen voran ließ er sich durch das offene Fenster gleiten. Das letzte Stück, bevor er den Boden erreichte, musste er springen, und landete prompt auf einigen Metalldosen. Er verlor das Gleichgewicht und fiel mit den Dosen zu Boden. Der Lärm, der dadurch entstand, war ähnlich, als würde der Schlagzeuger einer Rockband den Keller als Übungsraum benutzen.

Der Kopf des Russen Paul erschien im schmalen Fenster.

»Ist dir etwas passiert?«

»Nein«, Berthold lag auf dem Rücken und antwortete gereizt. »Ich steige immer auf diese Art in mein Haus ein.«

»Exhaus«, berichtigte ihn der Russen Paul.

Sein Kopf verschwand und seine Füße erschienen. Mit einem eleganten Sprung stand er neben Berthold und half ihm wieder auf die Beine.

»Zum Glück ist niemand zu Hause«, sagte er und sah sich im Keller um. »Hat deine Frau Haustiere?«

»Nein«, musste Berthold lachen. »Selbst wenn sie welche hätte, würden die nach ein paar Tagen davonlaufen.«

»Gut. Wie geht es weiter?«

»Da vorne links«, Berthold zeigte mit seiner Hand in die Finsternis. »Die Treppe rauf.«

Der Russen Paul hatte bereits seine Taschenlampe eingeschaltet und übernahm die Führung. Trotzdem das Haus verlassen war, schlichen die Beiden leise die Treppen hinauf.

Vor der verschlossenen Kellertür blieb der Russen Paul stehen.

»Geh du vor«, flüsterte er. »Du kennst dich hier besser aus.«

»Alles klar«, sagte Berthold und öffnete die Tür lautlos.

Der Russen Paul sah wie Berthold seinen Kopf durch den Türschlitz steckte und hörte plötzlich ein lautes »Plock«.

Der Körper von Berthold erschlaffte und sackte zusammen. Kurz darauf hörte er eine überraschte Frauenstimme.

»Berthold?«

*

Bertholds Exfrau stand im Bademantel neben dem bewusstlosen Berthold und hielt drohend einen Golfschläger in der Hand. Überrascht sah sie den Russen Paul an.

»Seid ihr verrückt, bei mir einzubrechen?«

Vorsichtig beugte sich der Russen Paul hinunter zu Berthold, ließ aber Gerda nicht aus den Augen.

»Glaubst du nicht wir sollten uns um Berthold kümmern?«

»Der hat einen dicken Schädel«, sagte sie scharf. »Das wird er schon aushalten.«

Der Russen Paul nahm Berthold wie ein Baby in den Arm und klatschte mit der flachen Hand leicht auf seine Wange.

»Berthold«, sagte er und tätschelte wieder die Wange. »Berthold. Komm zu dir!«

»Wenn der einmal schläft, kriegt ihn niemand so schnell wach«, sagte Gerda trocken und zog ihren Bademantel enger zusammen.

Nach mehrmaligen Ohrfeigen schlug schließlich Berthold seine Augen wieder auf.

»Was ist passiert?«, fragte er und sah sich irritiert um.

»Das Erste was ich gefragt hätte, wäre Wo bin ich? gewesen«, sagte der Russen Paul und hielt Berthold noch immer wie ein Baby im Arm.

»Wo bin ich?«, sagte Berthold und hatte noch immer einen sehr unintelligenten Gesichtsausdruck.

»Wir sind in deinem Haus«, sagte der Russen Paul beruhigend.

»Exhaus«, sagte Gerda.

Mit einem Satz setzte sich Berthold auf und tastete an seinen Hinterkopf. Er fühlte eine Riesenbeule unter seinen Fingern pulsieren und verzog schmerzhaft sein Gesicht.

»Was machst du denn hier?«, sagte er zu seiner Exfrau. »Ich dachte du musst heute arbeiten?«

»Ich habe mir heute frei genommen, um meine seelischen Wunden, nach unserem tollen Abendessen, zu pflegen«, sagte Gerda und umklammerte noch immer den Golfschläger. »Wieso brichst du überhaupt in mein Haus ein?«

»Wieso schlägst du mich mit meinem eigenen Golfschläger nieder. Ausgerechnet mit dem 7er Eisen. Mein Lieblingsschläger.« Wieder tastete Berthold nach seiner Beule.

»Sei froh, dass ich in der Eile keinen stärkeren Schläger erwischt habe. Was macht überhaupt Luigi hier?«

»Buon giorno«, sagte der Russen Paul ergeben.

»Das ist nicht Luigi«, sagte Berthold abwehrend und versuchte wieder auf die Beine zu kommen. »Ich habe dir doch erzählt, dass ich die Mörderin vom Fred überführen will.«

»Ja, das hast du«, Gerda kam zum ersten Mal an diesem Tag ein Lächeln aus.

»Nun wurden bereits mehrere Anschläge auf Frauen verübt«, schaltete sich der Russen Paul ein. »Die sich mit Berthold verabredet hatten.«

»Wir wollten dich warnen«, sprudelte es aus Berthold heraus. »Wir wollten sicher gehen, dass dir nichts passiert ist.« Er war selbst überrascht über seine kreativen Ausreden.

»Und deswegen steigt ihr in mein Haus ein?«, Gerda zog misstrauisch eine Augenbraue nach oben. »Hätte nicht ein Anruf genügt?«

»Natürlich hätte ein Anruf genügt«, stammelte Berthold und der Russen Paul ließ den Golfschläger nicht aus den

Augen. »Aber mein Mobiltelefon ist mir in den Stadtparkbrunnen gefallen. Ich konnte dich nicht anrufen.«

Verzweifelt blickte Berthold seine Exfrau an und stellte erleichtert fest, dass sich ihr Griff um den Golfschläger lockerte.

Nach weiteren Erklärungsversuchen und Entschuldigungen verließen die Beiden erleichtert das Haus von Gerda.

Erst als Berthold wieder im roten Feuerwehrauto saß konnte er sich ganz entspannt zurücklehnen. Sein Kopf schmerzte und sein Magen knurrte.

»Ich könnte jetzt etwas zu Essen vertragen«, sagte er schließlich und tastete seine Beule am Hinterkopf ab. »Hast du keinen Hunger?«

»Essen ist eine gute Idee«, antwortete der Russen Paul. »Wo willst du hin?«

»Ich hätte Lust auf etwas Italienisches. Aber Ernesto malt gerade sein Restaurant neu aus. Wir könnten ins Eckbeisl fahren und eine Kleinigkeit essen. Vielleicht weiß der Herr Karl etwas Neues?«

»Gute Idee«, der Russen Paul lenkte den Wagen wieder auf die Hauptstrasse. »Dieser Besuch bei deiner Exfrau hat uns nicht gerade weitergebracht. Wir können sie noch nicht von unserer Liste streichen. Was war das für ein Schlag.«

Und Berthold brummte wieder einmal der Schädel.

*

Nach einer kleinen, aber ausgiebigen Mahlzeit, fuhren die zwei Detektive in die Nähe des Stadtparks. Hier sollte Inspektorin Preissner wohnen.

Die letzten Meter zu ihrer Wohnung spazierten die Beiden zu Fuß.

»Was soll ich zu ihr sagen?«, fragte Berthold. »Ich kann

doch nicht einfach an ihrer Tür läuten und Hallo sagen. Sie wird mich sicher fragen, woher ich weiß, wo sie wohnt.«

»Wir werden vorgeben, dass wir jemanden aus ihrem Haus kennen. Einen Nachbarn von ihr. Und wir haben uns an der Tür geirrt.«

»Du weißt aber schon, dass sie Polizistin ist? Das glaubt sie uns doch nie.«

»Hast du eine bessere Idee?«

»Ja, ich habe eine bessere Idee«, sagte Berthold stolz. »Dich kennt sie nicht. Also wirst du bei ihr anläuten und dich als Polizist ausgeben. Als Kollege von ihr kannst du sie in Ruhe ausfragen.«

»Tolle Idee«, antwortete der Russen Paul. »Das heißt, tagsüber bin ich Polizist und abends bin ich Kellner. Das wird sie sicher verstehen.«

»Stimmt«, musste Berthold zugeben. »Das habe ich komplett vergessen. Sie kennt dich vom Restaurant. Jetzt haben wir ein kleines Problem.«

»Berthold?«, hörte er eine ihm vertraute Frauenstimme sagen.

Er drehte sich zur Seite und sah Dagmar in einem knappen Jogginganzug verschwitzt vor sich stehen.

»Dagmar?«, fing er an zu stottern. Er wurde fürchterlich rot im Gesicht.

»Hallo, Berthold«, sagte sie noch einmal. »Was machst du denn hier?«

»Hallo, Dagmar«, sagte Berthold und suchte nach einer passenden Ausrede. »Wir sind hier gerade vorbei spaziert. Wohnst du hier?«

Der Russen Paul verdrehte die Augen.

»Ja«, sagte sie. »Was für ein Zufall, ich war gerade ein bisschen Laufen. Ich wusste gar nicht, dass du mit dem Kellner vom Lokal befreundet bist.«

»Buon giorno, Signorina«, sagte der Russen Paul mit einer kleinen Verbeugung.

»Hör mal, Dagmar«, sagte Berthold mit einem ernsten Gesichtsausdruck. »Es ist alles nicht, wonach es aussieht. Ich glaube, ich muss dir einiges erklären.«

Und Berthold erzählte seine ganze Geschichte, sein Leiden und wie er ständig von einem Fettnäpfchen in das Nächste tritt.

»Pfuuh«, sagte schließlich Dagmar. »Das war jetzt aber ein ziemlich dicker Brocken. Das erklärt natürlich einiges. Ich glaube, das Beste ist, du erzählst mit den exakt gleichen Worten die ganze Geschichte Oberinspektor Kafka.«

»Ich stecke jetzt schon zu tief in dieser Geschichte drinnen. Falls du etwas weißt, was uns noch weiterbringen würde, wäre ich dir sehr dankbar.«

»Tut mir leid«, sagte Dagmar und schüttelte ihren Kopf. »Ich weiß von diesem Fall nicht viel. Ich dürfte dir auch dazu gar nichts sagen.«

»Das verstehe ich natürlich«, sagte Berthold und fügte schüchtern an. »Würdest du mit mir noch einmal Essen gehen?«

»Vielleicht«, erwiderte Dagmar mit einem Lächeln. »Wenn dieser Fall abgeschlossen ist. Diesmal suche aber ich das Lokal aus.«

»Solange es nicht die Polizeikantine ist«, sagte ein sichtlich gut gelaunter Berthold.

»Dann bis bald«, sagte Dagmar und drückte Berthold zaghaft einen Kuss auf die Wange.

»Oberinspektor Kafka hat zuletzt von einer Evi gesprochen«, flüsterte sie ihm dabei leise ins Ohr.

*

Kaum saßen beide im Feuerwehrauto, holte der Russen Paul den Laptop vom Fred von der Rückbank. Aufgeregt sah Berthold zu, wie dessen Finger über die Tastatur sausten.

»Ich habe mehrere Treffer bei dem Namen Evi«, sagte schließlich der Russen Paul.

»Kannst du die Suche nicht eingrenzen?«, fragte ein nervöser Berthold.

»Natürlich«, antwortete ein gereizter Russen Paul. »Was glaubst du, was ich hier mache.«

»Hast du jetzt die Richtige gefunden?«, fragte Berthold, nachdem mehrere Minuten lang kein Laut erfolgte.

»Ich habe nur eine Evi gefunden, die auf unsere Vorgaben passt«, sagte der Russen Paul.

»Na, also«, sagte Berthold erleichtert. »Das ist sie. Schnappen wir sie uns. Wo ist sie?«

»Das Einzige was mich stutzig macht ist, dass diese Affäre bereits viele Jahre zurück liegt«, sagte der Russen Paul und tippte noch immer auf dem Notebook herum. »Darum habe ich sie auch nicht in Erwägung gezogen.«

»Wie lange liegt diese Geschichte zurück?«

»Mindestens sechs Jahre. Wer würde jemanden nach sechs Jahren ermorden?« »Steht sonst noch etwas über sie in dem Computer?«, fragte Berthold.

»Die üblichen Sachen. Rote Haare. 1,67 Meter groß, Schuhgröße 41, liebt japanisches Essen, mag keine Hunde, Beruf: Kindergartenpädagogin, Nachname Sonnleitner …«

»Warte mal«, unterbrach ihn Berthold. »Sagtest du Kindergarten?«

»Ja? Wieso?«

»Vor sechs Jahren, das passt auch. Ich kann es einfach nicht glauben«, flüsterte Berthold fassungslos.

»Was kannst du nicht glauben?«, fragte der Russen Paul und sah Berthold erwartungsvoll an.

»Das ist die Kindergartentante. Wegen ihr hatte der Fred die ganzen Zierpolster geschenkt bekommen. Natürlich«, fiel es Berthold wieder ein. »Ihr Name war Evi.«

*

Josip lag auf dem Bett und starrte aus dem Fenster. Er hatte eine gute Aussicht auf den Hauptbahnhof von seinem Hotelzimmer aus. Der Fernseher lief, der Ton war aber abgestellt.

Josip sah sich den Haupteingang sehr genau an. An dieser Stelle würde er heute Nacht einen Mann töten. Einen Mann den er nicht kannte. Einen Mann von dem er nichts wusste. Aber wahrscheinlich war es eben aus diesen Gründen so leicht für ihn ein menschliches Leben auszulöschen.

Der Rest des Bahnhofvorplatzes war ein riesiges Loch. Eine gigantische Baugrube war ausgehoben worden, da die bestehende Straßenbahn unter die Strasse verlegt wurde.

Josip sah noch einige Minuten dem emsigen Treiben der Bauarbeiter zu.

»Eine beeindruckende Baustelle«, dachte er sich und stand langsam von seinem Bett auf. Er hatte noch einiges in dieser Stadt zu erledigen.

Abgesehen von seinem Auftrag, wollte er unbedingt noch ein paar Sehenswürdigkeiten ansehen. Er hatte deshalb schon einige Punkte in seinem Stadtführer angestrichen.

Dann musste er endlich neue Schuhe kaufen. Er kam so selten dazu in Ruhe einkaufen zu gehen.

Und das Wichtigste für ihn. Er musste ein erstklassiges Restaurant aufsuchen. Josip liebte gutes und ausgiebiges Essen.

Außerdem wollte er auf keinen Fall mit einem leeren Magen seine Arbeit verrichten.

*

Mit Hilfe vom Russen Paul und des Internets wurde der Aufenthaltsort der Evi Sonnleitner schnell gefunden. Sie hatte anscheinend ihren Beruf als Kindergartenpädagogin aufgegeben und arbeitete nun als Schuhverkäuferin in einem Einkaufscenter südwestlich von Graz.

»Ich kann es kaum glauben, dass diese Frau als Schuhverkäuferin arbeitet«, sagte Berthold, als der Russen Paul den Wagen auf den großen Parkplatz des Einkaufscenters lenkte.

»Hört sich eigenartig an«, antwortete er.

»Das passt doch alles perfekt zusammen. Schuhverkäuferin, Exgeliebte, sie hatte ein Motiv den Fred zu hassen, lebt noch in der Nähe, rotes Haar. Ich bin mir sicher, wir haben die Mörderin gefunden«, ordnete Berthold laut seine Gedanken.

»Es passt alles *zu perfekt* zusammen«, sagte der Russen Paul und parkte den Wagen. »Wir sollten sehr vorsichtig sein.«

»Natürlich, du hast vollkommen Recht«, stimmte Berthold zu, als sie das Einkaufszentrum betraten. »Wie werden wir vorgehen?«

»Ich habe schon eine Idee«, sagte der Russen Paul. »Du wirst dich als Inspektor Obermoser von der Kriminalpolizei ausgeben.«

»Bist du verrückt?«, Berthold sah den Russen Paul entgeistert an. »Ich soll mich als Polizist ausgeben?«

»Ja«, antwortete der Russen Paul überzeugt, dass seine Idee gut war. »Du sprichst sie direkt auf den Tod vom Fred an und dann werden wir sehen wie sie reagiert.«

»Hört sich gar nicht so schlecht an«, sagte Berthold. »So verschwenden wir keine Zeit und kommen gleich zum Punkt. Als Polizist lebt man auch recht sicher. Da kann mir eigentlich nichts passieren. Aber wie soll ich mich ausweisen. Sie glaubt mir doch ohne Ausweis kein Wort.«

»Das ist einfach«, antwortete der Russen Paul. »Du hast doch sicher einen Mitgliedsausweis dabei?«

»Ja, natürlich«, sagte Berthold misstrauisch, griff in seine Jackentasche und holte eine braune, abgenutzte Ausweistasche hervor.

»Perfekt«, sagte der Russen Paul und nahm sie ihm aus der Hand. Er klappte den Ausweis mit einer Hand auf und hielt ihn Berthold vor die Augen. »Grüß Gott, Inspektor Obermoser, Kriminalpolizei.« Und schon klappte er den Ausweis wieder zu.

»Hast du etwas lesen können?«, fragte er Berthold.

»Nein«, sagte dieser zaghaft. »Es ging alles zu schnell.«

»Genau, das ist es«, sagte der Russen Paul und gab Berthold seinen Ausweis zurück. »Evi darf keine Zeit haben etwas zu lesen. Du überrumpelst sie einfach. Der Rest ist ein Kinderspiel.«

»Ich weiß nicht so recht«, sagte Berthold und sah sich unsicher in dem Einkaufscenter um. »Wo wirst du sein?«

»Ich werde wie immer in deiner Nähe sein.«

»Das beruhigt mich jetzt auch nicht besonders.«

»Du schaffst das schon«, munterte der Russen Paul ihn auf.

Und wenige Augenblicke später stand Berthold vor einem Schuhgeschäft.

*

Mit aufrechtem Gang und breiter Brust schlenderte Berthold locker und lässig in das Schuhgeschäft. Der Laden war zum Glück leer. Es befanden sich keine weiteren Personen in dem Geschäft.

Evi Sonnleitner stand neben der Kassa und sortierte leere Schuhkartons. Als sie zu ihm aufsah setzte sie ein herzliches Lächeln auf.

»Guten Tag«, sagte sie. »Kann ich Ihnen helfen?«

»Evi Sonnleitner?«, sagte Berthold mit fester Stimme, zog

seinen Ausweis aus der Tasche, klappte ihn auf und hielt ihn der überraschten Frau vor die Augen. »Inspektor Obermoser, Kriminalpolizei.«

»Kriminalpolizei?«, sagte eine leise Frauenstimme. »Was habe ich denn mit der Kriminalpolizei zu tun?«

»Frau Sonnleitner«, sagte Berthold und sah ihr tief in die Augen. »Ich ermittle im Mordfall Fred Schmiedbauer. Der dürfte Ihnen doch bekannt sein?«

»Der Fred ist tot?«, Evi Sonnleitner war sichtlich bestürzt. »Um Gottes Willen, was ist denn passiert?«

»Nun, er wurde mit einem Schuh erschlagen«, sagte Berthold nun nicht mehr so sicher, dass er vor der Mörderin stand. Oder war sie einfach nur eine gute Schauspielerin?

»Das tut mir sehr leid. Ich hatte den Fred immer sehr gerne. Was bringt Sie jetzt zu mir? Bin ich verdächtig, weil ich Schuhe verkaufe? Ich bitte Sie, ich habe den Fred seit einer Ewigkeit nicht mehr gesehen.«

»Nun, ja«, wir müssen jede Spur verfolgen«, Berthold bemerkte, dass sich Schweißperlen auf seiner Stirn bildeten.

»Das glaube ich gerne«, sagte Evi und öffnete eine Lade unter der Kassa. »Außerdem sind Sie der Meinung, dass ich nicht lesen kann. Was aber ein Irrtum ist. Herr Berthold Buchinger, Besitzer eines Mitgliedsausweises von der Gewerkschaft der Post und Fernmeldebediensteten.«

Berthold wurde sehr heiß in diesem Geschäft. Wie sollte er am Besten aus dieser Situation kommen.

»Und wenn ich mich richtig erinnere«, fuhr Evi Sonnleitner fort, »war der Name des Idioten, der diesen Spaß damals mit Fred und mir machte Berthold. Das kann doch kein Zufall sein, oder?«

»Ich weiß nicht so recht«, krächzte Berthold und schielte mehrmals unauffällig in Richtung Ausgang.

»Ich wollte mich immer bei diesem Berthold für seinen

Scherz bedanken«, sagte Evi, griff in die Lade und holte eine Elektroschockpistole hervor.

Als Berthold diese futuristisch aussehende Waffe sah, wich er einen Schritt zurück.

»Wow«, sagte er und hob seine Hände abwehrend in die Höhe. »Vorsichtig mit der Waffe. Sie werden doch nicht so nachtragend sein?«

»Doch, bin ich«, sagte Evi.

Sie drückte den Abzug durch und zwei Projektile schossen aus der Waffe. Die Projektile waren mit Nadeln versehen und diese bohrten sich in Bertholds Oberkörper. Ein lauter Schmerzensschrei erfüllte das leere Geschäft.

An den Enden der Projektile waren isolierte Drähte angebracht, durch die nun 50,000 Volt sausten. Berthold fiel augenblicklich zu Boden und wurde durch den Stromfluss durchgeschüttelt.

Als Evi zum zweiten Mal den Strom durch seinen Körper laufen ließ, sah er aus den Augenwinkeln den Russen Paul in das Geschäft laufen. Dann wurde es finster.

*

Berthold musste vom Russen Paul gestützt werden, als er in seine Wohnung gebracht wurde. Der Russen Paul legte ihn vorsichtig auf das Sofa im Wohnzimmer und schaltete den Fernseher ein.

»Du wirst jetzt wenigstens nicht alleine zum Hauptbahnhof fahren«, sagte der Russen Paul und deckte Berthold noch zu.

Berthold konnte noch immer nicht sprechen und schüttelte daher nur seinen Kopf. Er wollte seine Ruhe haben.

»Gut«, sagte der Russen Paul und zog Bertholds Decke noch ein wenig höher. »Ich muss das Auto zurückbringen.

Du weißt, dass ich dir am Freitag nicht helfen kann. Bleib einfach den ganzen Tag zu Hause und erhol dich richtig. Ich melde mich am Samstag.«

Mit diesen Worten verließ der Russen Paul Bertholds Wohnung und eine angenehme Ruhe schloss Berthold ein. Seine Augen fielen zu und sein letzter Gedanke war: endlich Ruhe.

KAPITEL SECHS

FREITAG DER 13.

Gegen elf Uhr Nachts wurde Berthold auf seinem Sofa liegend wach. Es war dunkel in seinem Wohnzimmer, nur der Fernseher lief noch. Berthold quälte sich aus seiner bequemen Lage und richtete sich auf. Mit unsicheren Schritten ging er ins Badezimmer. Als er sich danach die Hände wusch, sah er im Spiegel, dass seine Haare wirr vom Kopf standen. Berthold musste wieder an den Brief denken. Diese Einladung war mit Sicherheit eine Falle.

Was aber gut war. Er wusste nun, dass er jemandem auf der Spur war. Der Russen Paul hatte sicherlich recht, er sollte nicht zum Bahnhof zu fahren. Berthold blickte auf seine Armbanduhr. Er hatte noch vierzig Minuten Zeit bis zu dieser Verabredung. Was, wenn wirklich jemand etwas über den Mord an Fred wusste? Konnte er sich so eine Gelegenheit entgehen lassen?

Berthold wusch sich mit kaltem Wasser das Gesicht. Sein zerschundenes Antlitz zeigte Spuren der Besserung. Bald konnte er wieder auf die Straße gehen, ohne dass sich kleine Kinder schreiend von ihm abwandten.

Er zog frische Jeans und ein T-Shirt an. Sah noch einmal in den Spiegel und überlegte, was er machen sollte. Schließlich zuckte er mit der Achsel und sagte laut zu seinem Spiegelbild: »Was solls. Schlimmer als die letzten Tage kann es nicht mehr werden.«

Um von seiner Wohnung zum Grazer Hauptbahnhof zu kommen, musste er durch die halbe Stadt fahren. Berthold ging in den Keller, und holte sein Dienstfahrrad aus seinem Abteil. Ein gelbes Postfahrrad mit kleinen Seitenrädern am Fahrradständer. Die Strecke durch die Grazer Innenstadt kannte er in und auswendig, da er jeden Morgen zur Zentrale am Hauptbahnhof fahren musste, um seine Briefe auszufassen. Er fuhr gerne mit dem Fahrrad. Ein wenig Bewegung kann nicht schaden, erst recht wenn man über Vierzig ist. Nach ungefähr 20 Minuten war er bereits fast am Ziel.

Berthold fuhr die Keplerstrasse nach Westen entlang, kurz vor dem Bahnhof begann ein steiler Aufstieg. Im flachen Teil musste Berthold bereits Schwung aufnehmen, um den kleinen Hügel problemlos zu erklimmen.

Tagsüber war dies gar nicht so einfach, da diese Fahrradspur gerne von Drogendealern benutzt wurde. Da diese Personen zwecks ständiger Ausschau auf Neukundschaft sehr langsam mit ihren Fahrrädern fuhren, kam es hier manchmal zu kleineren Fahrradstaus.

Berthold hatte schon mit der Idee gespielt, beim Grazer Stadtbauamt eine eigene Fahrradspur für Drogendealer zu beantragen, verwarf diese Idee aber wieder.

Kurz vor Mitternacht war er allerdings alleine auf dem Fahrradweg unterwegs. Selbst die Drogendealer hatten sich bereits zur Ruhe begeben. Die mehrgeschossigen Gebäude lagen finster vor ihm. Anscheinend hatte sich die Stadt schon schlafengelegt.

Nach einem anstrengenden Anstieg stand Berthold außer Atem vor dem Grazer Hauptbahnhof. Nun ja, was gerade von ihm zu sehen war, denn in diesem Jahr hatte der große Umbau begonnen.

Die Stadt Graz war sehr ambitioniert in dieses Projekt gegangen, und wollte innerhalb von zwei Jahren den alten

Hauptbahnhof komplett neu gestalten, inklusive einer neuen unterirdischen Straßenbahn, quasi einer halben U-Bahn.

Jetzt war der Vorplatz des Hauptbahnhofes eine riesige Baustelle. Die Tunnels für die neue Straßenbahnschleife waren bereits ausgehoben. Sämtliche Baustellenbereiche waren mit Absperrgitter abgesichert. Es würde nicht leicht werden den Informanten zu finden.

Berthold musste einige Umwege machen, um den Haupteingang zu erreichen.

Er stellte sein Dienstfahrrad ab und versperrte es zur Sicherheit, man wusste ja nie, die Gegend rund um den Bahnhof hatte keinen besonders guten Ruf.

Vielleicht brauchte ein Drogendealer einen neuen fahrbaren Untersatz und da kam ihm Bertholds geliebter Drahtesel gerade recht.

Die Hände in seine Hosentaschen gesteckt, schlenderte er zur größten Baustelle dieses Jahres in Graz.

Neugierig sah er durch die Absperrgitter und versuchte einen Blick in die Baugrube zu werfen. Ein wenig fröstelte ihn, er hätte doch eine Jacke anziehen sollen. Es kühlte doch noch sehr ab in der Nacht.

Während er zitternd vor der Baustelle stand, musste er an den Russen Paul denken.

»Fürchtet sich vor Freitag dem 13ten«, dachte er sich und musste schmunzeln. Er drehte seinen Kopf zur Uhr des Hauptgebäudes, die hinter ihm in zehn Meter Höhe angebracht war. Die großen, grünen Zeiger standen auf Zwölf Uhr.

»Jetzt ist Freitag der 13.te und mir ist noch nichts passiert.«

Ein Geräusch hinter ihm ließ ihn zusammenzucken. Berthold sah zur Seite und bemerkte einen unscheinbaren, schlanken Mann, der ihn intensiv ansah.

»Herr Buchinger?«, hörte Berthold ihn mit leichtem Akzent fragen. Er war sich nicht sicher, um was für einen

Akzent es sich handelte, wahrscheinlich einer aus dem Ostblock.

»Ja?«, sagte Berthold. »Haben Sie mir den Brief geschickt?«

»Natürlich«, war die knappe Antwort des Mannes und wie durch Zauberei hatte er plötzlich ein sehr langes Messer in der Hand. Die Klinge glänzte im Licht der Baustellenlampen.

»Nichts Persönliches«, sagte der fremde Mann und machte einen Schritt auf Berthold zu. »Wenn Sie um Hilfe schreien wollen, nur zu.«

Aber Berthold wollte nicht um Hilfe schreien. Er wollte so schnell wie möglich weg von hier.

Er drehte sich um und prallte gegen ein Absperrgitter. Durch seinen Aufprall riss er es aus der Verankerung und stürzte mitsamt dem Eisengitter in die Baugrube.

Während er sich unter Schmerzen von dem Gitter befreite, hörte er von oben, wo er soeben noch gestanden hatte, den Mann einen Fluch ausstoßen.

Josip wollte diesen Auftrag kurz und bündig erledigen. Ein Stich mit dem Messer in die richtige Stelle, das Opfer stirbt an Ort und Stelle, die Uhr und die Brieftasche mitnehmen, und der Fall wird als unglücklicher Raubüberfall zu den Akten gelegt.

Aber jetzt springt dieser Idiot in die Baugrube. Er würde seinen schönen Anzug ruinieren und wahrscheinlich auch noch seine schönen neuen Schuhe. Da half alles nichts, er musste ihm nach.

Berthold hatte sich vom Gitter befreit, nicht ohne seine Hose dabei aufzureißen. Ein abstehendes Drahtstück war in seinen Oberschenkel eingedrungen. Mit einem Schrei zog er das Metall aus seinem Bein.

Brennende Schmerzen zuckten durch seinen Körper. An davonlaufen war nicht zu denken.

Aus seinen Augenwinkeln sah er, dass der fremde Mann ebenfalls in die Baugrube kletterte.

Von Furcht getrieben, raffte er sich auf und blickte verzweifelt um sich.

Zu allen Seiten sah er steile Erdwände emporragen, keine Möglichkeit zu entkommen. Südlich von sich erblickte er einen der bereits ausgehobenen Straßenbahntunnel. Berthold fing an in diese Richtung zu humpeln. Hinter sich hörte er wieder einen Fluch. Anscheinend erging es seinem Attentäter auch nicht besser.

Jedes Mal, wenn Berthold mit seinem verletzten Fuß auftrat, fuhr ein Stich durch seinen Oberschenkel und er musste sich konzentrieren, um nicht ohnmächtig zu werden.

Im Dahinhüpfen drehte er sich mehrmals um und sah den Fremden immer näher kommen. Er hatte beängstigend viel Distanz aufgeholt. Berthold wusste plötzlich, dass er in dieser Grube sterben wird. Wer hätte gedacht, dass er so ein riesiges Grab bekommen würde.

Die Öffnung des halb fertigen Tunnels lag wie ein schwarzes Maul vor ihm. Er konnte den Mann hinter sich schnaufen hören, und das Schnaufen wurde immer lauter.

Berthold sah seine einzige Chance in dem dunklen Tunnel. Seinen verletzten Fuß hinter sich herziehend, erreichte er den Tunneleingang und hüpfte in das finstere Ungewisse. Er sprang gerade in die dunkle Öffnung als er hinter sich wieder einen Fluch hörte, kurz gefolgt von einem lauten Plumpser. Er drehte sich um und sah den fremden Mann auf dem Boden liegen, das Messer glitzerte gefährlich in seiner Hand.

Das erweckte neue Kräfte in Berthold. Mit kräftigen Sprüngen hüpfte er in die Finsternis.

Josip hatte sein Opfer fast eingeholt, als er über ein Stück Eisen stolperte. Seine italienischen Schuhe waren nicht für Verfolgungen in Baugruben konstruiert. Voller Wut auf sich selbst und vor allem wegen Berthold, stand er auf und trat noch einmal kräftig gegen das aus der Erde ragende Eisenstück.

Was Josip aber nicht wusste war, dass es sich nicht um ein Stück Eisen handelte, sondern um eine 250 Kilo schwere Bombe aus dem Zweiten Weltkrieg.

Graz war, in den letzten beiden Jahren des Zweiten Weltkrieges, Ziel schwerer Bombenangriffe der Alliierten, vor allem die Bereiche um den Ost-und Hauptbahnhof waren davon betroffen. Damals wurden zirka 17.000 Bomben über Graz abgeworfen; davon sind viele nicht explodiert und liegen noch heute vier bis fünf Meter unter der Erde versteckt. Eine dieser Bomben war anscheinend bei den Grabungen teilweise freigelegt worden. Und genau gegen so ein Exemplar trat nun Josip voller Wut.

Berthold humpelte, sein verletztes Bein nachschleifend, in den dunklen Tunnel. Die Finsternis verschlang ihn und es wurde schlagartig kälter. Nach ungefähr 50 Metern knickte der Tunnel stark nach rechts. Kaum sprang Berthold um die Kurve, hörte er einen fürchterlichen Knall. Eine Druckwelle erfasste ihn und schmiss ihn weiter in den Tunnel hinein. Unsanft schlug er in einem Erdhaufen ein. Sein Kopf dröhnte von dem Knall, in seinen Ohren hörte er ein lautes Sausen. Er konnte nicht sagen wie lange er in dem weichen Erdhaufen gelegen war. Sein Körper schmerzte, sein Kopf brummte, ihm war übel.

Nach einiger Zeit stand Berthold wie ein Betrunkener auf und torkelte zum Tunnelausgang.

An der Stelle, wo sein Verfolger das letzte Mal gelegen war, war nun ein kleiner Krater. Von seinem Attentäter fehlte jede Spur. Auf unsicheren Beinen bewegte er sich zu der Stelle, wo er in die Baugrube gefallen war. Er konnte nicht sagen, ob Leute auf die Strasse liefen, oder ob Polizeisirenen zu hören waren. Er hörte nur ein lautes Sirren. Mehrmals knickten seine Beine ein, und er musste sich wieder, unter Aufbietung aller Kräfte, aus dem Dreck stemmen. Ihm kam es vor, als wären Stunden vergangen, als er endlich seine Absturzstelle erreichte. Wie in Zeitlupe kletterte er auf allen Vieren den Hang hinauf und traute seinen Augen nicht. Sämtliche Fensterscheiben des Bahnhofsgebäudes und des benachbarten Hotels Daniel waren zerborsten. Überall lagen Glasscherben und Gebäudeteile. Neben seinem abgestellten Fahrrad lag der große Stundenzeiger der Bahnhofsuhr. Wie in Trance sperrte Berthold sein Fahrrad auf und schob es in Richtung Keplerstrasse. Er wusste nur, dass er so schnell wie möglich von hier verschwinden musste. Er hatte die letzten Tage schon genug mit der Polizei zu tun gehabt. Aber beinahe einen ganzen Stadtteil in die Luft sprengen, das würden sie ihm wohl übelnehmen. Und Freitag der 13te hatte erst begonnen.

*

Die Explosion am Grazer Hauptbahnhof konnte man weithin in der ganzen Stadt hören. Der Pepi saß gerade vor seinem Fernseher und sah sich seine Lieblingsfernsehserie an, »Die Sopranos«. Fernsehen bildet, war seine Meinung.

Er selbst sah sich auch als »der Capo« in seinem Viertel. Nicht von der ganzen Stadt, nur im Bezirk Gries. Jeder musste einmal klein anfangen.

Zugegeben, er hatte bei weitem nicht so viele Untertanen und er machte auch nicht so einen gewaltigen Umsatz, aber er war eben die kleine Ausgabe eines Tony Soprano.

Während er eben vor dem Fernseher saß und Jenny ihre Fußnägel neben ihm lackierte, vibrierten die Fensterscheiben und ein lauter Knall folgte kurz darauf. Wenn er sich nicht ganz täuschte, kam die Explosion vom Hauptbahnhof.

»Hast du das auch gehört?«, fragte er Jenny.

»Was soll ich gehört haben? Bei dem Lärm im Fernseher versteht man kaum sein eigenes Wort.«

Pepi schaute auf seine Armbanduhr, es war 0 Uhr 21.

Wenn Josip sagte, er würde die Angelegenheit unauffällig erledigen, so konnte er nur hoffen, dass Josip nichts mit diesem Knall zu tun hatte.

»Diesen Knall wirst du doch gehört haben. Sogar die Fenster haben vibriert.«

Er schaute zu Jenny, die aber unbekümmert weiter ihre Fußnägel lackierte. Nervös stand er auf und öffnete das Wohnzimmerfenster. Er lauschte angespannt, aber nichts war zu hören. Fenster der angrenzenden Häuser wurden auch geöffnet. Somit hatte er sich nicht getäuscht. Es klang wie eine Explosion und es kam vom Bahnhof.

»Ich glaube am Bahnhof ist etwas in die Luft geflogen«, sagte er mehr zu sich, als zur Jenny.

»Dann kannst du es sicher morgen in der Zeitung lesen«, sagte sie. »Würdest du jetzt bitte wieder das Fenster schließen, mir wird kalt.«

»Natürlich, mein Schatz«, sagte Pepi und schloss das Fenster. Nachdenklich setzte er sich wieder auf die Couch.

Jenny sah ihn verwundert an. Noch nie hatte er sie »mein Schatz« genannt, und schon gar nicht das getan, um was sie ihn gebeten hatte.

Er drehte sich wieder zu seinem Fernseher, eigentlich hat Jenny recht. Ich kann morgen alles in der Zeitung lesen. Außerdem werde ich als erstes morgen Früh Josip anrufen. Hauptsache, die Angelegenheit war erledigt. Ob Josip nun den Briefträger leise um die Ecke gebracht hat oder ob er ihn in die Luft jagte, war dem Pepi eigentlich ziemlich egal.

Simon hatte immerhin seinen neuen Wagen bereits angezahlt und Pepi überlegte, was Tony Soprano in diesem Fall wohl getan hätte.

*

Es war bereits Mittag, als Berthold seine Augen aufschlug. Er hatte miserabel geschlafen. Seine Ohren dröhnten noch immer und sein Oberschenkel schmerzte. Die Wunde hatte er notdürftig versorgt und verbunden.

Er musste diesen Tag ohne den Russen Paul auskommen. Eigentlich hatte er sich schon an seine Anwesenheit gewöhnt. Er war schon gespannt auf das Gesicht von ihm, wenn er seine abenteuerliche Geschichte der vergangenen Nacht erzählte. Wer kann schon von sich behaupten, dass er fast einen ganzen Stadtteil in die Luft gesprengt hatte.

Den heutigen Tag wollte Berthold ruhig angehen. Er spielte schon seit längerem mit dem Gedanken, die wilde Hilde zu besuchen. Vom Russen Paul hatte er Namen und Adresse bekommen, da dieser lieber die wilde Hilde beschattet hatte, als den Amok laufenden, nackten Berthold aus einem Brunnen zu ziehen.

Während er sich ein spätes Frühstück zubereitete, überlegte er sich seine Vorgehensweise. Er durfte unter keinen Umständen außer Acht lassen, dass die wilde Hilde eine Mörderin sein konnte. Natürlich war er überzeugt davon, dass sie unschuldig war. So eine hübsche Frau konnte niemals jemandem etwas antun. Wer aber war dann die Mörderin? Seine Exfrau? Die Haare im Nacken richteten sich auf. Dagmar, sein zweites Date, ist Polizistin, sie scheidet als Verdächtige aus. Das bedeutet, nur Hilde oder seine Exfrau bleiben über. Ihm wäre lieber es wäre seine Exfrau. Oder sollten sie etwas übersehen haben? Gab es vielleicht noch eine weitere Frau, von deren Existenz niemand wusste? Seine Frau musste warten, zuerst wollte er Hilde aufsuchen. Genussvoll biss Berthold in sein Marmeladenbrot. Der Hauptgrund für seinen Besuch war, er wollte die wilde Hilde wieder sehen. Aber, er würde sie auch direkt darauf ansprechen, ob sie den schönen Fred getroffen hat. Immerhin hatten sie sich über die Singlebörse kennengelernt.

Nachdenklich nahm er einen Schluck schwarzen Kaffee. Gerda hatte vor ihrer Ehe ein Verhältnis mit dem Fred. Was sollte er davon halten? Er hatte schon immer etwas Komisches gespürt, wenn die Zwei sich zufällig trafen. Als ob etwas noch nicht ausgesprochen wäre. Aber keiner der Beiden hatte jemals etwas zu ihm gesagt. Wahrscheinlich war es auch besser so. Aber jetzt warf es einen dunklen Schatten auf diese unselige Geschichte.

Umständlich kramte er einen zerknüllten Zettel aus seiner Hosentasche und las noch einmal die Adresse der wilden Hilde. Sie wohnte nicht einmal so weit entfernt. Mit seinem gelben Dienstrad wäre er in ein paar Minuten bei ihr. Entschlossen stand er auf, räumte den Tisch ab und machte sich auf den Weg zu seiner Verabredung. Er wollte sich bei ihr für das erste Date entschuldigen. Er hatte sich doch ein wenig daneben benommen. Das hatte er bei seinen anderen Treffen aber auch. Daran sollte er ein wenig arbeiten.

Berthold trat aus dem Haus, und ein sonniger Frühlingstag begrüßte ihn. Wie konnte der Russen Paul an so einem schönen Tag zu Hause sitzen?

Mühsam kletterte er auf sein Dienstrad und fuhr in die Grazer Innenstadt. Jedes Mal, wenn er mit dem rechten Bein in das Pedal trat, schoss ein stechender Schmerz durch seinen Fuß.

Dadurch kam er nur langsam voran. Sollte er Blumen mitbringen? Oder eine Flasche Wein? Nein, keinen Alkohol. Alkohol hatte das letzte Mal die Katastrophe ausgelöst. Blumen waren eine gute Idee. Er blieb beim nächsten Blumengeschäft stehen und besorgte einen bunten Strauß Frühlingsblumen. In der linken Hand den großen Blumenstrauß haltend, fuhr Berthold recht wackelig durch die Strassen. Mehrmals wäre er beinahe zu Sturz gekommen. In seinem Zustand sollte man nicht Rad fahren. Schon gar nicht einhändig.

Voller Vorfreude, sein erstes Date wiederzusehen, bremste er vor dem Haus, in dem sie wohnen musste. Berthold parkte sein Fahrrad an der Hausmauer, sperrte es sorgsam ab und ging zur Eingangstür. Nervös drückte er den Klingelknopf, mit ihrem Namen. Nichts passierte. Kein Ton kam aus der Gegensprechanlage. Kein Summen des Türöffners.

War sie auf Urlaub? Hatte sie ein Date mit einem anderen Mann? Berthold war sich nicht mehr so sicher, dass dieser Besuch eine gute Idee war.

Wieder drückte er die Klingel. Wie oft läutet man an der Tür einer Frau? Vielleicht schläft sie noch?

Berthold wurde immer unsicherer. Vielleicht war sie sogar verheiratet. Vielleicht war ihr Mann ein sehr reizbarer Boxchampion?

Berthold drehte sich zu seinem Fahrrad und wollte so schnell wie möglich diesen Ort verlassen. Da knackste die Gegensprechanlage und er hörte eine verzerrte Frauenstimme.

»Ja, bitte? Wer ist da?«

»Hallo Hilde«, stammelte Berthold. »Hier ist Berthold, falls du dich noch an mich erinnern kannst, wir waren am Montag im Stadtpark schwimmen.«

»Ja, natürlich«, kam es aus dem Blechkasten. »Berthold, wie schön, dass du vorbeischaust. Komm rauf, vierter Stock, erste Tür links.«

Ein Summen ertönte und Berthold drückte die alte Eingangstür aus dunklem Holz auf.

Abgestandene Kälte schlug ihm entgegen. Das Stiegenhaus zeigte noch Jugendstilelemente. Seine Schritte hallten zwischen den hohen Mauern.

Der Lift kam zwar gerade nach unten, Berthold nahm aber lieber die Stiege, aus reiner Gewohnheit.

Im vierten Stock gab es nur zwei Wohnungen. Und bei einer stand die Tür offen. Das musste wohl die Wohnung der wilden Hilde sein. Berthold trat in die Wohnung und rief zur Begrüßung. »Hallo, Hilde, ich bin hier«, was Besseres fiel ihm in diesem Augenblick nicht ein. Da er keine Antwort bekam, betrat er zögerlich die Wohnung. Wie in den meisten Altbauwohnungen, befand er sich in einem langen Flur mit hohen Wänden. Links und rechts davon gingen Türen ab. Am Ende des Ganges war eine Tür nur angelehnt und die Mittagssonne ließ ihr Licht in den Gang fallen.

»Hallo? Hilde?«, versuchte Berthold abermals seine Anwesenheit anzukündigen, und näherte sich der Tür.

Am Ende des Ganges angekommen, drückte er sie noch ein wenig zur Seite und spähte in ein großes helles Eckzimmer. Das musste wohl das Wohnzimmer sein.

»Hilde?«, rief er wieder, erhielt aber noch immer keine Antwort.

Berthold wollte sich schon wieder umdrehen, da sah er einen roten Fleck an der Wand, hinter einem alten Biedermeier Schreibtisch. Mit einen flauen Gefühl in seinem Magen näherte er sich langsam dem Schreibtisch, in der Hand noch immer den Blumenstrauß haltend.

Als er den Schreibtisch erreicht hatte, sah er die wilde Hilde in einer Blutlache am Boden liegen. Neben ihrem Kopf lag eine indische Männerfigur mit einem riesigen erregierten Penis, blutverschmiert am Boden.

Berthold riss sich aus seiner Erstarrung. Mit einem leisen Schrei ließ er die Blumen fallen und kniete sich zu der verletzten Frau. Er versuchte mit seinen Fingern verzweifelt einen Puls zu finden, aber es war vergeblich.

Nicht schon wieder, dachte er sich und griff zu seinem Mobiltelefon. Als er den Notruf der Rettung eintippte, bemerkte er, dass seine Finger blutverschmiert waren.

Mit zittriger Stimme gab er Adresse und Namen der verletzten Person bekannt. Als die fremde Stimme nach seinem Namen fragte, wurde ihm die Situation erst bewusst, in der er sich befand.

Er unterbrach die Verbindung und hatte nur mehr einen Gedanken. So schnell wie möglich raus aus dieser Wohnung.

Berthold sprang auf und bemerkte, dass auch auf seiner Hose und an seiner Jacke Blutspuren waren. Dafür hatte er jetzt aber keine Zeit.

Und zu seinem Unglück sah Berthold auch nicht den kleinen, silbernen Anhänger in Form eines Posthorns in der Hand der toten Hilde.

Er lief zur Wohnungstür, riss sie auf und stürzte die Stufen des Stiegenhauses hinunter. Außer Atem kam er auf der Strasse an, sperrte, nach mehreren Versuchen, sein Dienstrad auf und fuhr wie von der Tarantel gestochen davon. Im Augenwinkel konnte er noch zwei Männer erkennen, die aus einem Auto sprangen und ihm etwas nachriefen. Aber Berthold hatte nur ein lautes Surren im Ohr.

*

Die »Marx Brothers« saßen in ihrem Volvo-Kombi und packten gerade ihr Mittagsessen aus. Oberinspektor Kafka hatte ihnen die Beschattung des Herrn Buchinger aufgetragen, wieder einmal.

Und diesmal durfte nichts schief gehen. Er hatte ihnen noch ausdrücklich klargemacht, dass sie ihn auf keinen Fall aus den Augen verlieren durften und sie sollten so gut wie unsichtbar sein, egal was passieren würde. Sonst würden sie in Zukunft auf Streife gehen, und zwar in Pölfing-Brunn, eine sehr kleine Marktgemeinde südlich von Graz.

Bis jetzt war ihr Auftrag ruhig abgelaufen. Sie hatten ihr Zielobjekt bis zu dieser Adresse, im 2ten Bezirk St. Leonhard, verfolgt. Die Zielperson verschwand in einem Haus mit einem Strauss Blumen in der Hand. Also folgerten die beiden Beamten, dass sie genug Zeit hätten ihr Mittagessen einzunehmen.

Inspektor Ranftl hoffte, dass sie für ein paar Stunden hier festsitzen würden. Gierig biss er in seine Leberkäsesemmel und war froh, dass sie einen Parkplatz im Schatten gefunden hatten. Sein Kollege mühte sich mit einem Käsestangerl ab, er war Vegetarier. Inspektor Ranftl konnte noch nie verstehen, wie man auf Fleisch verzichten konnte.

Als es an seine Fensterscheibe klopfte wurde er aus seinen Gedanken gerissen. Er kurbelte sein Seitenfenster herunter und sah die alte Feichtinger mit ihrem Hund neben dem Auto stehen.

»Hier dürfen Sie nicht parken«, fuhr sie ihn schroff an. »Nur für Ladetätigkeit, steht auf dem Schild«, sagte sie und zeigte mit ihrem Stock auf das Verkehrsschild hinter dem Volvo.

»Ich weiß«, sagte Inspektor Ranftl und bemerkte, wie der Hund Leopold ihn gierig ansah.

»Wir sind von der Polizei, wir dürfen hier stehen.«

»Was wollt ihr einer alten Frau erzählen? Seit wann hat die Polizei alte Schrottautos wie diesen hier? Hat der überhaupt ein gültiges Pickerl? Ich werde gleich die Polizei rufen, ihr Verbrecher. Ihr spioniert hier sicher Wohnungen aus.«

»Nein, gute Frau. Wir sind wirklich von der Polizei. Wir sind heute in Zivil. Wir beschatten einen Tatverdächtigen.«

»Ihr seids mir zwei Tatverdächtige. Außerdem stehts ihr genau auf dem Lieblingsplatzerl von meinem Leopold. Also schleichts euch.«

»Aber gnädige Frau«, versuchte sich nun auch Inspektor Konrad einzuschalten und beugte sich ein wenig nach vorn, um die alte Feichtinger besser sehen zu können.

»Nix gnädige Frau, ich wird euch schon geben. Wie schauen Sie denn überhaupt aus?«, unterbrach ihn die alte Feichtinger und hob wieder drohend ihren Stock. Inspektor Konrads Gesichtfarbe war noch immer blass bläulich.

»Sie sind ja ganz blau. Ist Ihnen nicht gut?«

Just in diesem Moment sah Inspektor Ranftl, wie Berthold Buchinger blutüberströmt aus dem Haus stürmte, auf sein Fahrrad sprang und in einem Höllentempo davonradelte.

Er sprang aus seinem Volvo, wobei ihm die angebissene Leberkäsesemmel aus der Hand fiel. Sofort wurde sie vom Leopold verschlungen.

Wie kann ein alter Hund nur so schnell sein, dachte er sich noch. Inspektor Konrad sprang auch aus dem Wagen und sah verwirrt dem davoneilenden Berthold hinterher.

»Ich seh nach, was im Haus passiert ist«, schrie Inspektor Ranftl seinem Kollegen zu.

»Du folgst dem Buchinger!« Er lief zu dem Hauseingang, riss die Tür auf und war auch schon verschwunden.

Inspektor Konrad stand unentschlossen auf dem Gehsteig. Inspektor Ranftl hatte den Autoschlüssel mitgenommen. Sollte er jetzt Inspektor Ranftl folgen und den Autoschlüssel holen oder sollte er dem Berthold hinterherlaufen? Wertvolle Sekunden verstrichen. Schließlich sah er einen dieser modernen Tretroller an der Hauswand lehnen. Kurz entschlossen schwang er sich darauf und verfolgte damit den Berthold, während die alte Feichtinger mit ihrem Stock in der Luft herumfuchtelte und nach der Polizei rief.

Es dauerte nicht lange bis Inspektor Ranftl die richtige Wohnung gefunden hatte. Die Wohnungstür stand schließlich sperrangelweit offen.

Er folgte den Blutspuren in das hinterste Zimmer, anscheinend war Berthold in eine Blutlache getreten.

Als er die Leiche der wilden Hilde erblickte verschlug es ihm kurz den Atem. Er hatte mit vielem gerechnet, aber der Anblick einer toten Frau, war dann doch etwas Viel für ihn. Mit zitternden Händen holte er sein Mobiltelefon aus seiner Jackentasche und wählte den Notruf.

Oberinspektor Kafka und Inspektor Obermoser waren erstaunlich schnell zur Stelle. Inspektor Ranftl hatte inzwischen, wie er es gelernt hatte, nichts angegriffen. Er stand also nur steif im Zimmer und wusste nicht wo er hinschauen sollte. Nur nicht zur Leiche. Wo war eigentlich sein Kollege so lange? Er musste doch längst diesen Buchinger verhaftet haben.

Er versteifte sich zusehends, als Oberinspektor Kafka auf ihn zukam.

Nun erzählen Sie mir alles von Anfang an«, sagte er beim Näherkommen. »Und lassen Sie nichts aus.«

Inspektor Ranftl lieferte seinen Bericht bis ins kleinste Detail genauestens ab. Er war sehr stolz auf seine Leistung.

»Sehr gut«, sagte Oberinspektor Kafka.

»Und wo ist Ihr Kollege? Hat er diesen Buchinger verhaftet?«

Gerade als Inspektor Ranftl antworten wollte, kam ein völlig erschöpfter Inspektor Konrad bei der Tür herein, und Inspektor Ranftl wusste, dass dieser Tag nicht so gut zu Ende gehen wird, wie er gehofft hatte.

»Wo ist jetzt dieser Buchinger?«, fuhr ihn gleich der Oberinspektor Kafka an.

Während er nach Luft japste, stöhnte Inspektor Konrad.

»Ich habe ihn im Stadtpark auf der Höhe des Ententeiches aus den Augen verloren.«

»Sind Sie ihm nachgelaufen?«, fragte der Oberinspektor fassungslos.

»Natürlich nicht«, antwortete ihm ein schnaufender Beamter. »Ich habe ein Fahrzeug konfisziert und bin damit dem Verdächtigen gefolgt.«

»Ja, wissen Sie«, wollte Inspektor Ranftl die Situation noch retten. »Da war diese alte Frau mit ihrem Hund, der dann auch noch meine Leberkäsesemmel gefressen hat.«

»Ach seid doch beide einmal ruhig«, unterbrach ihn der Oberinspektor barsch. »Obermoser, leite sofort eine Fahndung ein. Ich will diesen Briefträger hinter Gittern sehen, so schnell wie möglich.«

Kaum waren die Worte gesprochen, war auch schon Inspektor Obermoser aus der Tür gelaufen.

»Ihr Zwei kommt später in mein Büro. Mit euch habe ich noch etwas zu besprechen«, sagte er noch an die beiden Beamten gewandt und verließ grimmig dreinblickend den Tatort.

*

Es war ein wundervoller Morgen an diesem Freitag dem 13ten. Aber Simon war nicht abergläubisch, für ihn war es ein Tag wie jeder andere. Heute war aber für ihn ein ganz besonderer Tag. Er machte einen Ausflug mit Margarethe. Er liebte diese Ausflüge.

Einer der dahingeschiedenen Ehemänner von Margarethe hatte ihr ein verträumtes Wochenendhäuschen auf der Teichalm vererbt. Ein ruhiges Ausflugsgebiet, nicht weit von Graz entfernt. Das Wochenendhäuschen lag ein wenig abseits des Badesees mitten im Wald und war perfekt um auszuspannen und Ruhe zu finden. Nach den Aufregungen der letzten

Tage war Simon froh die Stadt verlassen zu können. Es hatte sich einfach zu viel ereignet.

Er merkte, dass auch Margarethe zusehends gereizter wurde. Eigentlich wollten sie die Sache diesem Briefträger in die Schuhe schieben, aber gestern Nacht hatte Simon einen Fehler gemacht. Eine der Frauen, die Berthold getroffen hatte, hatte Simons Gesicht gesehen. Schlimmer noch, sie hatte ihn ordentlich vermöbelt. Seine Nase schmerzte, wenn er an diese Nacht dachte.

»Wie kann eine Frau nur so brutal sein?«, dachte er sich.

Sicher, er wollte ihr an den Kragen gehen. Aber musste sie ihm gleich die Nase brechen? Ihm kam es vor, als hätte ihr das auch noch Spaß gemacht. Was für eine Frau.

Er hatte die Adressen der drei Frauen, mit denen sich der Briefträger getroffen hatte, vom »Tschetschenen« bekommen.

Der »Tschetschene« hatte gute Arbeit geleistet. Auch die Adresse des Postlers hatte er. Der »Tschetschene« hatte ihm auch versichert, dass er sich um das Problem persönlich kümmern werde. Er versicherte Simon, dass er sich keine Sorgen machen musste.

Außerdem schenkte er Simon einen Satz neuer Winterreifen zu seinem Auto. Das hatte Simon schließlich beruhigt.

Er lenkte den neuen Wagen in eine Seitenstrasse, die zu dem Wochenendhäuschen führte. Schon von weitem konnte er das Hirschgeweih über der Eingangstür erkennen.

Der Wagen fühlte sich gut an. Margarethe saß nachdenklich auf dem Beifahrersitz. Sie hatte den neuen Wagen noch nicht einmal bemerkt.

Simon musste wieder an die Ereignisse dieses Vormittages denken.

Er suchte diese Hilde auf, wie Margarethe es ihm aufgetragen hatte. Er wollte ihr nichts antun, aber er hatte keine andere

Wahl. Er gab sich als Installateur aus. Er erzählte ihr, dass die Wohnung unter ihr einen Wasserschaden an der Decke zu beklagen hatte. Hilde ließ ihn problemlos in die Wohnung. Als sie ihm einmal den Rücken zudrehte, nutzte er die Gelegenheit, nahm eine der vielen Skulpturen in ihrer Wohnung und schlug zu.

Sie merkte nicht einmal wie ihr geschehen war. Und zu seinem unfassbaren Glück, tauchte zum richtigen Zeitpunkt auch noch der Postbeamte auf. Besser hätte er dieses Verbrechen nicht planen können. Simon verstellte seine Stimme und lockte den Briefträger in Hildes Wohnung.

Er selbst wartete im Stiegenhaus bis Berthold die Wohnung betreten hatte, danach lief Simon die Treppen hinunter und verließ unbemerkt das Haus. Und wie Margarethe es ihm aufgetragen hatte, hatte er den silbernen Anhänger von Berthold in der Hand der toten Hilde platziert. Damit müsste der Mord an dieser Frau für die Polizei geklärt sein.

Die andere Frau hatte aber sein Gesicht gesehen. Das war schlecht. Sehr schlecht sogar. Er hätte es gestern Nacht Margarethe gestehen müssen. Dazu fehlte ihm aber der Mut. In all den vergangenen Jahren hatte er Margarethe nie angelogen, bis auf gestern Nacht.

Sie hatte ihm aber, ganz zu seiner Überraschung, seine Version der Geschichte abgekauft. Danach kümmerte sie sich um seine Verletzungen und versorgte seine lädierte Nase. Sie war ausgesprochen zärtlich zu ihm gewesen. Die ganze Nacht über.

Er warf einen Blick in den Rückspiegel und sah eine geschwollene Nase, bedeckt von einem breiten Pflaster.

Margarethe saß auf dem Beifahrersitz und hatte ihre Füße auf die Ablage gelegt. Sie hatte die ganze Fahrt über nichts gesagt. Simon wurde immer nervös, wenn Margarethe nichts sagte. Meistens verhieß das nichts Gutes. Andererseits, wenn sie nichts sagte, konnte sie auch nicht mit ihm schimpfen. Also beließ er es dabei.

Heute stand eine kleine Wanderung auf der Tagesordnung. Sie kamen sehr selten hierher um auszuspannen. Keine hundert Meter von ihrem Häuschen entfernt, erhob sich der Hochlantsch in eine Höhe von 1690 Meter. Einer von Simons Lieblingsbergen. Von seinem höchsten Punkt aus konnte man die ganze südliche Steiermark bewundern.

Simon freute sich sehr auf diese Wanderung. Sie würde ihn und Margarethe auf andere Gedanken bringen.

Es gab mehrere Möglichkeiten das Gipfelkreuz zu erreichen. Man konnte um den ganzen Berg herum gehen, und langsam den Anstieg angehen. Was Simon immer gerne tat, da einige Einkehrmöglichkeiten auf dieser Strecke lagen, oder man konnte direkt auf den Gipfel zugehen, was aber ein sehr steiler Anstieg und dementsprechend anstrengend war.

Er parkte seinen glänzenden Wagen neben dem kleinen Holzhaus und brachte die mitgebrachten Sachen hinein. Es roch ein wenig muffig, da einige Wochen seit ihrem letzten Besuch vergangen waren. Diese Ausflüge wurden leider immer seltener. Früher kamen sie fast jedes Wochenende hierher.

Simon musste dieses Problem mit Margarethe besprechen. Aber nicht jetzt. Vielleicht nach der Wanderung.

Margarethe machte ein ausgezeichnetes Frühstück, Ham and Eggs mit knusprigen Toastscheiben, genau so wie Simon es gerne mochte.

Die Sonne begann gerade ihren Anstieg zum Zenit, als sich die Beiden zum Gipfel aufmachten. Es würde heute ein wolkenloser Tag werden. Simon war durch und durch glücklich.

Margarethe hatte vorgeschlagen heute direkt zur Spitze zu gehen. Dieser Weg war zwar anstrengend, aber dafür schmeckte die Jause beim Abstieg umso besser.

Da das Wochenende noch nicht ganz eingesetzt hatte,

waren sie alleine auf dem Hochlantsch unterwegs. Absolute Stille erfüllte den Wald. Nicht einmal die Anwesenheit eines Waldtieres war zu vernehmen. Beinahe unheimlich lag diese Ruhe über dem Berg. Wäre Simon alleine gewesen, hätte er sich wahrscheinlich unwohl gefühlt. Aber mit Margarethe hatte er vor nichts Angst.

Der Anstieg war steil und nach einiger Zeit hatten sie die Baumgrenze erreicht. Simon verschlug es immer wieder die Sprache, als er die umliegenden Berge sah. Die Aussicht war heute wieder einmal umwerfend. Selbst Margarethe blieb stehen und warf einen bewundernden Blick auf die fernen Gipfel.

Das letzte Stück zum Gipfel bestand nur mehr aus Felsgruppierungen und Simon atmete schwer durch seinen Mund. Durch seine Nase ging garnichts. Die schmerzte auch noch höllisch.

Das Gipfelkreuz war zum Greifen nah und Simon musste seine Hände zu Hilfe nehmen, damit er die letzten Felsen zur Spitze erklimmen konnte.

Erschöpft, verschwitzt und rundum zufrieden erreichten er und Margarethe das Gipfelkreuz des Hochlantsch. Die Aussicht machte ihn sprachlos. Heute war einer der schönsten Tage, die er hier erlebt hatte.

Er stieg vorsichtig ein paar Schritte nach vorn, zu den sogenannten Lantschmauern. An einer Seite des Gipfels fiel der Berg senkrecht nach unten ab. Wenn man direkt an der Kante zu den Lantschmauern nach unten sah, konnte man den Boden darunter nicht mehr erkennen.

Simon drehte sich zu Margarethe um und schenkte ihr ein glückliches Lächeln. Auch Margarethe lächelte ihn an. Simon kam es aber eher als ein trauriges Lächeln vor.

Wieder blickte er an den Lantschmauern hinunter. Er war zwar schwindelfrei, jedoch bekam er jedes Mal ein leichtes Kribbeln in seinen Händen, wenn er an der Kante stand.

Er spürte einen leichten Druck in seinem Rücken, und dachte, diese Aussicht ist heute unbeschreiblich. Er drehte sich in der Luft und sah in die traurigen Augen seiner geliebten Margarethe. Wieso konnte er sich in der Luft drehen? Simon hob seinen Kopf in die andere Richtung und sah die nahen Berge der Umgebung. So frei hatte er sich noch nie gefühlt. Fast so als ob er fliegen konnte. Er wendete seinen Blick wieder zu den Lantschmauern, die an ihm vorbeisausten. Ein seltsamer Anblick, so ähnlich als ob man mit einem Lift schnell nach unten fährt.

Er sah nach unten und diesmal konnte er sogar den Boden erkennen. Nie hätte er gedacht, dass man so lange fallen kann. Er war aber weder traurig, noch hatte er Panik. Ganz im Gegenteil, er war glücklich. Er war glücklich und frei.

*

Berthold sprang auf sein Fahrrad und raste davon. Er wollte so schnell wie möglich diesen Ort verlassen. Warum hatte er immer so viel Pech mit Frauen. Da lernt er eine kennen und schon liegt sie in ihrer eigenen Blutlache.

Er konnte keinen klaren Gedanken fassen. Jetzt würde er den Russen Paul brauchen.

Er wusste aber weder die Telefonnummer vom Russen Paul, noch wo dieser wohnte.

»Sehr eigenartig«, dachte sich Berthold, der Russen Paul wusste alles über ihn, aber er wusste nichts über den Russen Paul. Und wenn man ihn mal braucht ist er meistens nicht da.

Im Grunde war Berthold selbst schuld an den Katastrophen die an diesem Freitag passierten. Jedenfalls an der ersten.

Was war heute Nacht passiert? Wurde Österreich von einer fremden Macht angegriffen? Und wenn ja, von wem? Den libyschen Diktator Gaddafi gab es nicht mehr, aber hatte er vor einigen Jahren der Schweiz nicht den Krieg erklärt? Vielleicht hatten sich seine Sympathisanten vertan und stattdessen in unserem Land einen Anschlag geplant.

Oder wurde Graz das Opfer einer radikal islamistischen Terrorgruppe. Warum sprengen sie einen Bahnhof in die Luft, der gar nicht in Betrieb ist? Und das zu einer Zeit, wo sich sowieso niemand dort aufhält? Das klang alles nicht sehr logisch.

Berthold war ratlos. Wer war überhaupt der seltsame Mann, der versuchte ihn umzubringen? Das war kein normaler Überfall eines Drogenjunkies, zwecks Geldbeschaffung, gewesen. Der Mann wusste ganz genau, wer Berthold war. Das war ein gezielter Mordanschlag. Aber warum? Hatte er jemand nervös gemacht? Das war die einzige gute Nachricht des Tages. Er musste mit seinen Ermittlungen jemandem sehr nahe gekommen sein. Das hieß aber, dass der Mörder wusste wer er war, wohingegen Berthold keine Ahnung hatte, wer ihm nach dem Leben trachtete. Eine äußerst ungünstige Situation.

Wahrscheinlich war auch sein Wohnort bekannt. Dort konnte er sich jetzt nicht mehr blicken lassen. Es war besser einen anderen Unterschlupf zu suchen. Wenn er wenigstens wüsste wo der Russen Paul wohnte. Dann könnte er einmal den Spieß umdrehen und ihn aufsuchen und dessen Kühlschrank plündern.

Berthold überlegte fieberhaft, wohin er sich flüchten sollte.

Als erstes fiel ihm seine Exfrau ein, er verwarf diesen Gedanken aber wieder ganz schnell. Da würde er vorher wieder zurück zum Bahnhof gehen und sich in den finsteren Tunnel legen.

Als nächstes fiel ihm Freds Haus ein. Aber das war auch nicht mehr sicher. Das letzte Mal, als er dort eingestiegen war, endete in einer Katastrophe. Wahrscheinlich würde die Polizei ihn dort als erstes suchen.

Da schoss ihm plötzlich ein wahrer Geistesblitz in den Kopf. Fred hatte sich immer, wenn er einmal seine Ruhe haben wollte, in sein Gartenhaus zurückgezogen.

Unweit der Stelle, an der sich Berthold befand, war die Gartenanlage »Ruhe in Frieden«. Dort hatte der Fred einen kleinen Schrebergarten von seinen Eltern geerbt. Berthold wusste sogar wo Fred den Schlüssel zum Gartenhaus versteckt hatte. Wieso war ihm das nicht schon viel früher eingefallen?

Mit der Aussicht auf ein weiches Sofa, schwang sich Berthold auf sein Fahrrad und fuhr in Schlangenlinien Richtung Gartenhausparadies. Zu seinem Glück war die Straße so gut wie leer.

Die Schrebergärten waren um diese Uhrzeit verwaist. Was gut für Berthold war. Er wollte nicht gesehen werden. Die kleine Parzelle vom Fred war eine der Ersten der Gartenanlage, direkt an der Strasse. Berthold öffnete das verrostete Gartentor und schob sein Fahrrad in den kleinen Garten. Viel hatte der Fred hier nicht angebaut. Eigentlich gar nichts. Die anderen Schrebergärten waren liebevoll gepflegt und mit Gartenzwergen vollgestopft. In Freds Garten stand nur ein Gartenzwerg und der pinkelte. Unter diesem Gartenzwerg befand sich auch der Schlüssel zum Gartenhäuschen.

Berthold sperrte das kleine Holzhaus auf. Es roch stickig und es war stockdunkel. Fred hatte keinen Strom in das Häuschen verlegen lassen. Er wollte hier völlig abgeschottet von seiner Umwelt sein.

Berthold stieß sich sein Knie an einem Stuhl, als er die Fensterläden öffnete. Es schmerzte, was aber nun auch schon egal war. Er konnte gar nicht beurteilen, welcher Körperteil am meisten wehtat. An allen Seiten zwickte, stach und brannte es.

Sonnenstrahlen erhellten den kleinen Raum und Berthold sah sich neugierig um. Wie in meiner Zelle, dachte sich Berthold, nur bequemer.

Wie immer herrschte ein geordnetes Chaos in Freds Gartenhütte. Da er hier keine Frauenbesuche duldete, legte er auch keinen großen Wert auf Ordnung. Hier handelte es sich um eine Frauenfreie Zone. An Möbeln befanden sich ein altes Sofa, ein Tisch und zwei Stühle in dem Zimmer. Ein kleiner Nierentisch stand neben dem Sofa.

Berthold legte sich auf das alte Sofa und rückte ein paar Zierpolster zurecht. Selbst bis hierher hatten diese Dinger den Weg gefunden.

Am Rücken liegend, verschränkte er beide Arme hinter dem Kopf. Er ließ die letzten Tage noch einmal Revue passieren. Ziemlich viel war passiert. Das musste er erst einmal verarbeiten. Der Anschlag letzte Nacht zeigte aber, dass er auf der richtigen Spur war. Was hatte er übersehen? Irgendjemandem musste er auf den Fuß gestiegen sein. Vielleicht konnte ihm morgen der Russen Paul helfen, aber wie sollte er ihn finden? Hatte der Russen Paul überhaupt ein Telefon? Und wenn ja, wen sollte er schon anrufen? Soweit Berthold mitbekommen hatte, hatte der Russen Paul nicht wirklich viele Freunde.

Berthold ließ seinen Blick durch das kleine Zimmer schweifen. Eigentlich ganz nett hier. Vielleicht sollte er ein paar Tage hier verbringen. Bis ein bisschen Gras über die ganze Sache gewachsen war. Er konnte wahrlich eine Erholung gebrauchen.

An Schlaf war an diesem Nachmittag aber nicht zu denken. Sein Körper fühlte sich ausgebrannt an, aber sein Kopf war hellwach. Er kannte diesen Zustand. Er würde die nächsten Stunden keinen Schlaf finden. Auf dem Tisch neben dem Sofa lagen alte Zeitschriften und Magazine. Berthold nahm sich das oberste Heft und fing an es durchzublättern, ohne wirklich auf den Inhalt zu achten. Nach einer Zeit nahm er das nächste und blätterte auch dieses durch.

Gelangweilt warf er es wieder zurück auf den Tisch. Beim Aufprall verrutschte der Stapel mit den Magazinen und die Ecke eines Briefes kam unter den Zeitschriften zum Vorschein. Neugierig griff Berthold nach dem Brief. Es handelte sich um ein handgeschriebenes Exemplar.

Mit der Vorfreude, alte Liebesbriefe seines Freundes lesen zu können, öffnete er das Kuvert, und ein angenehmer Duft erfüllte das Zimmer.

Berthold fing an den Brief zu lesen und seufzte zwischendurch sehnsuchtsvoll. Hier musste es sich um wahre Liebe gehandelt haben. Fred war wirklich zu beneiden gewesen. Bertholds Exfrau hatte ihm nie solche netten Liebkosungen an den Kopf geworfen. Einmal hatte sie ihm die alte Vase von seiner Mitzi Tante nachgeworfen. Das war das einzige woran er sich erinnern konnte, dass ihm seine Frau etwas an den Kopf geworfen hatte.

Mit feuchten Augen las Berthold den Brief und musste unwillkürlich an Dagmar denken. Diese nette Polizistin mit den starken Armen. Wie gerne würde er sich jetzt an sie schmiegen und zusammen mit ihr diesen schönen Brief lesen.

Nun war Berthold auf den Geschmack gekommen. Er setzte sich auf den Boden und wischte die alten Magazine vom Tisch. Zu seiner großen Freude, kamen weitere Briefe in derselben Handschrift zum Vorschein. Gierig griff er nach ihnen und begann einen nach dem anderen zu lesen. Wie konnte man nur so viel Gefühl in Worte packen. Er spielte mit dem Gedanken, die Briefe mitzunehmen, ein wenig zu verändern und die neue Version an Dagmar zu schicken.

Plötzlich durchbohrte sein Herz ein schmerzvoller Stich. In einer Zeile des Briefes wurden rote Haare der Verfasserin erwähnt. Lange rote Haare. Berthold war mit einem Satz putzmunter. Hektisch nahm er das Kuvert in die Hand und sah sich den Stempel auf der Briefmarke an. Der Brief war erst ein paar Wochen alt. Bertholds Herz schlug schneller. Fred hatte also noch eine weitere rothaarige Bekannte.

Damit war Dagmar mit Sicherheit unschuldig, und auch die arme Hilde. Leider auch seine Exfrau. Schade, er hatte sich mit dem Gedanken angefreundet, sie hinter Gittern zu sehen.

Eine vierte Verdächtige. Eine Woge von Energie erfasste seinen gebeutelten Körper. Das musste er sofort dem Russen Paul mitteilen. Aber wie? Wieder verfluchte er seinen verschrobenen Partner. Immer wenn er ihn brauchte, war er nicht zur Stelle.

Berthold nahm alle Briefe zur Hand und breitete sie nun vor sich auf den Tisch. Schön nach Datum geordnet. Er würde die ganze Nacht diese Briefe studieren und alles, was zur Identifikation der Mörderin beitragen konnte, aufschreiben. Konzentriert las er den ersten Brief noch einmal durch. Diesmal wusste er, dass er auf der richtigen Spur war.

KAPITEL SIEBEN

MÖRDERJAGD

Es war bereits gegen sieben Uhr in der Früh, als mit einem Ruck die Tür der Gartenhütte aufgerissen wurde. Berthold saß auf dem Holzboden, umgeben von aufgefalteten Briefen. Sein Kopf lag verdreht auf dem Sofa und Speichel rann aus seinem Mund. Erschreckt fuhr er in die Höhe und sah sich verwirrt um.

»Ich wars nicht«, schrie er in den Raum. »Ich kann alles erklären.«

Zu seiner Verwunderung sah er keine große Nase, sondern große Augen hinter einer schwarzen Hornbrille bei der Tür hereinschauen.

»Verdammt noch mal, hast du mich erschreckt«, entfuhr es ihm als er den Russen Paul sah. »Kannst du nicht anklopfen?«

»Es freut mich auch, dich unversehrt wiederzusehen«, antwortete dieser und betrat die kleine Hütte. In der einen Hand dampften zwei Pappbecher und verströmten einen unglaublich guten Duft von gerösteten Kaffeebohnen, in der anderen Hand hielt er ein Papiersackerl mit frischen Schokocroissants.

»Wie hast du mich überhaupt gefunden?«, fragte Berthold überrascht und griff gierig nach den Pappbechern.

»Das war relativ einfach«, erklärte der Russen Paul. »Da du mittlerweile wegen Mordes von der Polizei gesucht wirst und außerdem gestern Nacht die halbe Stadt in Schutt und

Asche gelegt hast, dachte ich mir, dass du nicht zu Hause schlafen wirst. Nach dem Ausschließungsprinzip habe ich mir gedacht, dass du dich nur in Freds Schrebergarten verstecken kannst. Schon von weitem sah ich dein gelbes Fahrrad durch die Büsche leuchten.«

Berthold sprang erschrocken auf. »An mein Fahrrad habe ich gar nicht gedacht. Soll ich es verstecken?«

»Beruhige dich«, sagte der Russen Paul. »Niemand wird dich wegen deines Fahrrades erkennen.«

»Wieso weißt du, dass ich die Stadt in die Luft gesprengt habe? Wieso weißt du von dem Mord an Hilde? Wieso glaubt die Polizei, dass ich die Hilde ermordet habe?«

»Hast du?«, fragte der Russen Paul sein Gegenüber und musterte ihn scharf durch seine dicke Hornbrille.

»Nein, natürlich nicht. Sie war bereits tot, als ich sie gefunden habe.«

»Was hattest du überhaupt bei ihr zu suchen? Einmal lässt man dich alleine und du schießt einen Bock nach dem Anderen.«

»Ich wollte mich für unser erstes Date entschuldigen und vielleicht hätte sie mir eine zweite Chance gegeben. Wieso glaubt die Polizei, dass ich sie ermordet habe? Und wieso weißt du davon?«

»Es schadet manchmal nicht den Polizeifunk abzuhören. Und da ich gestern den ganzen Tag zu Hause verbracht habe, hatte ich viel Zeit dafür. Und man muss sagen, es wird einem nicht langweilig dabei. Überhaupt wenn ein gewisser Postbeamter glaubt, dass er alleine einen Mordfall aufklären kann.«

»Warum glaubt jetzt dieser alte Oberinspektor, dass ich die Hilde ermordet hätte?«

»Das blöde an der Geschichte ist, dass du an diesem Tag von der Polizei beschattet wurdest. Man hat dich aus dem Haus laufen gesehen, blutverschmiert. Selbst ich hatte da meine Zweifel, ob du noch unschuldig oder ob du einfach total durchgedreht bist.«

»Danke für dein Vertrauen«, sagte Berthold und biss genüsslich in das noch warme Croissant.

»Außerdem fand man in der Hand von der Hilde einen silbernen Anhänger in der Form eines Posthorns.«

»Oh, mein Gott«, stammelte Berthold und griff sich an den Hals. »Mein silberner Glücksbringer. Den suche ich schon seit wir in Freds Haus eingestiegen sind.«

»Sieh mal einer an«, sagte der Russen Paul. »Der Fremde mit der gebrochenen Nase betritt wieder die Bühne.«

»Den möchte ich gerne noch einmal in die Finger kriegen«, sagte Berthold grimmig.

»Und dann noch die Geschichte am Hauptbahnhof. Ich sagte dir doch, dass du nicht hingehen sollst«, sagte der Russen Paul vorwurfsvoll.

»Was ist denn dort passiert?«, fragte Berthold. »Ich dachte wir werden von ausländischen Aggressoren angegriffen.«

»Stimmt. Es waren die Briten.«

»Was, wir werden von den Briten angegriffen?«

»Genauer gesagt, wir wurden von den Briten angegriffen. Und zwar schon vor einiger Zeit. Gegen Ende des Zweiten Weltkrieges wurden unzählige Bomben über Österreich abgeworfen. Vorzugsweise über Industriegebieten und Verkehrsknotenpunkten. Und ein ganz beliebtes Ziel war der Grazer Hauptbahnhof. Man schätzt, dass heute noch einige hundert Blindgänger unter der Grazer Erde liegen. Und einen davon hast anscheinend du gestern Nacht gefunden.«

»Das war nicht ich. Ich bin gestern Nacht zum Hauptbahnhof gefahren um meinen unbekannten Informanten zu treffen. Aber kaum bin ich dort angekommen, hat mich ein Verrückter angesprungen und wollte mich abstechen. Mir blieb nichts anderes übrig, als in den halb fertigen Tunnel der Straßenbahn zu flüchten, als ich hinter mir eine laute Explosion hörte.«

»Diese Explosion war eine Fliegerbombe aus dem Zweiten Weltkrieg. Sei froh, dass du in dem Tunnel warst. Ich dachte schon, dich hätte es erwischt. Aber man fand nur verbeulte italienische Designerschuhe und da wusste ich, die können nicht von dir stammen.«

»Sehr schmeichelhaft, danke. Willst du damit andeuten, dass ich mich nicht elegant kleiden kann?«

»Nun, sieh dich doch einmal an. Wenn du so durch die Herrengasse gehen würdest, werfen dir die Leute Geld vor die Füße.«

Berthold sah an seinem Körper hinunter und zuckte zusammen, da er plötzlich wieder die Schmerzen spürte, die aus den zerschlissenen Stellen seiner Hose kamen.

»Was machst du eigentlich hier auf dem Boden? Schämst du dich nicht, dass du Freds alte Liebesbriefe liest, oder haben Briefe für dich als Briefträger eine magische Anziehungskraft?«

»Ich hätte seine alten Briefe auch nicht gelesen, wenn die Frau in den Briefen keine roten Haare gehabt hätte.«

»Was? Die Frau in den Briefen hat rote Haare? Wie alt sind die Briefe?«

»Keine zwei Wochen alt«, Berthold setzte ein selbstgefälliges Grinsen auf. »Und es kommt noch besser. Sie erwähnt unter anderem, dass sie sich neue pinkfarbene Schuhe gekauft hat.«

»Sie schreibt was sie sich für Schuhe kauft? Was sind das für Liebesbriefe?«

»Mir scheint, dass die Zwei sich schon einige Zeit lang kannten. Wie gesagt, sie erwähnt ihre Haarfarbe und ihre Schuhe. Sie schwärmt von Ausflügen und gemeinsamen Nächten. Wir können davon ausgehen, dass wir die Mörderin vom Fred gefunden haben.«

»Das hilft uns jetzt aber auch nicht wirklich weiter, außer es steht ein Absender auf der Rückseite. Die Briefe sind mit der Hand geschrieben worden. Wir können unmöglich mit dieser Schriftprobe alle rothaarigen Frauen in Graz abklappern.«

»Nein, das können wir nicht«, grinste Berthold den Russen Paul an. »Aber wir können unsere Suche etwas einschränken. Ich habe die ganze Nacht all diese Briefe gelesen. Und durch mehrfache Andeutungen, bin ich zu der Überzeugung gekommen, dass unsere gesuchte Mörderin eine Ärztin sein muss.«

»Ich bin beeindruckt, Berthold. So viel haben wir in den letzten Tagen nicht erfahren. Aber wenn wir jetzt alle Ärztinnen und Doktorinnen in Graz überprüfen, selbst wenn wir nur die Rothaarigen auswählen, brauchen wir wahrscheinlich einige Jahre, bis wir damit fertig sind.«

»Da hast du sicher Recht. Aber wir könnten die Zeit drastisch verkürzen, wenn wir wüssten, dass die gesuchte Ärztin Margarethe heißen würde.«

Der Russen Paul starrte Berthold mit offenem Mund an.

»Mein Gott, Berthold. Du bist ein Genie. Unsere Mörderin heißt Margarethe. Wir haben auch noch Glück. Margarethe ist kein alltäglicher Name. Ich glaube kaum, dass wir mehr als zwei oder drei Frauen finden werden, auf die unsere Beschreibung passen wird.«

»Es war also doch eine gute Idee, zum Bahnhof zu fahren«, strahlte Berthold übers ganze Gesicht. »Wäre gestern Nacht nicht die Bombe in die Luft gegangen, würde ich jetzt nicht hier sitzen. Also hat mir Freitag der 13te Glück gebracht.«

»Wenn ich dich so ansehe, möchte ich dein Glück nicht haben«, sagte der Russen Paul trocken. »So können wir dich nicht auf die Strasse lassen. Ich bringe dir frische Kleider und dann werden wir mit dir zum Arzt gehen. Du siehst schrecklich aus.«

Berthold lehnte sich entspannt mit dem Rücken an das Sofa und faltete die Hände hinter dem Kopf.

»Du meinst sicher, du willst mit mir zur Ärztin gehen.«

*

Inspektor Obermoser brachte seinem Chef frischen Kaffee. Sobald er die Tasse abgestellt hatte, wollte er das Büro so schnell wie möglich wieder verlassen. Er kannte Oberinspektor Kafka lange genug, um zu wissen, wann es klüger war ihn in Ruhe zu lassen. Heute war so ein Tag.

»Bringe mir die Marx Brothers und diese Polizistin, die gestern Nacht überfallen worden ist«, grummelte Oberinspektor Kafka, ohne Inspektor Obermoser anzusehen.

»Außerdem möchte ich alle Berichte über die Explosion am Hauptbahnhof auf meinem Schreibtisch haben. Ich hab so ein Gefühl, das hat alles miteinander zu tun.«

»Wird sofort erledigt«, sagte Inspektor Obermoser und war froh, das Büro wieder verlassen zu können.

Oberinspektor Kafka widmete sich wieder seiner Zeitung. Ein ungeschriebenes Morgenritual beinhaltete eine Tasse starken Kaffee und die Tageszeitung. Erst danach konnte er sich auf seinen Arbeitstag konzentrieren.

In der Zeitung stand bereits ein vier Seiten langer Bericht über die Explosion der vergangenen Nacht. Angespannt las er die Seiten mehrmals durch, aber auch die Journalisten konnten ihm keine neuen Informationen mitteilen. Er hatte wieder so ein Kribbeln in der Nase und er wusste, dass dieser Vorfall mit seiner laufenden Ermittlung zu tun hatte. Nur konnte er sich noch keinen Reim auf die ganze Geschichte machen.

Es klopfte zaghaft an der Tür, und die hübsche Polizistin kam mit den Marx Brothers herein.

»Setzen Sie sich bitte«, sagte der Oberinspektor, blickte dann die Marx Brothers an: »Ihr könnt stehen bleiben.«

Inspektor Obermoser betrat auch noch das kleine Büro und nahm auf dem letzten leeren Stuhl Platz. In seinen Händen zwei Becher mit duftendem Kaffee. Einen gab er der Frau an seiner Seite, den anderen behielt er sich. Inspektor Ranftl sah gierig auf die dampfende Tasse hinab.

»Nun«, begann Oberinspektor Kafka. »Ich habe gehört, dass Sie gestern Nacht überfallen wurden. Aber wie ich sehe, sind Sie unverletzt geblieben. Können Sie mir sagen, ob dieser Berthold Buchinger mit diesem Überfall etwas zu tun hatte?«

»Berthold Buchinger hatte nichts mit diesem Überfall zu tun«, sagte Dagmar mit fester Stimme. Sie saß aufrecht auf ihrem Stuhl und nahm mit einem dankbaren Blick zu Inspektor Obermoser, einen Schluck von ihrem Kaffee.

»Sind Sie sich da ganz sicher«, fragte der Oberinspektor nach. »Ich habe gehört, dass der Täter maskiert war.«

»Ja, da bin ich mir ganz sicher«, sagte Dagmar. »Ich dachte mir schon, dass Sie mich das fragen würden, daher habe ich Ihnen meinen Bericht gleich mitgebracht.« Sie griff in ihre Tasche und holte einen orangefarbenen Ordner heraus und legte ihn auf den Schreibtisch von Oberinspektor Kafka.

Dieser musste das erste Mal an diesem Tag schmunzeln. »Ich bin beeindruckt, danke.«

»Nachdem ich den Mann abgewehrt hatte«, fuhr Dagmar fort, »Setzte ich ihn mit ein paar gezielten Schlägen außer Gefecht und nahm ihm seine Maskierung vom Kopf.«

»Sie haben also sein Gesicht gesehen?«, fragte der Oberinspektor.

»Ja, ich habe sein Gesicht gesehen. Daher weiß ich, dass es nicht Berthold Buchinger war.«

»Schade. Wissen Sie wer Sie überfallen hat?«

»Nein, leider nicht. Ich habe diesen Mann vorher noch nie gesehen.«

»Dieser Überfall hat etwas mit unserem Fall zu tun. Nur weiß ich noch nicht was. Ich hatte gehofft, dass Sie diesen Buchinger erkannt haben. Damit wäre der Fall gelöst gewesen. Aber jetzt haben wir noch einen Unbekannten mehr. Dieser Fall wieder immer verzwickter.«

»Moment«, sagte plötzlich Dagmar, sprang von ihrem Stuhl und entriss dem verdutzten Oberinspektor die aufgeschlagene Zeitung.

»Das ist der Kerl«, sagte sie und hielt dem Oberinspektor eine Seite mit dem Bild eines jungen Mannes vor die Nase. »Der Kerl hat mich überfallen.«

Oberinspektor Kafka nahm die Zeitung in die Hand und las aufmerksam den Artikel durch.

»Simon Scherbichler stürzte gestern bei einer Wanderung auf den Hochlantsch in den Tod. Fremdverschulden wird ausgeschlossen. Was ist denn das nun wieder für eine komische Geschichte. Er begeht einen Überfall und danach macht er unbeschwert eine Wanderung. Das passt doch alles nicht zusammen.«

»Darf ich mal sehen«, fragte Inspektor Obermoser und nahm die Zeitung in die Hand.

»Das ist ja der Simon«, sagte er überrascht.

»Sagen sie bloß, sie kennen den Täter?«, fragte Oberinspektor Kafka.

»Natürlich. Das ist Simon, der freundlichste Bankräuber von Graz. Ich habe ihn vor einigen Jahren verhaftet, als er eine Bank ausgeraubt und danach das ganze Geld am Hauptplatz verschenkt hat.«

»Ich kann mich an diese Geschichte erinnern«, sagte der Oberinspektor. »Was hat dieser Simon mit unserem Fall zu tun? Ich will, dass ihr im Mordfall Hilde Wernitznig alle

Spuren, Fingerabdrücke und DNA-Analysen mit denen von Simon Scherbichler abgleicht. Es kann sein, dass dieser Idiot Buchinger wieder einmal zur falschen Zeit am falschen Ort war. Obwohl es schon langsam unglaubwürdig wird.«

Er sah die beiden Polizisten, die hinter den Stühlen standen scharf an.

»Und ihr beiden geht jetzt auf die Strasse und sucht mir diesen Buchinger. Es ist mir egal wie und wo ihr ihn findet, aber ich möchte ihn noch heute hier vor mir sitzen sehen. Ist das klar?«

Durch die direkte Anrede wurden beide aufgeschreckt und standen stramm vor dem Oberinspektor. Beinahe hatte er erwartet, dass beide salutieren würden.

»Natürlich. Alles klar«, sagte Inspektor Ranftl und schob seinen Kollegen zur Tür hinaus. Beide hatten keine Ahnung wie sie diesen Buchinger finden sollten. Sie waren aber beide froh, das Büro verlassen zu dürfen und den Rest des Tages an der frischen Luft verbringen zu können.

»Ich will, dass alle verfügbaren Männer an der Fahndung des Buchinger teilnehmen«, sagte der Oberinspektor an Inspektor Obermoser gerichtet. »Inspektorin Preissner soll auch daran teilnehmen. Sie kennt ihn bereits. Vielleicht fällt ihnen noch etwas ein, wo er sich aufhalten könnte. Was hast du über dieses Onlineportal herausbekommen?«

»Wir haben sämtliche Kontakte von Fred Schmiedbauer überprüft«, begann Inspektor Obermoser und holte sein Notizbuch aus seiner Jackentasche. »Zu unserer Überraschung hatte Fred Schmiedbauer Kontakt mit der toten Hilde Wernitznig, weiters mit Inspektorin Dagmar Preissner und auch noch mit der Exfrau von Berthold Buchinger. Getroffen hatte er sich aber nur mit der verstorbenen Hilde Wernitznig. Es hat auch den Anschein, dass Berthold Buchinger, wie auch immer, die Namen dieser Frauen herausgefunden hat. Und sich mit ihnen trifft, um die wahre Mörderin von Fred Schmiedbauer zu finden.«

»Ich weiß«, sagte der Oberinspektor und legte seinen Kopf in seine großen Hände. »Der Mord an Hilde Wernitznig zeigt, dass seine Nachforschungen nicht unbemerkt geblieben sind. Wenn er so weiter macht, dann können wir ihn bald im Leichenschauhaus besuchen. Ich hab so das Gefühl, dass er der Mörderin viel näher auf der Spur ist, als wir. Lasse seine Frau weiter überwachen. Seine Wohnung soll auch weiter rund um die Uhr überwacht werden, obwohl ich mir ziemlich sicher bin, dass er dort nicht auftauchen wird. Überprüfe diesen Simon Scherbichler. Ich will alles über ihn wissen. Wo er lebte, mit wem er lebte, bis zurück zu seiner Knastzeit. Mit wem hat er im Gefängnis verkehrt, mit wem hat er seine Zelle geteilt. Dieser Simon ist der Schlüssel zu dieser ganzen verworrenen Geschichte.«

*

Inspektor Ranftl und Inspektor Konrad fuhren mit ihrem Volvo ziellos durch das Grazer Stadtgebiet.

»Wo würdest du dich verstecken, wenn du ein flüchtiger Mörder bist?«, fragte Inspektor Ranftl seinen Kollegen auf dem Beifahrersitz.

»Ich würde mich bei meiner Mutter verstecken«, antwortete dieser überzeugt, eine ausgezeichnete Antwort abgeliefert zu haben.

»Gute Antwort«, pflichtete ihm Inspektor Ranftl bei. »Aber Buchinger hat keine Mutter mehr. Was wäre deine zweite Wahl?«

»Jetzt wird es schon schwieriger«, überlegte Inspektor Konrad konzentriert. »Ich glaube, ich würde mich bei dir verstecken.«

»Wieso bei mir? Bist du verrückt? Wenn du jemanden ermordet hast, kannst du dich doch unmöglich bei mir verstecken.«

»Aber du bist doch mein bester Freund. Du würdest mir doch helfen, wenn ich in der Klemme stecke.«

»Aber doch nicht wenn du jemanden ermordet hast«, sagte Inspektor Ranftl entrüstet. »Immerhin bin ich Polizist. Ich müsste dich verhaften.«

»Das hätte ich jetzt aber nicht von dir gedacht«, sagte Inspektor Konrad enttäuscht und sah beleidigt aus dem Seitenfenster.

»Nun sei nicht gleich wieder reingeschnappt«, sagte Inspektor Ranftl beruhigend. »Das war doch nur eine hypothetische Frage. Aber du hast mich auf eine gute Idee gebracht. Wer ist der beste Freund von Berthold Buchinger?«

»Das war doch wohl der Fred Schmiedbauer«, sagte Inspektor Konrad noch immer eingeschnappt.

»Genau«, bestätigte Inspektor Ranftl. »Also werden wir den Buchinger auch dort finden.«

»Aber der ist doch tot.«

»Deshalb ist es der beste Platz um sich zu verstecken. Niemand würde auf die Idee kommen ihn dort zu suchen.«

»Oder er versteckt sich vielleicht beim Würstel-Hannes«, gab Inspektor Konrad noch zu bedenken.

»Diese Möglichkeit sollten wir nicht außer Acht lassen.«

»Ausgezeichnete Idee«, Inspektor Konrad grinste wieder und Inspektor Ranftl wendete den Wagen. »Wir sollten unsere Nachforschungen unbedingt beim Würstel-Hannes starten.« Beschloss er und sein Magen knurrte zustimmend.

*

Margarethe hatte schon vor Monaten dafür gesorgt, dass sie innerhalb kürzester Zeit das Land verlassen konnte. Im Laufe der Jahre hatte sich eine ansehnliche Summe Geld zusammengefunden. Ihre unglücklich verstorbenen Ehemänner waren durch die Bank vermögend gewesen. Das war auch der Sinn und Zweck gewesen. Wieso hätte sie auch arme Schlucker heiraten sollen?

Um Simon hatte es ihr dann aber doch leidgetan. Er war ein lieber Kerl gewesen und hatte ihr in den vergangenen Jahren gute Dienste erwiesen. Aber nach der letzten Nacht musste sie ihn unbedingt loswerden. Außerdem hatte ihn wahrscheinlich diese Frau im Stadtpark gesehen, sie wusste, dass Simon sie angelogen hatte. Das Risiko konnte Margarethe nicht eingehen. Womöglich wäre er noch erkannt worden.

Sie lenkte den neuen Wagen von Simon in die Tiefgarage eines großen Einkaufszentrums und parkte ihn direkt neben ihren Wagen. Vorsorglich hatte sie ihn bereits einen Tag zuvor hier abgestellt. Nachdem sie sich noch einmal vergewissert hatte, dass sie nichts in dem Wagen vergessen hatte, stieg sie in ihren Wagen und fuhr zu ihrer Arbeitsstelle.

Der Flug war bereits gebucht und in ein paar Tagen würde sie bereits unter Palmen am Sandstrand liegen. Sie brauchte dringend einen langen Entspannungsurlaub und solche Typen wie Simon gab es schließlich auf der ganzen Welt.

*

Pepi Matuschek versperrte den dicken Stahlsafe, der neben seinem Schreibtisch in seinem Büro stand. Er hatte alle Schreibarbeiten erledigt, Ratze und Bull würden die nächsten Wochen den Laden alleine schmeißen können. Viel war ohnehin nicht zu tun. Zurzeit lief sein Geschäft etwas ruhiger ab, was dem Pepi aber nur allzu recht war. Gerade nahm er wieder an seinem Schreibtisch Platz, als es an der Vordertür klingelte.

»Jenny!«, rief er ins Lager, aber da fiel ihm ein, dass seine Jenny heute früher nach Hause gegangen war, da sie für den bevorstehenden Urlaub alle Vorbereitungen treffen wollte.

»Mist«, sagte »der Tschetschene« und machte sich auf zur Eingangstür. »Wir haben heute schon geschlossen, tut mir leid, kommen Sie bitte morgen wieder.«

Der letzte Satz blieb ihm beinahe im Hals stecken, als er Oberinspektor Kafka mit einem jungen Begleiter in Jennys Büro stehen sah. Er wollte gerade wieder umdrehen und durch die Hintertür das Weite suchen, als ihn der alte Mann erblickte.

»Da schau her«, sagte er und musterte den Pepi mit seinen grauen Augen. »Wenn das nicht der Pepi Matuschek ist.«

»Welch eine Überraschung«, antwortete dieser und sah sich verstohlen nach einer Fluchtmöglichkeit um. »Sie haben mich aber schon lange nicht mehr besucht, Herr Inspektor.«

»Oberinspektor, bitte. In den letzten Jahren hat sich einiges verändert.«

»Oh, ich gratuliere«, sagte Pepi und fühlte sich in seiner Haut mit jeder Sekunde mehr und mehr unwohl. »Darf ich Ihnen einen Kaffee anbieten?«

»Nein, danke«, sagte der Oberinspektor und betrat Pepis Büro. »Setz dich hin. Wir sind nicht gekommen um mit dir Kaffee zu trinken und über die guten alten Zeiten zu sprechen. Kannst du dich noch an Simon Scherbichler erinnern?«

»Simon Scherbichler?«, sagte Pepi laut nachdenkend und setzte sich hinter seinen riesigen Schreibtisch. »Nein, tut mir leid, der Name sagt mir überhaupt nichts.«

»Vielleicht kannst du dich wieder erinnern, wenn ich dich wieder in die gleiche Zelle stecke, in der du einige Jahre mit ihm verbracht hast.«

»Ach, diesen Simon Scherbichler meinen Sie, ja den kenne ich natürlich.«

»Hast du ihn in der letzten Zeit einmal gesehen?«

»Nein, Herr Oberinspektor. Den Simon habe ich seit dem Knast nicht mehr gesehen. Ich pflege solche Kontakte heute nicht mehr.«

»Natürlich, ich habe nichts anderes von dir erwartet. Vielleicht interessiert es dich, dass Simon gestern von einem Berg gefallen ist.«

»Was, der Simon?«, fuhr der Pepi erschrocken hoch. »Ist ihm was passiert?«

»Natürlich ist ihm was passiert«, sagte der Oberinspektor in einem sehr lauten Ton. »Was glaubst du denn? Dass er von einem Berg fällt und ihm passiert nichts? Tot ist er. Das ist ihm passiert.«

»Der arme Simon«, sagte der Pepi während ihm Schweißtropfen auf die Stirn schossen. »Wir haben uns damals sehr gut verstanden. Wir waren beinahe so etwas wie Freunde.«

»Mir blutet bereits das Herz«, sagte der Oberinspektor, beugte sich vor und starrte dem Pepi direkt in die Augen. »Und wenn ich dir sage, dass Simon nicht freiwillig hinunterfiel, und dass er in letzter Zeit hier gesehen wurde. Was sagst du dann dazu?«

Dem Pepi wurde leicht schummrig vor den Augen. »Der Simon ist ermordet worden?«, fragte er fassungslos. »Von wem denn?«

»Das will ich von dir hören. Also, was wollte er von dir?«

»Simon war nur wegen einem neuen Wagen bei mir«, log der Pepi und er hoffte, damit durchzukommen.

»Dann hast du also doch noch Kontakt zu ihm gehabt?«

»Nein, er war das erste Mal seit Jahren wieder hier. Ich schwöre es, Herr Oberinspektor.«

»Mit wem hat der Simon zusammengelebt. Hatte er Freunde? Freundinnen?«

»Ich weiß das wirklich nicht, Herr Oberinspektor. Sie müssen mir glauben«, der Pepi hatte nun einen weinerlichen Ton in der Stimme. »Ich denke nichts Schlechtes und plötzlich steht letzte Woche der Simon vor mir. Ich habe keine Ahnung was er die letzten Jahre gemacht hat.«

»Hast du ihm ein Auto angedreht?«

»Ja, er wollte zuerst keinen neuen Wagen, aber schließlich ließ er sich breitschlagen.«

Der Oberinspektor sah den Pepi durchdringend an. »Weiter!«

»Mehr weiß ich wirklich nicht«, flehte der Pepi. »Herr Oberinspektor, Sie müssen mir glauben.«

»Gut«, sagte der Oberinspektor und drehte sich zu seinem Adjutanten. »Obermoser lass dir von ihm das genaue Modell und auch das Nummernschild geben. Das liefert er nämlich meistens gleich mit. Dann verhaftest du ihn wegen Autodiebstahl, Hehlerei und Fälschung von Dokumenten.«

»Herr Oberinspektor, das können Sie mir nicht antun«, bettelte Pepi. »Ich bin Vater von vier Kindern. Meine Frau ist bereits wieder schwanger. Wenn ich nicht für sie sorge werden alle verhungern.«

»Das hättest du dir früher überlegen sollen«, grummelte Oberinspektor Kafka und machte sich bereit um aufzustehen.

»Warten Sie«, sagte der Pepi hektisch. »Warten Sie. Mir ist gerade eingefallen, dass der Simon mir einmal von einer Frau erzählt hat, die er im Knast kennengelernt hat.«

»Was für eine Frau?«

»Können Sie mir entgegenkommen, wenn ich Ihnen helfe?«

»Wenn du uns weiterhilfst, gebe ich dir 24 Stunden, dann wird dieser ganze Laden auseinandergenommen. Wenn du dann noch da bist, hast du Pech gehabt.«

»Simon erzählte mir von einer rothaarigen Frau, mit der er seit dem Knast zusammenlebt. Sie soll sehr reich sein, da sie bereits mehrfach Witwe ist. Ob ihre Exmänner an Altersschwäche gestorben sind, das weiß ich nicht. Ich glaube aber, dass sie nachgeholfen hat. Ich habe mich da aber nie eingemischt, ich dachte mir der Simon wird schon wissen was er macht.«

»Das ist ein bisschen wenig. Du hast uns nichts Neues erzählt«, sagte Oberinspektor Kafka mit tiefer Stimme und deutete Obermoser er solle mit der Verhaftung fortfahren.

»Warten Sie«, rief Pepi und dachte angestrengt nach. »Ich glaube, Simon erwähnte einmal, dass sie Ärztin ist.«

»Schon besser. Wenn du mir jetzt noch ihren Namen und eine Adresse sagen kannst, haben wir einen Deal.«

»Ich glaube ihr Name fing mit einem »M« an«, überlegte Pepi laut. »Maria, Magdalena, Magda. So ähnlich hat er geklungen.«

Oberinspektor Kafka sah fragend seinen Kollegen an.

»Margarethe«, brüllte der Pepi. »Ihr Name war Margarethe.«

»Gut, Pepi«, sagte der Oberinspektor. »Du hast 24 Stunden, dann nehmen wir deinen Laden auseinander. Ich bin mir sicher, wir werden uns wiedersehen.«

Kaum waren die beiden Polizisten aus seinem Büro verschwunden, wählte der Pepi die erste Nummer auf dem Telefon. Am anderen Ende der Leitung hörte er die Stimme von Ratze. Pepi schnitt ihm das Wort ab und brüllte in den Telefonhörer. »Kommt sofort ins Büro. Wir müssen abhauen.«

Als Inspektor Obermoser mit seinem Chef wieder im Wagen saß, sah er ihn bewundernd an und sagte. »Mit dir möchte ich nicht Poker spielen. Woher wusstest du, dass Simon Pepi besucht hatte?«

»Ich wusste es nicht. Ich habe mir nur gedacht, wenn ich Recht habe, so wird er vielleicht auspacken. Wenn ich nicht

Recht habe, haben wir wenigstens Zeit gespart. Und nun suchen wir eine Mörderin in Weiß. Gib Gas, wenn mich meine Nase nicht täuscht, sind wir nicht die einzigen.«

*

Sehnsüchtig sah der Russen Paul zu Freds Kühlschrank. Aber die letzte Buttermilch wurde bereits vor Tagen getrunken. Außerdem hatte er wichtigere Sachen zu erledigen, als in fremden Häusern Buttermilch zu trinken. Der Russen Paul ist davon ausgegangen, dass Bertholds Wohnung ständig überwacht wird. Da er selbst fast einen Kopf größer als Berthold war, kam ihm die Idee in Freds Haus nach geeigneten Kleidern zu suchen. Berthold und Fred mussten ungefähr die gleiche Kleidergröße haben.

Er suchte schnell eine Hose, ein T-Shirt und eine Jacke zusammen, als er Geräusche von der Terrasse hörte. Gesellschaft konnte er jetzt wirklich nicht gebrauchen. Er packte Freds Sachen in seinen Rucksack und versteckte sich hinter der Schlafzimmertür.

Durch die zerbrochene Wohnzimmertür kamen die Marx Brothers mit gezogener Waffe herein.

Wie konnten sie ihn nur gesehen haben? Er hatte doch so aufgepasst.

»Wo würdest du dich in einem Haus von einem Toten verstecken?«, fragte Inspektor Ranftl seinen Kollegen. Mit der Waffe zielte er mal in die eine Richtung, mal in die andere. Wie er es in den amerikanischen Filmen gesehen hatte.

»Lass mich kurz überlegen«, sagte Inspektor Konrad und zielte im Wohnzimmer stehend mit seiner Waffe auf herumliegende Zierpolster. »Das beste Versteck wäre im Keller.«

»Wieso im Keller?«, fragte Inspektor Ranftl verwirrt.

»Ich weiß nicht genau. Ich habe mir überlegt, wo ich mich verstecken würde. Da fiel mir der Keller ein.«

»Gut, wenn du meinst, dann werden wir uns den Keller vornehmen. Du gehst voran, ich werde dir Deckung geben.«

»Wieso muss immer ich vorangehen? Wieso kann ich dir nicht einmal Deckung geben?«

»Weil ich der bessere Schütze von uns bin«, beendete Inspektor Ranftl die Diskussion. Er deutete mit seiner Waffe in Inspektor Konrads Gesicht. »Du hast noch Senf in deinem Mundwinkel.«

Inspektor Konrad wischte sich mit dem Handrücken über den Mund.

»Gut, dann holen wir uns den Mistkerl.«

Beide sprangen über Zierpolster und näherten sich der Kellertür. Inspektor Konrad stolperte mehrmals und Inspektor Ranftl wusste nur zu gut warum er die Nachhut bildete.

Vor der Tür blieben beide mit erhobenen Waffen stehen und Inspektor Ranftl flüsterte: »Bei drei stürmen wir los.« Er griff mit seiner linken Hand an die Türklinke und formte mit seinem Mund »eins, zwei, drei«.

Bei drei riss er die Tür auf, Inspektor Konrad sprang mit einem Satz hinein und stand mit der Waffe im Anschlag in der Abstellkammer.

Er drehte sich zu Inspektor Ranftl um, als ob nichts passiert wäre und sagte in einem lässigen Ton: »Hier drinnen ist er nicht.«

»Idiot«, murmelte Inspektor Ranftl und warf zur Sicherheit noch einen Blick in den engen Raum. Aber außer vollgestopften Regalen und Putzutensilien war nichts Besonderes zu sehen.

Inspektor Ranftl wollte gerade seinen Kollegen darauf aufmerksam machen, dass er mit dem linken Fuß in einem Putzkübel stand, als er in den Abstellraum gestoßen wurde. Er prallte mit voller Wucht auf Inspektor Konrad und riss ihn, zusammen mit einem Regal voller Einmachgläsern, um. Mit einem gewaltigen Lärm gingen beide zu Boden und wurden unter zerborstenen Gurkengläsern begraben.

Inspektor Ranftl befreite sich aus Inspektor Konrads unfreiwilliger Umarmung und hörte wie die Tür zur Abstellkammer von außen abgeschlossen wurde.

*

Es war finster und Inspektor Ranftl fröstelte. Seine Kleidung roch nach Essiggurken und sein Partner nervte ihn mit der ständigen Frage: »Was sollen wir nur machen?«

»Ich weiß nicht was wir machen sollen«, antwortete er ihm genervt. »Vielleicht sollten wir versuchen die Tür aufzubrechen.«

»Ich glaube nicht, dass das funktioniert«, antwortete Inspektor Konrad. »Wir können uns hier herinnen kaum rühren. So können wir die Tür nicht aufbrechen.«

»Ich könnte die Tür aufschießen.«

»Bist du verrückt?«, fragte Inspektor Konrad ängstlich. »Es ist stockdunkel und du willst herumballern. Lass dir bitte was anderes einfallen.«

»Sei still!«, sagte Inspektor Ranftl schroff. »Ich habe draußen ein Geräusch gehört. Vielleicht kommt uns jemand zu Hilfe.«

»Wer soll uns in diesem Haus zu Hilfe kommen? Hier wohnt niemand mehr. Ich befürchte, der Kerl, der uns hier eingesperrt hat, ist zurückgekommen.«

»Wieso sollte er zurückkommen. Um uns noch einmal mit Essiggurken zu überschütten?«

»Keine Ahnung. Vielleicht will er unser Geld?«

»Sei ruhig. Hörst du auch dieses komische Geräusch?«

Beide Polizisten standen mucksmäuschenstill in der engen Kammer und lauschten nur ihrem eigenen Atem. Plötzlich war ein Schnaufen an der Tür zu vernehmen.

»Hallo«, rief Inspektor Ranftl in die Finsternis. »Ist da draußen jemand?«

Jetzt war ganz deutlich zu hören, dass jemand an der anderen Seite der Tür schnupperte.

»Hallo«, versuchte es Inspektor Ranftl noch einmal. »Wir sind hier eingesperrt. Ist da jemand?«

Von draußen konnten die beiden plötzlich die Stimme einer alten Frau hören. »Brav, Leopold. Hast du die zwei Diebe gefunden.«

»Hallo«, rief Inspektor Ranftl erneut. »Wir sind keine Diebe. Wir sind Polizisten. Machen Sie bitte die Tür auf.«

»Verbrecher seids ihr«, antwortete die alte Feichtinger. »Ich hab euch schon von weitem um das Haus schleichen gesehen. Aber euch werde ich es schon geben.«

»Frau Feichtinger«, sagte Inspektor Ranftl resigniert. »Sie müssen uns doch noch kennen. Wir haben vor ein paar Tagen diese Mixerdiebe in der Nacht festgenommen. Mein Partner wurde von Ihrem Hund gebissen. Sie müssen sich doch an uns erinnern.«

»Ihr seids diese Tierquäler? Mein armer Leopold kann noch immer nichts Festes essen. Jeden Tag muss ich ihm einen Brei zubereiten. Verbrecher seids ihr.«

»Bitte, Frau Feichtinger«, versuchte nun auch Inspektor Konrad die Situation zu retten.

»Machen sie die Tür auf. Wir sind einem Verbrecher auf der Spur. Sie können sich sicher noch an mich erinnern. Ich bin der Mann mit dem blauen Gesicht.«

»Die Polizei werde ich rufen. Das werde ich tun. Ihr gehörts alle miteinander eingesperrt. Dafür werde ich sorgen.«

Die beiden eingesperrten Polizisten versuchten mit Zurufen, Bitten und Drohungen, die alte Feichtinger dazu zu bewegen, die Tür aufzusperren. Doch alle Bemühungen waren vergeblich, sie war bereits wieder weggegangen.

In der dunklen Abstellkammer vergingen die Minuten wie Stunden. Inspektor Ranftl kam es vor als würde er bereits den ganzen Tag darin verbringen. Seit die alte Feichtinger nicht mehr zu hören war, hatte er auch nicht mehr mit Inspektor Konrad gesprochen. Er wusste, dass sie wieder einmal zum Gespött auf dem Revier werden würden.

Wieder war ein Geräusch außerhalb der Abstellkammer zu hören. Die Stimme der alten Feichtinger drang bis zu ihnen durch. »In der Abstellkammer sind die beiden. Verhaften Sie das Gesindel.«

»Schon gut. Bleiben Sie zurück«, hörte Inspektor Ranftl und zu seinem Leidwesen erkannte er die tiefe Stimme des Oberinspektors.

Die Tür wurde aufgesperrt und ein Lichtschein drang in den engen Raum. Eine große Nase kam zum Vorschein und kurz darauf erschien auch das Gesicht von Oberinspektor Kafka.

»Ich hab mir schon gedacht, dass ihr zwei Helden hier drinnen seid«, grummelte er.

»Es tut uns leid«, versuchte Inspektor Ranftl eine Entschuldigung zu formulieren. »Aber wir wurden überrascht, und außerdem war es hier drinnen absolut finster. Wir konnten nichts machen.«

Oberinspektor Kafka griff in die kleine Abstellkammer und betätigte an der linken Wand einen Lichtschalter. Die Abstellkammer erstrahlte in hellstem Licht.

»Habt ihr gesehen, wer euch hier eingesperrt hat?«, fragte er und war sich sicher die Antwort bereits zu kennen.

»Nein, tut uns leid, Herr Oberinspektor«, sagte Inspektor Konrad. »Es ging alles so schnell.«

»Schon gut«, sagte er und wendete sich zum Gehen. »Obermoser, wir haben genug Zeit verloren. Und ihr zieht euch gefälligst um.«

*

Berthold musste mehrmals geschüttelt werden bis er aus dem Schlaf gerissen wurde. Kaum hatte der Russen Paul ihn verlassen fielen ihm wieder die Augen zu. Wie viel Zeit ist seit seiner Abwesenheit vergangen? Berthold hatte das Gefühl, dass es nur Minuten gewesen sein konnten.

Der Russen Paul beugte sich über Berthold und strahlte über das ganze Gesicht.

»Ich habe gute Neuigkeiten«, sagte er und reichte Berthold frische Sachen zum Anziehen.

»Das ist nicht meine Hose. Woher hast du die Sachen?«, fragte er den Russen Paul, der dabei war Brot und Wurst aus seinem Rucksack zu holen. Er stellte alles auf den kleinen Tisch mitten im Zimmer.

»Die sind vom Fred. Ich dachte mir, dass deine Wohnung sicher überwacht wird, daher bin ich schnell zum Fred gefahren.«

»Das war aber schön riskant«, sagte Berthold und zog sich ein frisches T-Shirt über den Kopf. »Du hättest gesehen werden können. Der alten Feichtinger entgeht nichts.«

»Kein Problem«, sagte der Russen Paul und holte eine Thermoskanne aus dem Rucksack. »Man muss nur vorsichtig sein, dann wird man auch nicht entdeckt.«

»Wie werden wir weiter vorgehen?«, fragte Berthold. Er hatte seinen Kleiderwechsel mittlerweile abgeschlossen. »Wir müssen irgendwie herausfinden, wie viele Ärztinnen mit dem Vornamen Margarethe in Graz praktizieren.«

»Alles schon erledigt«, der Russen Paul hatte sogar Servietten mitgebracht. Er zeigte auf den gedeckten Tisch und sagte: »Zweites Frühstück. Wir werden heute unsere Kräfte brauchen.«

»Keine Buttermilch?«, sagte Berthold sarkastisch.

»Tut mir leid, die habe ich auf dem Weg hierher schon ausgetrunken.«

»Hast du gerade gesagt, dass alles erledigt ist?«, fragte Berthold, während er sich eine Scheibe Brot mit Marmelade beschmierte. Der Kaffee roch ausgezeichnet.

»Ich war in der Zeit, während du deinen Schönheitsschlaf gemacht hast, nicht untätig«, sagte der Russen Paul und holte einen Laptop aus dem Rucksack. Berthold fragte sich, wie um alles in der Welt konnten so viele Dinge in so einen kleinen Beutel passen.

Als könnte der Russen Paul seine Gedanken lesen sagte er: »Man muss nur richtig packen, das ist das Geheimnis.« Er klappte den Laptop auf und tippte auf der Tastatur herum.

»Ich habe nur zwei Ärztinnen mit Vornamen Margarethe gefunden. Und beide arbeiten im Unfallkrankenhaus in Eggenberg. Was uns viel Zeit ersparen wird«, las der Russen Paul von dem Bildschirm ab und nahm einen Schluck aus seiner Kaffeetasse.

»Das sind super Nachrichten«, freute sich Berthold. »Ich habe das Gefühl, dass wir heute Freds Tod aufklären werden.«

»Ich habe weiters sieben Krankenschwestern mit dem Namen Margarethe gefunden. Auch die Frau des Hausmeisters im Landeskrankenhaus hat diesen Namen. Und es gibt eine Prostituierte in der Nähe vom Griesplatz, die sich auf Doktorspiele spezialisiert hat. Sie inseriert mit »Doktor Margarethe wird Ihrem Schmerz auf den Zahn fühlen.« Sie kommt aber nicht in die engere Wahl.«

»Ich glaube, wir sollten mit den zwei Ärztinnen im UKH anfangen«, sagte Berthold und langsam kam er wieder zu Kräften. »Was hältst du eigentlich von meiner Frau?«

»Willst du das wirklich wissen?«, sagte der Russen Paul und sah fragend über den Rand seiner schwarzen Hornbrille.

»Nein«, sagte Berthold abwehrend. »Ich habe mir nur gedacht, die Hilde wurde ermordet, die Dagmar wurde überfallen, beide sind in diesen Mordfall verwickelt. Meine Exfrau wäre nun das logische nächste Opfer.«

»Da hast du Recht«, sagte der Russen Paul nachdenklich. »Sollen wir dagegen etwas unternehmen?«

»Ich bin mir nicht sicher?«, zögerte Berthold, ihm grauste davor seiner Frau zu begegnen.

»Je länger ich darüber nachdenke, desto mehr bin ich der Meinung, dass sie in unserer Ehe mehrmals versucht hat, mich zu ermorden.«

»Das kann ich mir aber nicht vorstellen«, sagte der Russen Paul.

»Doch«, sagte Berthold überzeugt. »Als ich einmal aus der Dusche stieg, fehlte die Duschmatte. Ich rutschte aus und konnte mich gerade noch am Waschbecken abfangen. Ich hätte mir das Genick brechen können.«

»Duschmatten müssen auch manchmal gewaschen werden.«

»Ja, natürlich«, sagte Berthold verschwörerisch. »Aber wir hatten damals vier Duschmatten.«

»Das überzeugt mich noch nicht wirklich«, sagte der Russen Paul und trank seinen Kaffee.

»Einmal lag ich in der Badewanne und sie ließ zufällig einen elektrischen Gegenstand in das Wasser fallen.«

»Wahnsinn«, sagte der Russen Paul. »Wie hast du diese Geschichte überlebt?«

»Es war nur ihre elektrische Zahnbürste«, sagte Berthold. »Aber sie hat mich danach sehr enttäuscht angeschaut.«

»Ich glaube du redest dir hier etwas ein.«

»Wahrscheinlich hast du Recht. Wir könnten sie anrufen und sie warnen.«

»Anrufen ist eine ausgezeichnete Idee«, sagte der Russen Paul erleichtert.

»Aber es eilt nicht«, sagte Berthold unschuldig.

»Wenn du fertig gegessen hast, fahren wir zuerst in das UKH und suchen unsere Ärztinnen auf.«

»Bist du heute wieder mit dem Feuerwehrauto unterwegs?«, fragte Berthold und war bereits voller Tatendrang.

»Nein, ich bin mit dem Taxi hier«, erwiderte der Russen Paul.

»Dann nichts wie los«, sagte Berthold und sprang auf seine Beine. Ein schmerzvoller Stich im Oberschenkel erinnerte ihn an die vergangene Nacht.

Sie verließen das Gartenhaus vom Fred und zu Bertholds Überraschung stand ein Taxi auf der Strasse. Der Russen Paul stieg ein und setzte sich an das Steuer.

»Ich wusste nicht, dass du Taxi fährst«, sagte Berthold und ihm war bei dem Gedanken, dass er den Russen Paul immer besser kennenlernte, wohler ums Herz.

»Das ist nicht mein Taxi«, sagte der Russen Paul, startete den Wagen und fuhr los.

*

Der Russen Paul parkte den Wagen vor dem Haupteingang des Unfallkrankenhauses und ging mit Berthold auf das riesige Gebäude zu.

»Wie willst du da drinnen überhaupt jemanden finden?«, fragte er den Russen Paul und hatte wieder einmal das Gefühl, dass er nicht hierher gehörte.

»Wir werden natürlich sagen, dass du einen Unfall hattest.«

»Wieso immer ich. Wieso sagen wir nicht, dass du einen Unfall hattest?«, fragte Berthold erbost.

»Sieh dich doch an«, sagte der Russen Paul und deutete auf Berthold. »Dir kauft man jede Verletzung ab. Während du behandelt wirst, werde ich nach den zwei Ärztinnen suchen. Falls eine der beiden keine roten Haare hat, können wir sie bereits ausschließen.«

»Ich habe kein gutes Gefühl dabei«, sagte Berthold. »Krankenhäuser machen mich immer krank.«

»Sieh es von der positiven Seite«, ermunterte ihn sein Partner. »Du bist in letzter Zeit so oft verletzt worden, nun kannst du dich in Ruhe behandeln lassen.«

»Von einer potenziellen Mörderin«, ergänzte Berthold und ging zu der Anmeldung von Neuaufnahmen. Diese Prozedur hatte er genau vor einer Woche auch schon einmal gemacht.

Während er im Wartesaal darauf wartete, dass seine Nummer auf der Anzeigentafel aufleuchtete, hatte sich der Russen Paul auf die Suche nach zwei rothaarigen Ärztinnen mit Mordgelüsten gemacht. Berthold blätterte uninteressiert mehrere abgegriffene Magazine durch. Seine Augen wurden dabei immer schwerer. Die Anstrengungen der letzten Tage machten sich nun bemerkbar. Ohne es zu bemerken, fielen ihm die Augen zu und Berthold sank in einen tiefen Schlaf.

*

Oberinspektor Kafka waren Krankenhäuser ein Graus. Schon der Geruch verursachte Übelkeit in ihm. So gut es ging vermied er diese Stätten der Krankheit zu betreten. Heute hatte er aber keine andere Alternative.

Mit der unfreiwilligen Hilfe des »Tschetschenen« konnten sie ihre Suche nach der mutmaßlichen Mörderin stark eingrenzen. Inspektor Obermoser durchforstete die Mitgliedsliste der Ärztekammer und fand schließlich nur zwei Ärztinnen mit Margarethe als Vornamen. Und beide arbeiteten auch noch im selben Krankenhaus.

Mit Widerwillen betrat er eben dieses. Zielstrebig steuerte er den Empfang an, er wollte so schnell wie möglich diesen Ort wieder verlassen. Die Dame am Empfang war nicht sonderlich beeindruckt, als er seinen Dienstausweis vorzeigte, teilte ihm aber trotzdem mit freundlicher Stimme die Arbeitsplätze der beiden in Frage kommenden Ärztinnen mit.

»Wir nehmen uns zuerst die Ärztin im Südflügel vor«, sagte der Oberinspektor zu seinem Mitarbeiter. »Wir haben Glück, beide haben heute Dienst.«

Die Dame am Empfang hatte ihm zwar genau beschrieben, wie er am schnellsten in den Südtrakt komme, aber das Krankenhaus war größer als er gedacht hatte. Unzählige Gänge gingen von dem Hauptgebäude ab und irgendwann sind die beiden Beamten dann wohl auch falsch abgebogen. Die Zeit verstrich und Oberinspektor Kafka hatte das dumme Gefühl, dass jede Sekunde zählte.

Er beschleunigte seine Schritte und verfiel in einen langsamen Lauf, während er ständig Namensschilder auf weißen Türen las. Inspektor Obermoser hatte zu tun um mit ihm Schritt zu halten.

Nach unendlich langer Suche stand Oberinspektor Kafka plötzlich vor der gesuchten Station. Dr. Margarethe Ortner stand an der Tür. Er deutete seinem jungen Kollegen ruhig zu sein. Er wollte sich kurz erholen und nicht außer Atem in das Zimmer stürzen. Inspektor Obermoser öffnete seine braune Lederjacke, um leichter zu seiner Waffe greifen zu können.

Ein paar Sekunden lauschte Oberinspektor Kafka noch an der Tür.

*

»Ich bemühe mich dich zu finden, probiere alles Mögliche, um dich loszuwerden, aber nichts funktioniert. Ich verzweifle beinahe und was soll man sagen, da liegst du plötzlich vor mir in einem Bett. Berthold Buchinger, der Briefträger mit den neun Leben. Ich kann es noch immer nicht glauben.«

Berthold hörte die zarte Frauenstimme an sein Ohr dringen. So mussten Engel klingen, dachte er sich. Seine Umgebung war angenehm weich, als ob er schweben würde. Er versuchte seine Augen zu öffnen, aber sie waren schwer wie Blei. Mit größter Anstrengung schaffte er mehrmals seine Lider zu heben. Aber nur sehr verschwommen nahm er die Umrisse einer Frau in Weiß wahr. Es schien, als stünde sie neben einem Bett, und es kam ihm vor, als liege er in diesem Bett. Was machte er in einem Bett?

»Hallo Berthold«, sagte die Frauenstimme. »Du brauchst nicht gegen deine Müdigkeit ankämpfen, ich habe dir ein sehr starkes Beruhigungsmittel gegeben.«

Berthold öffnete wieder seine Augen und das verschwommene Bild wurde immer klarer. Plötzlich fuhr ihm der Schreck in die Knochen, als er rotes Haar auf ihrem Kopf erkannte.

»Richtig«, sagte sie, als ob sie seine Gedanken gelesen hatte. »Mein Name ist Margarethe. Ich glaube, dass du mich gesucht hast. Nun, jetzt hast du mich gefunden.«

Und während sie mit ihm sprach sah er, dass sie eine Spritze in der Hand hatte und eine Flüssigkeit in sie einzog. Er wollte etwas sagen, er wollte schreien, um Hilfe rufen. Aber sein Körper war kraftlos und seine Zunge teigig. Er versuchte wieder zu schreien, aber er sabberte nur sein Kinn voll.

»Na, wer wird denn gleich hysterisch werden«, sagte Margarethe, als sie sah, dass Berthold seinen Mund öffnete. »Ich verspreche dir, dass es nicht wehtun wird. Naja, sagen wir, dass es fast nicht wehtun wird. Ein bisschen Spaß darf schon sein. Meinst du nicht auch? Wenn du mir Recht gibst, dann reiß deine Augen weit auf und schau mich erschrocken an. Ja, so ist es gut.«

Was ist denn das für eine Verrückte, dachte sich Berthold und blickte verzweifelt um sich, auf der Suche nach Hilfe.

»Da habe ich dich letzte Woche behandelt, und wusste nicht, dass ich dich am liebsten aus der Welt schaffen wollte. Und wie der Zufall so spielt, bist du in der Eingangshalle ohnmächtig geworden«, Margarethe blickte auf den Mann vor ihr in dem Krankenbett und lächelte.

»Du fragst dich sicher, warum ich deinen Freund erschlagen habe. Es ist kaum zu glauben, aber ich habe ihn geliebt.« Margarethe wurde leiser und sah auf die Spritze in ihrer Hand, war aber mit ihren Gedanken weit entfernt.

»Man sollte es kaum für möglich halten, aber ich habe diesen Mistkerl wirklich geliebt. Jahrelang habe ich die Männer ausgenutzt und nach meiner Pfeife tanzen lassen. Aber bei Fred war alles ganz anders. Ich hätte mich für ihn wirklich geändert, und da will er mit mir Schluss machen. Mit mir!«, rief sie plötzlich und ihr Blick wurde zornig.

Was für eine Verrückte, dachte Berthold und hatte wieder seine Augen geschlossen.

»Da habe ich ihm einfach das nächst Beste an den Kopf geworfen«, erzählte sie weiter. »Er hatte es nicht anders verdient. Wie konnte er es nur wagen, andere Frauen zu treffen. Alles wäre gut gegangen, wenn du nicht ständig herumgeschnüffelt hättest. Aber das ist jetzt auch zu Ende.«

Sie hielt die Spritze hoch und drückte die letzte Luft heraus. Berthold wollte sich wehren, mit Händen und Füßen um sich schlagen. Aber es ging nur ein leichtes Zittern von ihm aus. So wehrlos hatte er sich in seinem ganzen Leben noch nicht gefühlt. Wo war wieder einmal der Russen Paul, wenn man ihn brauchte.

»Nun mein lieber Briefträger werde mich von dir verabschieden müssen«, sagte Bertholds Todesengel und beugte sich über ihn. »Lass den Fred schön von mir grüssen.«

*

Oberinspektor Kafka kam langsam wieder zu Atem und legte seine Hand auf die Türklinke, als er plötzlich von innen einen lauten Schrei vernahm. Ohne weiter zu zögern riss er die Tür auf und stürmte in das Zimmer. Hinter ihm folgte Inspektor Obermoser mit gezogener Waffe.

»Keine Bewegung«, schrie er. »Polizei.«

Die Frau im Arztkittel erstarrte und sah die beiden hereinstürmenden Beamten mit offenem Mund an. Sie saß auf einem niedrigen Metallhocker und hob ihre Hände, die in blauen Gummihandschuhen steckten. Mit dem Rücken zu ihr stand ein nackter, alter Mann und streckte ihr seinen nackten Arsch entgegen.

»Kann ich Ihnen helfen?«, fragte die Ärztin verdutzt.

»Oh, entschuldigen Sie«, antwortete der Oberinspektor schnell. »Falsches Zimmer.« Er sah auf ihr dunkelschwarzes Haar, schob Inspektor Obermoser, der noch immer seine Waffe in der Hand hielt, zur Tür hinaus und fluchte. Er würde den Anblick dieses faltigen Hinterteils nie mehr aus seinem Kopf bekommen.

»Los, schnell zurück«, sagte er zu Inspektor Obermoser, und beide rannten hastig die langen Gänge zurück.

*

Berthold lag auf seinem Totenbett und hatte mit seinem Leben abgeschlossen. Er wollte immer, wenn es denn jemals soweit sein sollte, in Frieden entschlafen. Aber das hatte er sich auch anders vorgestellt. Von einer verrückten Frau war nie die Rede gewesen.

Er öffnete ein letztes Mal die Augen und sah in ihre großen braunen Rehaugen.

»Gute Nacht«, hörte er sie sagen, als sie ihre Augen verdrehte und kopfüber auf seinen Bauch fiel.

Berthold wusste nicht, wie ihm geschah. War das der Tod? Eine hübsche Frau lag auf ihm und er spürte nichts? Plötzlich erschien eine weitere Person in seinem Blickfeld. Auch sie trug einen weißen Mantel und hatte in der Hand eine verbeulte metallene Leibschüssel. Berthold hob den Blick und erkannte eine schwarze Hornbrille. Der Russen Paul stand neben seinem Bett und grinste über das ganze Gesicht.

»Guten Morgen, Herr Buchinger«, sagte er und winkte mit der Leibschüssel. »Sie haben nach mir geläutet?«

Berthold fiel ein Stein von Herzen. Am liebsten hätte er seinen Freund umarmt und abgebusselt. Wahrscheinlich war es gut, dass er sich nicht rühren konnte.

*

Die Tür zu Bertholds Krankenzimmer wurde aufgerissen und Oberinspektor Kafka kam außer Atem hereingestürzt. Dicht gefolgt von Inspektor Obermoser.

Er sah Berthold in einem Bett liegen, über ihm eine Frau in einem Ärztemantel liegen und vor dem Bett stand ein Pfleger mir einer verbeulten Leibschüssel in der Hand. Was er davon halten sollte, war ihm nicht ganz klar. Er eilte zu Berthold ans Bett und stellte mit Erleichterung fest, dass dieser noch atmete.

»Darf ich vorstellen«, sagte Berthold mit leiser Stimme. »Freds Mörderin.«

»Sie sind ein unverbesserlicher Sturkopf«, sagte Oberinspektor Kafka.

»Würden Sie mir einen Gefallen tun«, stöhnte Berthold. »Würden Sie bitte die Dame von mir nehmen, ich bekomme fast keine Luft mehr.«

»Natürlich, sofort«, sagte der Oberinspektor und drehte sich nach hinten, um den Krankenpfleger um Hilfe zu bitten. Aber der war nicht mehr zu sehen, nur mehr die verbeulte Leibschüssel lag neben dem Bett.

»Wo ist der Krankenpfleger hin?« fragte er Inspektor Obermoser.

»Der ist gerade gegangen«, sagte dieser. »Er sagte er holt einen Arzt. Soll ich ihm nachgehen?«

»Nein«, erwiderte Kafka. »Hilf mir die Frau vom Buchinger zu heben. Der erstickt uns noch. Dann hole den Pfleger zurück. Er soll sich um die Frau kümmern. Wahrscheinlich handelt es sich um die gesuchte Mörderin. Wenn sie wieder bei Bewusstsein ist, bringen wir sie aufs Revier.«

Inspektor Obermoser half seinem Chef die Frau von Berthold zu heben und auf ein leeres Krankenbett neben dem von Berthold zu legen. Danach machte sich der Inspektor auf die Suche nach dem verschwundenen Pfleger.

Oberinspektor Kafka wollte Berthold noch einige Fragen stellen, dieser war aber bereits in einen tiefen Schlaf gefallen.

Inspektor Obermoser konnte den Krankenpfleger mit der Leibschüssel nicht mehr finden. Selbst die Stationsschwestern kannten diesen Mann nicht. Anscheinend existierte er gar nicht. Was die Stimmung von Oberinspektor Kafka nicht gerade aufhellte. Er befahl, diesen Mann auf jeden Fall ausfindig zu machen. Zu diesem Zweck mussten Inspektor Obermoser und die Marx Brothers das ganze Krankenhaus, von oben bis unten durchkämmen.

Oberinspektor Kafka fuhr inzwischen mit dem Taxi zurück

in sein Büro. Er wurde von einem sehr charmanten Taxifahrer mit schwarzer Hornbrille, den er irgendwann schon einmal gesehen hatte, er wusste nur nicht genau wann, zurück in die Stadt gefahren.

*

Berthold musste noch einige Tage im Krankenhaus bleiben. Sein geschundener Körper konnte sich in aller Ruhe erholen. Jeden Tag bekam er Besuch von Oberinspektor Kafka und wurde auf den neuesten Stand der Dinge gebracht.

Margarethe hatte nach kurzer Zeit gestanden, die Morde an Fred und Simon begangen zu haben. Den Mord an Hilde hatte sie in Auftrag gegeben, ebenso den Anschlag auf Dagmar. Des Weiteren wurden die Todesursachen ihrer verstorbenen Männer untersucht. Nach Androhung die Leichen zu exhumieren, gestand Margarethe auch diese Morde.

»Mit dieser Frau ist Ihnen ein dicker Fisch ins Netz gegangen«, sagte Oberinspektor Kafka und musste zugeben, dass Berthold sehr viel zu diesem Fang beigetragen hatte.

Berthold erholte sich zusehends, auch weil ein Pfleger mit schwarzer Hornbrille sich ausgezeichnet um ihn kümmerte und ihm jeden Tag frische Croissants ans Bett brachte.

Am schönsten war für Berthold, dass Inspektorin Dagmar Preissner oft an seinem Bett stand und fürsorglich sein Kissen aufschüttelte. Da der Mordfall an Fred aufgeklärt war, würden sie wahrscheinlich ihr gemeinsames Abendessen noch einmal wiederholen.

Nach einigen Tagen konnte Berthold das Krankenhaus verlassen. Ein Taxi wartete bereits vor der Tür auf ihn.

Er fuhr direkt zur Landespolizeidirektion in die Paulusgasse. Oberinspektor Kafka hatte ihn darum mehr oder weniger gebeten. Der Russen Paul wartete im Taxi und ließ Berthold alleine in das massige alte Gebäude gehen. Ein feiner Nieselregen begleitete Berthold auf seinem schweren Gang.

Oberinspektor Kafka erwartete ihn bereits hinter seinem Schreibtisch. Inspektor Obermoser brachte zwei Becher mit Kaffee.

»Herr Buchinger«, begann der alte Kommissar und sah ihn durchdringend mit seinen grauen Augen an. »Es freut mich sie wieder gesund zu sehen. Sie werden sich sicher denken können, dass Sie in Ihrer Zeit als Hobbydetektiv gegen eine Anzahl von Gesetzen verstoßen haben.«

»Das ist mir durchaus bewusst«, sagte ein reumütiger Berthold.

»Schweren Herzens werde ich alle Augen, die mir zur Verfügung stehen, zudrücken und Sie noch einmal ungeschoren davonkommen lassen.«

»Vielen Dank«, sagte ein sichtlich erleichterter Berthold, am liebsten hätte er den alten Mann umarmt.

»Schon gut«, sagte dieser, als hätte er Bertholds Absicht erraten. »Immerhin haben wir mehrere Morde mit Ihrer Hilfe klären können.«

»Wer wollte mich am Hauptbahnhof abstechen?«, fragte Berthold.

»Auch hier handelte es sich um einen großen Fisch«, fing Oberinspektor Kafka seine Erläuterung an. »Wir fanden im Hotel Daniel den Reisepass eines vermissten Hotelgastes. Inspektor Obermoser konnte die Spur der italienischen Schuhe, die wir im Bombenkrater gefunden hatten, bis zu einem Grazer Schuhgeschäft in der Innenstadt verfolgen. Die Verkäuferin erkannte das Foto im Reisepass als den Mann, der die Schuhe gekauft hatte. Der Reisepass war natürlich gefälscht. Aber mit großer Wahrscheinlichkeit handelte es sich um einen Profikiller aus dem Ostblock, mit dem Namen Josip. Mehr wissen wir auch nicht. Dass Sie diesem Anschlag entkommen sind, grenzt an ein Wunder.«

»Auf jeden Fall wurde der Mörderin vom Fred das Handwerk gelegt«, sagte Berthold zufrieden.

»Tun Sie mir bitte einen großen Gefallen«, sagte Oberinspektor Kafka. »Sollte wieder einmal jemand in Ihrer Umgebung ermordet werden, machen Sie einen großen Bogen um ihn.«

»Da brauchen Sie sich keine Sorgen machen«, sagte Berthold überzeugt. »Ich habe von Morden in nächster Zeit die Nase voll.« Und er vermied es in diesen Augenblick Oberinspektor Kafkas Nase anzusehen.

»Das freut mich zu hören«, sagte Oberinspektor Kafka. »In den Tageszeitungen werden Sie als Held gefeiert. Die Presse kann gar nicht genug von Ihnen bekommen. Ich hoffe, der Erfolg steigt Ihnen nicht zu Kopf?«

»Nein«, sagte Berthold und das meinte er auch ernst. »Ich habe noch eine Woche Extraurlaub genommen. Ich ziehe mich die nächsten Tage zurück und werde mich so richtig erholen.«

»Herr Buchinger«, sagte Oberinspektor Kafka und erhob sich mühevoll aus seinem Sessel. »Ich wünsche Ihnen alles Gute. Wahrscheinlich werden wir uns so schnell nicht mehr sehen. Und grüßen Sie mir Ihren unbekannten Helfer.«

Oberinspektor Kafka schüttelte Berthold die Hand und zwinkerte ihm mit einem Auge wissend zu.

Berthold wurde in diesem Augenblick knallrot im Gesicht.

*

Am selben Abend wurde im Eckbeisl noch einmal auf den schönen Fred angestoßen und seiner Taten gedacht. Dabei wurde das eine oder andere Glas Bier getrunken.

Der Russen Paul stimmte zur späten Stunde einige seiner russischen Lieder an, und wurde diesmal nicht vor die Tür gesetzt.

Es war bereits weit nach Mitternacht, als Berthold das Lokal verließ. Mit leicht schwankenden Schritten machte er sich auf den Nachhauseweg. Weit hatte er nicht zu gehen. Als er kurz vor seiner Haustür ankam, machte sein Fuß einen Schritt ins Leere und Berthold fiel kopfüber in die Baugrube vor seinem Haus. Auf dem Rücken liegend, die Sterne beobachtend, hatte er ein Déjà-vu. Nun wusste er wieder, wie er sich seine Blessuren letzte Woche zugezogen hatte.

ENDE

Weitere Krimis finden Sie auf den folgenden Seiten und im Internet:

WWW.GMEINER-SPANNUNG.DE

ANNI BÜRKL
Puppentanz

978-3-8392-1917-1 (Paperback)
978-3-8392-5091-4 (pdf)
978-3-8392-5090-7 (epub)

VERHEXT Am Altausseer See ist ein Bauprojekt im Naturschutzgebiet geplant. Teelady Berenike Roither engagiert sich mit vielen Ausseern gegen dieses Vorhaben. Da stürzt einer der Gegner beim Kaiser-Geburtstag in Bad Ischl in seinem Paragleiter ab. Er ist tot. Alle sprechen zunächst von einem tragischen Unfall. Doch genügend Leute hätten ein Motiv, ihn aus dem Weg zu räumen. Als ein weiterer vermeintlicher Unfall mit einem Kajak passiert und unheimliche, mit Nadeln gespickte Puppen auftauchen, wird klar, dass hier etwas nicht mit rechten Dingen zugeht.

Das Neueste aus der Gmeiner-Bibliothek

Unser Lesermagazin

Bestellen Sie das kostenlose Krimi-Journal in Ihrer Buchhandlung oder unter www.gmeiner-verlag.de

Informieren Sie sich ...

www ... auf unserer Homepage:
www.gmeiner-verlag.de

@ ... über unseren Newsletter:
Melden Sie sich für unseren Newsletter an unter www.gmeiner-verlag.de/newsletter

f ... werden Sie Fan auf Facebook:
www.facebook.com/gmeiner.verlag

Mitmachen und gewinnen!

Schicken Sie uns Ihre Meinung zu unseren Büchern per Mail an gewinnspiel@gmeiner-verlag.de und nehmen Sie automatisch an unserem Jahresgewinnspiel mit »mörderisch guten« Preisen teil!

GMEINER SPANNUNG